ベン・トー
サバの味噌煮290円
ASAURA
アサウラ
Illustration Kaito Shibano
柴乃 櫂人

YO SATO【主人公】
佐藤 洋
SEN YARIZUI
槍水 仙

HANA OSHIROI
白粉花
UME SHIRAUME
白梅梅

「所詮俺たちが
獲得せんとするのは
半額弁当でしかない。
真っ当な人間からすれば見窄らしい行為だろう。
無様だと嘲笑う者もいるだろう。
しかし、だからこそ、
俺たちは誇りを持って
ここにいる。
見窄らしい行為だからこそ、
誇りを持って全力でこれに当たる。
たとえ如何なるものであれ、
人が一生懸命に頑張っているものを
非難する権利は誰にもない」

僕は頷くように、唾を飲む。
それとな、と男は続ける。
「誰しもに負けると思われている勝負を覆す。
それが……楽しいんだよ」

CONTENTS

ベン・トー
サバの味噌煮290円

需要と供給、これら二つは商売における絶対の要素である。

これら二つの要素が寄り添う流通バランスのクロスポイント……その前後に於《お》いて必ず発生するかすかな、ずれ。

その僅《わず》かな領域に生きる者たちがいる。

己《おの》の資金、生活、そして誇りを懸《か》けてカオスと化す極狭《ごっきょう》領域を狩り場とする者たち。

――人は彼らを《狼《おおかみ》》と呼んだ。

1章　氷結の魔女

お前にとって半額弁当はただ売れ残って古くなった弁当でしかないのか?

氷結の魔女

0

一九時四八分、『彼女』は一軒のスーパーの前に立っていた。

『彼女』は春の夜風に制服のスカートを揺らしつつ、ライトアップされた看板を見上げる。

今年はどれだけの若者が涙を浮かべて、この看板を見上げるのだろう。そんなことを思うと自然とかつての自分と照らし合わされ、不思議な懐かしさが込み上げてくる。悲しみと憤《いきどお》りと絶望と、そして空腹で涙しながらそれを見上げた一年前のか弱き自分は、今はいない。

そして、胸をときめかせた一年前の自分もまた、いない。

『彼女』は少し自虐的《じぎゃくてき》に緩《ゆる》んだ口元をひきしめ、足を踏み出した。分厚いガラスの自動ドアを抜け、荘厳《そうごん》さを漂わせたカゴの山に手を伸ばす。その頂上から、まるで自分を待っていたかのように持ち手を天井《てんじょう》へと伸ばしていた一つを流麗《りゅうれい》に、物音一つ発することなく手に取る。

生鮮食品及び冷凍食品コーナーから放たれた冷気に肌をピリリと強《こわ》ばらせながら『彼女』は
レジの前を横切り、まず野菜コーナーへと向かった。青々とした千葉《ちば》産レタスを眺めながらゆっくりと、店内内壁を舐《な》めるようにして総菜《そうざい》・弁当コーナーへと近づいていく。それは雪解けの水が土に染みいるように、あまりに自然に、静かに。

果たして目的の場所に辿《たど》り着いた『彼女』は思わず顔をしかめた。一〇〇円引きのシールが貼《は》られた弁当を前にして四名の若者があれこれと喋《しゃべ》りながら腕時計を気にしていた。時折弁当を手に取ってみたりしている様《さま》など、もはや救いようがない。

「……醜《みにく》い《豚《ぶた》》どもめ」

小さく、口内でかき消えてしまうような声で言いつつ、『彼女』の視線は瞬刻《しゅんこく》、並んでいる弁当の上を流れた。この一秒にも満たない一瞬でもって『彼女』は乱雑に並ぶ約一〇の弁当のおおよその位置、及び内容、価格を把握《はあく》する。

そのまま『彼女』は総菜・弁当コーナーを変わらぬ足取りで通り抜け、精肉コーナーに辿《たど》り着く。そして一〇〇グラム一九九円と赤の極太油性ペンで書かれた手作りの値札にさも興味を引かれたかのように足を止めた。

瞼《まぶた》を閉じる。空気の流れ、人の匂《にお》い、気配、足音……かすかなそれら全《すべ》ての情報を総合して、店内の来客数はおよそ三〇と読む。内、偶然この時間に訪れた一般人八、如何《いか》なる場所かも知らずにエサの匂いに誘われた《犬》が一二。そしてまともに戦える者は一〇程度と『彼女』は判断を下す。店内を回る際に感じた微細《びさい》な視線の数が一〇程度でもあったことからもこの皮膚《ひふ》感覚は確実だと思われた。

　ガタンと音がした。

『彼女』は瞼を開くも、音のほうは見ない。見る必要はない。

　総菜コーナーの横にあるスタッフオンリーの扉を開け、純白の帽子とエプロンという『戦闘服』に身を包んだ五十そこそこの男が総菜調理用油の匂いを漂わせて一礼、そしてその身をまず総菜コーナーへ。彼は売れ果てたことによりできた総菜パックの隙間《すきま》を素早く埋め、乱雑に並んでいたそれらを最前列へと綺麗《きれい》に並べ直している。

　かすかに感じる足音、衣擦《きぬず》れ、パックを包んでいるラップ同士が擦《こす》れるキュッという音、それらによって何一つ見ることなくとも今起こっている事象が手に取るように『彼女』にはわかるのだ。

　続いて弁当のコーナーに移った店員はそこでも薄い透明プラスチックの蓋《ふた》を時折ペコッと鳴らしながら混沌《こんとん》としていた並びを正していく。

　そして、あの音が鳴る。店員が懐《ふところ》から取り出した何やら分厚い束が発するバサリという音。

　それまで保たれていた平穏な空気は突如《とつじょ》として緊迫するそれへと取って代わり、大衆向け《スーパー》大規模小売店《マーケット》は狩り場へと昇華する。

『彼女』が感じていた『まともに戦える者たち』計一〇名は戦闘態勢に入ったらしく、気配を霧散《むさん》させるも、肌に感じるピリピリ、ザワザワとする切迫感はより一層強まっていく。

皮膚が強ばる緊張感、髪の毛一本一本にすら感じる殺気、奮い立つ戦闘欲求、唸《うな》る腹の虫。

——たまらない。

『彼女』はいつものように口元に浅い笑みを浮かべたのち、表情を打ち消して歩み出す。

己が技と誇りを試すその場へと。一毫《いちごう》に満たない『彼』との繋《つな》がりを残すその場へと。

それから数分の後、『彼女』を含めた一一名が弁当をカゴに納めてレジに並んでいた。

そして弁当コーナーには手ぶらのまま打ち据えられた八名と、コーナー前の床で意識なく倒れている、先ほど『彼女』が《豚》と称した者四名、そしてちょうど狩りが始まったタイミングで現れた新参者一名がやや離れた精肉コーナーにまで飛ばされていた。

立っている者の中には震え、目尻に涙を浮かべている者さえいる。

果たしてこのうちの何名が、再びこの時刻にこの狩り場へと現れるのか。『彼女』は期待と不安を込めて負け犬たちの顔を一時《いっとき》記憶に止めるのだった。

『彼女』は一匹の狼にしてこの狩り場の主《ぬし》。私立烏田《からすだ》高等学校二年、槍水仙《やりずいせん》。

またの名を——《氷結《ひょうけつ》の魔女》といった。

1

何が起こったのか、僕にはわからなかった。

たまたま寮の近くの大きめのスーパーに入り、偶然にも目の前で弁当が半額になっていくさまを見たのも束《つか》の間《ま》、意識が飛んだのだ。そして気がつけば精肉コーナーの前で倒れていた。確か僕は半額シールを貼《は》られた弁当に手を伸ばそうとした。そこまでは覚えている……そこまでしか覚えていない。

よろめく足で立ち上がれば、自分と同様に呆然《ぼうぜん》とする者たちが八名ほどいた。何が起こったのかわからぬ者、今の一瞬で起こった『何か』を目撃したらしき、震えて目尻《めじり》に滴《しずく》を溜《た》めた者……状況は違えど、みな瞳《ひとみ》には同じ色を宿らせていた。

恐怖という名の、色。

そして彼らの視線の先には床に伏した四名の意識なき者たちの体である。

何が起こったのか。長く付けられていた目隠しを外された時のように、僕は首を回して、残された状況から考えてみる。棚《たな》からなくなった半額弁当、レジに並ぶ半額弁当を手にした者たち、弁当コーナー前で呆然としている手ぶら、または空のカゴを手にした者たち……。

何かが起こった。確かに、何かあったのだ。

ここで、この場所で、ほんの数分に満たない束の間に。

グゥ、と腹が鳴る。必死の頭と同様に腹も必死だった。昼食に菓子パン二個と紙パックの豆乳を飲んでからすでに八時間近くが経《た》とうとしていた。

とにかく何か食べ物が欲しい。今起こった事象《じしょう》について考えるにせよ、脳に栄養を与えてからだ。昼にパンだったからできればご飯物が欲しいところだが……弁当は消えてしまったので、かろうじて残っていた半額のおにぎりで我慢《がまん》するしか……。

……とか思っていたら、さっきまで棒立ちだった連中が次々におにぎりをはじめ、その他の総菜もろともかっ攫《さら》っていきやがる。慌《あわ》てて僕はラスト一個になっていたおにぎりに手を伸ばす。

透明ビニールというセクシャルな服を羽織って艶《あで》やかな黒下着《のり》を見せつけてくる大和撫子《やまとなでしこ》。その下の純白の銀シャリに守られた具材は梅、紀州《きしゆう》の赤い文字が僕を誘ってくる。あえて紀伊《きい》ではなく紀州《きしゆう》なのが実にエロイ……ではなく、ニクイ。

思わず口内に出てきた唾《つば》を飲み込みながら、伸ばした手はおにぎりをつか……アレ？　なんだ、この温《ぬく》もりは。

「……え……」

僕が手に摑《つか》んだのはツルツルの包装ではなく、しっとりとした……手だった。一瞬それが何であるかわからずその摑んだものから伸びる手首に視線を移し、続いて腕、肩、そして同じようにこちらを見ていた女性と目が合った。

小さく後ろに束ねられた髪、大きく見開かれた目、紅潮《こうちよう》した頰《ほお》。女性というよりは、まだ女の子という言葉のほうが似合いそうな人。

制服から同じ学校、そしてネクタイの色からして同じ新入生なのだと知れた。誰かのお下がりなのか、肩幅も合っていないくらいに制服は大きく、袖《そで》は僕が握っている小さな手の半分を覆《おお》うほどに長かった。

固まった。TVドラマならここで「その瞬間、僕たちのドラマが始まったのだ」とか「運命の瞬間であった」といったナレーションが入るところである。

が、公園などで落としたハンカチや眼鏡《めがね》を拾おうとしてならともかく、スーパーの弁当コーナー、互いに手を伸ばしたのは一〇〇円おにぎり（紀州梅）、しかも半額シール付き。

なんだこの必要のないリアリズムと生活臭。

「……え、ぁ……こ、こんにちは」

「こ、こんばんは」

女の子が絞り出したような声で挨拶《あいさつ》してきてくれたものの、この時点でもう話が嚙《か》み合わない。僕たちの手はこんなにも強く絡《から》み合っているのに何故《なぜ》挨拶一つ嚙み合わないのか。僕は憎い、英語のように「ハロー」の一言で通じ合えない古来より伝わりし日本挨拶が。

いっそ国家転覆《てんぷく》でも謀《はか》って英語を標準語にしようかと考えた僕は数秒もの間、彼女の手を握ったまま固まってしまっていた。

「ご、ごめんなさい」

僕が言ったのではない。彼女が言ったのだ。もうわけがわからない。いやもしかしたら「お前が取ろうとした一〇〇円おにぎり（紀州梅）・半額シール付きはあたしがもらう」という意味を、その短い謝罪の言葉で皮肉を込めて言ったのかもしれない。何という挑発だろう。彼女がなにげに小動物のようなかわいさを持って僕を油断させてくるというこのコンボ技。僕は憎い、一つの言葉が如何様《いかよう》にも取れる多様性に溢《あふ》れる日本語が。いっそ国家転覆でも——以下略。


　僕は手を放した、というより、脱力して手が離れた。

　すると彼女はいそいそとスカートのポケットから白い花模様のハンカチを取り出して僕のほうへ手を伸ばしてくる。これには一体どういう意図があるのだろうか。僕は憎い、この白いハンカチの——以下略。

「あの、手を」

「はぃ？」

「えぁ、その、あたしの手で汚れた……かも」

　そう言われて手を見てみるが、特に汚れた形跡《けいせき》はない。いや、別に大丈夫、と口にすると彼女は慌てて付け加えた。

「漂白剤使って洗っていますから……その、綺麗《きれい》……だと、思います」

　彼女はいそいそとハンカチを広げると僕の右手を包むようにして拭《ふ》き始め、時々「ごめんなさい」とわけのわからないことを口走っていた。

　時折辺りから視線を感じる。人々は果たしてこの状況を如何様にして見ているのだろうか。少し気になった僕は、女の子に手を拭かれているという、どこぞの食事中の王様が侍女に世話をしてもらっているような状態のまま、辺りへと顔を向けた。

　するとレジに並んでいた女性と目が合う。今度こそ女性と呼ぶに相応《ふさわ》しい人だった。一七三センチの僕と同じとまではいかないだろうが、女性としては比較的長身であることに加え、肩

口で乱雑に、わざと髪先が散って尖《とが》るようにしているらしい髪。切れ長の、見るもの全てを吸い込んでしまいそうな黒色の瞳は、白色灯の影響なのか、妙に白く見える彼女の肌と対照的でよく映えていた。

その表情は目元に引かれたダーク系のアイシャドーと相まってクールというかエキゾチックというか……少なくとも僕がいた中学校ではまず見かけることのないタイプの人である。

彼女の纏《まと》う雰囲気《ふんいき》はどこか人を寄せつけないものであるとともに、不思議と視線を向けてしまうものがあった。単に彼女の黒いストッキングと、高校の制服と合わせるにはやや不向きなゴツイブーツが目に入って、僕の何かしらの趣味が刺激を受けたわけではない……と思う。

きっと綺麗な細い手足、幾分抑《おさ》えめのバストやヒップ……そのボディラインを見る限りは繊《せん》細《さい》な女性という印象なのに、纏っている空気や服装がそれとは不釣り合い、けれど何故か似合っている。そんな矛盾《むじゅん》した要素によって、見た者が〝気になる〟のではないだろうか。

しかしながらもっとシンプルかつ重要な要素に、美人だから、という理由があるのは否定しようもない。

やっぱり高校は違う。何が違うって名前が違う。ジュニアハイスクールとシニアハイスクール。まさに子供と大人の差。これぞ第二次性徴の奇跡。ネクタイからして一学年上の先輩なのだろうが、手を拭いてくれている彼女とは段違いに大人びて見えた。

その先輩を見ていて僕は確信する。きっと全国の男子が高校進学する目的の九割以上は年上の女性と合法的にお近づきになるために違いない、と。

レジでその美人さんの順番が来たのか、顔をこちらからずらそうとした彼女は目元をかすかに綻《ほころ》ばせ、一瞬、微笑《ほほえ》んだように見えた。ドキリとした。その表情もそうだが、それ以上に彼女の持ったカゴの中の半額弁当に。

あの『何か』の中で手に入れたであろう、半額の弁当。僕が意識を失い、離れた場所へ吹っ飛ばされた『何か』の中で、あの美人さんは一体どうやってそれを手に入れたのか。

だがそんな疑問も右手の痛みでかき消えた。ハンカチの彼女がまるで父の仇《かたき》とでも言わんばかりに僕の手を擦ってくるものだから、すでに掌《てのひら》は真っ赤、ハンカチはクタクタに……。

あの、と声をかけたら、さすがに彼女ははっとしてハンカチとともに手を引っ込める。……で、しばし見つめ合った。残念ながらお互いの胸がキュンとしてラブストーリーが始まったわけではない。二人とも躊躇《ちゅうちょ》したのだ。

そもそもお互いが唯一《ゆいいつ》残ったご飯ものの、一〇〇円おにぎり（紀州梅）半額シール付きが欲しくて手が重なったわけで……双方の目的がわかっているわけで……。

ここでどうぞ、と譲るのが男の甲斐性《かいしょう》というものなのかもしれないが、それではまるで彼女の困窮《こんきゅう》さを際立《きわだ》たせてしまうようで失礼ではないか。かといってここで僕が奪い取るというのも失礼な気がする。ならば、とさりげなく立ち去るのは文字通り腹の虫が黙っていない。

……いや、譲るべきなのはわかっている。だが、欲しい。

きゅるぅ、と何とも形容のしにくい腹の音が彼女のお腹《なか》から控えめに鳴った。顔を真っ赤にして俯《うつむ》いてしまうのだが、立ち去るようなことがないからして、これ、つまり一〇〇円おにぎり（紀州梅）半額シール付きがどれほど欲しいのかがわかるというものだ。

どうしよう、とお互いに同じ疑問を持った、その時だった。僕たちの脇《わき》から腕を伸ばして残されたおにぎり（紀州梅）半額シール付きに手を伸ばしてくる不埒《ふらち》な輩《やから》が現れた。

人間というのは不思議である。「あっ」と思った時にはすでに僕の手はおにぎりに向けられていた。彼女にならともかく、漁夫《ぎょふ》の利《り》を得ようとする奴《やつ》に取られるわけにはいかない。

バシュっと素早く僕はおにぎりを掴み取った。……小さな女性の手の感触とともに。

……五分経った。割り箸《ばし》を割り、『どん兵衛《べえ》きつねうどん』の蓋《ふた》を剝《は》がす。食欲を刺激する鰹出汁《かつおだし》の香り、白い湯気……そしてその向こうではおにぎりの包装を解いている少女の姿。

白粉花《おしろいばな》、と彼女は名乗った。

何故僕が彼女と夜の公園で同じベンチの上に座っているかといえば、別に一春《ひとはる》のアバンチュールな夜をエンジョイプレイしようとかそういう下心があるわけではない。

それはシンプルに『飯』である。結果互いにどん兵衛を一つずつ買い、二人が同時に手にした半額おにぎりは半分こにしよう、という至極《しごく》もっともな結論に至ったのだった。

「あの、サイトウさん」

「あ、いや、佐藤《さとう》です……佐藤洋《よう》」

「あっあぁ、さっき聞いたばかりなのにすみません！　……えっと佐藤さん、種要《い》ります？」

「いや、別に……」

白粉は海苔《のり》をパリリと音を立て、お米も梅も綺麗に二つに割る。そして、停《と》まる。固まる。しばしパチパチと瞼《まぶた》を瞬《また》かせると、怯《おび》えるようにしてこちらを見てくる。

「えぁ、あ、あの……あたしが触ったものになってしまったんですけど……す、すみません」

少し話してみてわかったのは、どうも自分が触ったものは、人が嫌がるのではないか、と不安がるクセのようなものが白粉にはあるらしかった。潔癖性《けっぺきしょう》、というには少し違うか。その逆？

もらったおにぎりに僕がかじりつくと、彼女は心底ホッとした顔をしてそれから自分の分に口を付けた。

しばしの間、鼻孔《びこう》を擽《くすぐ》る海苔の香ばしさと米の甘みに馴染《なじ》んで弾《はじ》ける梅の酸味、そしてどん兵衛の肉厚でジューシーなお揚《あ》げと出汁の奥床《おくゆか》しい風味に、横の女の子のことなど忘れて没頭する。そもそも共通点が同じ学校の生徒であるという程度の上、どちらかに気があって一緒に飯を食べているわけでもなかったので、二人の間に話題などありようもなかった。

だが、さすがに食べ終わるころになると一言も話さないのはまずいと思って、あのことについて訊《き》いてみることにした。少なくとも彼女は僕のように意識を失ってはいないだろう。

「あたしにもよくわからないんですが、なんて言うか、半額のシールが貼られた直後に十人くらいの人があのコーナーに集まってきたんです。それで、あたしも行こうと思ったんですが人が多くて気後《きおく》れしてしまって、立ち止まっちゃったんですけど……」

僕もそこまでは覚えている。恐らく彼女の言う十人の中に僕もいるはずだった。

「瞬きするほどの間に……本当に一瞬なんですけど……その一瞬でいつの間にか人が倍くらいになっていたんですよ。急にフッて湧《わ》いて出たみたいに。

それで、え？　とか思っていたらその人込みの中から、たぶん佐藤さんだと思うんですが、男の人が誰かに投げ飛ばされたみたいにして飛び出てきたんです」

うん、間違いなく僕だ。

「そこからは何が起こっているのかわからなくなって、それで、驚いていたらいつの間にか人込みがお弁当と一緒に消えていて……」

すみませんはっきりしない記憶で、と謝る白粉を尻目に僕はどん兵衛の汁を啜《すす》る。

白粉の話を聞く限りでは、意識が飛んでいようといまいとあまり差はないらしかった。何が起こったのかわからない、それがあの場で起こったことの、僕たちの総論だった。

「結局ミステリアスのまま、か」

「ミステリアス……何か『漢《おとこ》』な展開が待っていそうですね」

コリコリと大きな紀州梅の種を口の中で転がしながら白粉が言った。

「あ、何かこう、筋肉隆々な名探偵が相棒とのコンビネーションと筋力を武器に力技で謎《なぞ》を解いていくような展開とかいいなぁ」

探偵と筋肉がどうやって結びつくのかがわからないが、何故か彼女はうっとりとして夜空を見上げていた。僕もまた釣られたように空を見上げる。

欠けた月に思い出したのはレジに並んでいた女性の瞳と半額シールの鮮やかさだった。

2

僕が今年の春から入った烏田《からすだ》高等学校の専属寮では、朝食は出るが昼食、夕食は出ない。『自立した生徒を育てる』という学校の教育方針を反映させたものだと入寮時に聞いてはいたが、これが存外に厳しい。

代わりに各階にある調理場を好きに使えたりもするが、まともに料理ができない人間にとって昼食はともかく、夕食が出ないのは過酷である。また月額の寮の費用も格安ではあるが自炊《じすい》するにしても出来合《できあい》の物を購入するにしても、一人前では結果的に高くつくことが多いのだ。

もしかしたら寮生同士のコミュニケーション及び連携《れんけい》を積極的に行わせようとする寮と学校側の隠された狙《ねら》いがあるのかもしれなかったが、少なくとも入寮してから十数日目の僕にはともに食卓を囲めるような友はできていない。

……で、だ。ここで計算してみよう。

朝食は出るからいいとして、昼食は購買部で一〇〇円の菓子パンまたは調理パンを、理想を言えば三つだが二つで堪《こら》えるとしよう。当然飲み物も必要となるからしてこれもペットボトルではなく一〇〇円の紙パックのものとする。この時点ですでに三〇〇円が食費に消えた。

昼はパンでもいいが、夕食までもそれではあまりに切ないのと、栄養の面からも考えていけば自然と単価は上がらざるを得ない。

しかもこれは平日における仮定であって、土、日、祝日に至っては寮から支給される食事はゼロ、つまり朝昼晩一切出ない。仮にではあるが、中学の時と同様に休みの日は昼まで寝ているとして、朝食代は平日同様計算上において〇《ゼロ》としよう。

平日時と同様に一日あたりの食費を $300+x$[yen] として計算すれば一カ月は四週なので月額食費 $4\times7(300+x)$[yen] となり、これを整理すれば $8400+28x$[yen] という解に至る。

支給される軍資金は月三万なので、次のような式となり、これをxについて解く。結果この夕食費xの最大値は――

$$8400+28x=30000$$

$$x=771.42857$$

――となるが、当然食費に全てをあてるわけにもいかない。近所のラーメン屋『ヒロちゃん』で基本的な『ら〜めん（しょうゆ・しお・味噌《みそ》）』でも一杯六五〇円だからこれを仮定参照データとしてxの最大値から引くと……一日あたりの余剰費用、わずか約一二一円。

さて、お気づきになられたであろうか？　一二一円で果たして何ができるのだろう？　四一〇円のジャンプコミックスを買うのだって四日間貯《た》めてようやくである。青春真《ま》っ盛《さか》りたる高校生活、穴と見ればとりあえず突っ込んでみたくなる盛りの時期……そんな思春期後半が始まったばかりだというのに四日間も耐え抜いてようやくジャンプコミックス一冊……。

これはまさに『絶望』という言葉の代名詞に『一日一二一円』というやたらと横線ばかりの一文を用いるとする新たな論文を書き上げるに十分な事例ではないだろうか。

……といった旨《むね》の、やたら遠回しに『仕送り増やして♪』という手紙を認《したた》めて親父に昨日送ったのだが、その返事が今日届いた。

薄い封筒だった。業務用の茶封筒での素早い返信である。如何《いか》にも現役陸上自衛隊員たるウチの親父様らしい実直さだ。

薄さからしてこの中に金銭が入っているわけではないだろうが、手紙で返事をするという面倒な手順を踏んだところを見ればそこそこ期待できるんじゃないだろうか。『しようがない月一万ずつ増やしてやる』という言葉を筆頭にして僕の体のことを心配していたり、たまには実家に帰ってこいよ、寮とはいえ一人暮らし同然の生活は寂しくないか、というインクのみではなく親心によって書かれた文面が出てくるに違いない。

期待したっていいはずだ。いや、そういうのを期待するのがある種、子供の務めであるような気すらした。僕は胸をときめかせ、父と母の顔を思い浮かべながら封を切った。

……が、出てきたのは何故か僕が送ったレポートが一枚。一瞬、住所でも間違えて宛先不明として返送されたのかとさえ思ったものの、封筒は確かに実家から届いていた。

ふと何気なく持ち上げて照明に透《す》かしてみて、はっとした。僕が書いたレポート用紙の裏側に一言だけ父からメッセージがあったのだ。

『セミって喰《く》えるんだぜ？』

……もうわけがわからない。夕張《ゆうばり》メロンの箱から長野《ながの》産キャベツが出てくるくらいにわけがわからない。

仕送りを増やしてくれ、と言っているのに何故その返事で新たなセミの利用法を教唆《きょうさ》しようとしているのか。最後は何故半疑問系で締めたのか。そもそも春にセミはいないという常識を知らんのか。奴の頭の中は常夏か。

慌てた僕は即座に実家に電話する。出てきたのは母だった。

『洋にこれ以上金を送るくらいならMSXⅡの純正ジョイパッドを買ったほうがいいとか何とか言っていたわよ。まったく何考えているのかしらね。

MSXⅡならウチにあるセガ・マークⅡのコントローラーでもそこそこ使えるっていうのに。それに今なら公式エミュレーターがあるんだからわざわざ当時のマシンを起──』

──さらば母よ、僕はそう胸に呟《つぶや》きながら携帯の電源を切るほかなかった。

今まで気がつかなかったが、父と母はちょっとガタがきているのかもしれない。

……このような結果を経て、高校生活を満足に送るためには夕食を如何に安く済ませるかによる、という結論に達した時、僕は再びこの時間この場所へと戻ってこざるを得なかった。

一九時四五分。寮から近い、一軒のスーパー。

約二十四時間前、僕が意識ともども吹っ飛ばされた場所だった。ここで半額弁当を手に入れるか、バイトでもしなければ毎月楽しみにしているジャンプスクエアとウルトラジャンプの購入、加えてそのアンケートの返信も危うい。好きな作品の単行本を買うのは当然だが、本誌を買い、アンケートを出して漫画家を応援するのはファンの務めだから、これにまで影響を出すわけにはいかない。

しかし毎日午後五時近くまで授業があり、その予復習に追われるとなると土・日を使ってバイトせざるを得ないわけだが……さすがにこれはない。人はパンのみに生きるにあらず、とキリストが言ったように飯を食べるだけで人生が満たされるわけじゃない。土・日をエンジョイしてこその真っ当な高校生活であろう。

「あの……佐藤、さん?」

微風にさえ流されてしまいそうなほど小さな、おずおずとした声が聞こえる。

意味もなく、スーパー入り口前で仁王立ち《におうだ》したまま、ライトアップされた看板を見上げていた僕に声をかけてきたのは白粉《おしろい》だった。二〇メートルほど離れた店脇の歩道から声をかけてくれたので、妙に声が遠い。

あぁどうも、と声をかけたものの、彼女がトテトテと走り寄ってくるまで数秒を要し、その間妙な空気が二人の間を流れた。

「すみません……なんか、こう、気づいているのに近くに寄るまで声をかけなかったら無視しているみたいで失礼かなって思ってその……ごめんなさい」

「いや、別に謝るようなことは……」

未《いま》だに——といっても昨夜夕飯を一度ともにしただけだが——彼女との会話のテンポというか、間合いというか、そういうのがわからない。

さてどうしたものか、と思っているとあることに気づく。白粉は今日、眼鏡をかけていた。

「眼、悪かったんだ?」

あっすみません、と彼女は慌てて眼鏡を取る。

「小説書く時だけつけてるんです。普段はつけていないんですけど、あたし、一応ラノ研（ライトノベル研究会）なので書いているんですよ。あとは勉強する時だけなんですが……あ、すみません、何かどうでもいいことを」

「あ、そうか、それで昨日汚れるとか何とか。ペンのインクとかのことだったんだ」

「あぁ、いえ、それとは別でして。……その、菌《きん》とか」

……菌って……。そういえば小学校の時、菌がうつるとか言われてイジめられてる奴がいたけれど……何か久々に聞いた気がする。

「そういえば、やはり佐藤さんも来たんですね。『漢《おとこ》』の世界の匂いを感じ取りましたか」

うん、未だにテンポというか、間合いというか——面倒なので以下略。

ポリポリと鼻頭を掻《か》いていると、ふと凛《りん》とした、爽《さわ》やかな香りが鼻孔を擽《くすぐ》った。そして僕たちの脇をまるで風に舞う木の葉のように存在感うすく通り過ぎていく女性。暗闇《くらやみ》では浮いてすら見える白い顔と切れ長の目にアイシャドー。昨夜、僕を見てかすかに微笑んだ女性だ。

「うーん、魔女って感じですよね、あの人」

白粉が言うように、魔女、という言葉がなかなか言い得て妙だ。彼女は白粉と同じ、普通の制服を着ているのに見る者の背筋にブルリとくる何かを発している。

「半額お弁当のミステリーに、魔女とマッチョな刑事……何だか興奮を覚えますね」

店内に入っていく魔女の背を見ながら、白粉はグッと胸のところで拳《こぶし》を固める。どうやら彼女の中にあって刑事は……アレ？　探偵じゃなかったっけか？

「あっ……お、覚えません……か？　そ、そうですよね、すみません、変なこと言って」

興奮は覚えなかったものの、興味は感じた。マッチョ刑事はどうでもいいとして、彼女は昨日確かに弁当を手に入れていた。つまり彼女、あの魔女ならば昨日何が起こったかを知っている、もしくはそれ以上のことも理解している可能性がある。

「行こうか、謎が解けるかもしれない」

白粉はパチパチと瞬きを繰り返した後、一度俯《うつむ》き、再び顔を上げた時には頰を紅潮させて「お、おぅ」と何とも似合わない言葉を吐いた。気分はその刑事のつもりなのかもしれない。

二人肩を並べて店内に入れば、生鮮食品コーナーからのキリっとした冷えた空気が迎えてくれる。天井のスピーカーから流れる押しつけがましくないＢＧＭ、レジからの小銭が弾《はじ》ける耳《みみ》障《ざわ》りな音。冷蔵機の立てる稼働音……基本的に昨日と同じだった。

魔女はレジ近くの菓子コーナーに佇《たたず》んでいた。その彼女からは先ほど僕が感じたような寒気にも似た何かは掻き消えており、それどころか存在感そのものが希薄になっているように思われた。

ガタンと音が聞こえる。そちらを見やれば総菜コーナーの横にあるスタッフオンリーの扉を開けて店員が現れ、一礼していた。

「先ほどからフリスクをじっと見ていま……み、見ているが、何か意味が？」

白粉に小学生の演劇か、と突っ込んでやるべきなのかもしれない。

こちらの反応が気になるのかチラリチラリと様子を窺《うかが》ってくるが、どういう反応をしてあげるのが正しいのだろう。

彼女の顔を見ながら思案していたら、僕の耳がかすかなバサリという音を拾った。

そして……何かが変わった。

何が変わったのか、と問われても答えようはない。ただ、白粉もどうやら何かを感じ取ったらしく、小動物のように辺りをキョロキョロと見回し始めて今まで以上に落ち着きがなくなっている。

強《し》いて言えば、空気。まるで剝《む》き出しの腕を触れるか触れないかの瀬戸際《せとぎわ》でスッと撫《な》でられているような、ベッドでうとうとしていたら部屋の隅にG《ゴキブリ》の気配を感じたような……何とも言えないが、体が縮み上がるような、そんな感じだ。

昨日もこんな空気を感じただろうか？　わからない。感じていたかもしれない、感じていなかったかもしれない。今のようにここでは『何か』が起こるという予備知識があるからこそ感じ取ることができたという気がする。

空気が一変した原因は何か……。少なくとも僕が感じ取れたのはあのバサリという音のみ。あれはさっき出てきた店員さんが半額シールの束を出した音だと、値札のバーコードに油性ペンで横線を入れ、次々にシールを貼っていく彼の姿を見て判断する。

「半額弁当、やっぱ……あっ……や、やはり、アレか」

謎解きにやってきた白粉はともかくとして、そもそも半額弁当が目的の僕は空気の変動が気になるものの、落ち着いて考えていられる状況ではない。店員さんがスタッフルームへと向かっていくのを見る。

「ちょっと行ってくる」

何やら考え込んでいる白粉を残して、僕は弁当コーナーへと向かう。そこには店員の他に僕のように制服を着た一年生たちが二人。各自半額シールを貼られた弁当に手を伸ばしていた。

僕もまた、一瞬遅れてその一角に辿り着こうとした……時だった。バタンという扉がしまるような音。かすかに漂う引き締まったフローラルの香り。先ほどまで菓子コーナーにいたはずの魔女が、僕の真横、それも鼻息がかかるほどの距離にいた。足音一つ、気配の欠片《かけら》すら僕に感づかせることなく。

いや、それだけではない。先ほどまで二人しかいなかったはずの弁当コーナーにはすでに人垣が生まれている。いつそいつらが現れたのか、まったくわからなかった。

何故かはわからない、けれど心の中で目眩《めまい》を覚えそうな焦《あせ》りが生まれた。特に選んだわけではなかったが一番近くにあった唐揚《からあ》げ弁当らしき物に右手を伸ばす。が、僕の手が弁当の蓋に辿り着くより先に右脇腹の辺りに鈍《にぶ》い衝撃を受ける。殴《なぐ》られたとかいうのではなく、電車の中で圧《お》されたような痛みのない衝撃。バランスが崩れ、右足にかかっていた体重が左足に寄る。バランスを取ろうとして伸ばしていた右腕が上がる。

「二度目はキツイぞ」

冷水のように透き通っていて、小さなガラス片が固い床の上に落ちるように、鼓膜《こまく》を擽る女性の声。目前に迫る、魔女の瞳。

僕の全体重が乗った左足にこれまた痛みのない衝撃が走る。まずい、と思う間もなく足が払われ、体が宙に浮く。

その時、僕の左手側からニュッと男の腕が伸びてきて、僕が手にしようとしていた唐揚げ弁当を狙う。同時に魔女の白い右手が同様に唐揚げ弁当に伸びる。

体勢を崩して倒れ行く最中、僕の両目は半額シールが貼られた弁当から離せない。どちらが先に手にするのか、そんな疑問が頭蓋骨《ずがいこつ》の中を跳ね回る。

が、その疑問は次の瞬間跡形もなく消え失せた。僕の腹部に凄《すさ》まじい衝撃。そこには槍《やり》のように突き刺さる魔女の左の掌。彼女は右手で弁当を狙い、そして同時に左手で僕に攻撃を仕掛けてきたのだ。

その攻撃に先ほど左手側から手を伸ばしてきた男ともども弁当・総菜コーナーを抜け、隣の精肉コーナーさえ越え、鮮魚コーナーの奥端にまでぶっ飛んだ。

固い床に二人の男が叩《たた》きつけられる。衝撃と状況に頭が混乱して、声一つ発することができないまま数度転がる。

息ができない。意識は男が下敷きとなってくれたおかげでかろうじて保てた。だが、逆にそれが苦しい。僕は必死に肺に空気を入れた。

「……っが、はっ……」

立ち上がることのできない僕は四つんばいになって、かろうじて視線だけで弁当コーナーを見る。痛みで浮き出た涙に歪《ゆが》んだ視界の中で、昨日同様数名の学生が立ちすくんでいるのみだった。弁当も、魔女も、瞬時に現れた人垣も……全てが朝霧のように消え失せていた。

「……な、なにが……」

かろうじて発することのできた僕の声は、誰の耳に入ることもなく永劫《えいごう》の時を経てもなおリピートされる『おさかな天国』の歌にかき消されていく。

しかし、それに応じるかのように一緒に吹っ飛ばされた男が呻《うめ》くように呟いた。

「アイツ……犬ごとこのオレを……相変わらずの腕だ……氷結の……魔、女め」

そして彼は一度小さく咳《せ》き込みそのまま意識を失った。

氷結の魔女。頭の中でその名が朧《おぼろげ》気に繰り返される。混乱と、痛みに、震えながら——。

3

白粉《おしろい》の話では、僕が鮮魚コーナーへ吹っ飛び、痛みと『おさかな天国』に蹂躙《じゅうりん》されている間に魔女……いや、氷結《ひょうけつ》の魔女やその他の者たちはあっという間に半額弁当を手に入れ、レジへと消えていったのだという。

意味がわからなかった。何故唐揚《からあ》げ弁当の半額シール付きを手に入れようとして、女性に掌《しょう》底《てい》を喰《く》らわねばならないのか。たった数百円安く済ませようとした代償《だいしょう》にしては何と大きなものだったたか。

しかもあまりの痛みに食べ物が喉を通らなくて、夕飯がウィダーインゼリー（エネルギーイン）となってしまった。痛みも引いた二時間後の深夜には空腹で悶《もだ》えた。一〇秒チャージの限界を知った夜だった。

賑《にぎ》やかな教室で昨日の出来事を思い出しながら、たっぷり砂糖がかかっていてメタボリックの強い味方になるであろう、三角形のフレンチトーストに一人僕はかじりつく。

一応知り合いと呼べそうな奴ができてはいたが、物を食べる時になると、どうしてもあの場所の出来事が頭に浮かんで、神妙な顔になるのであえて一人で食べていた。……別に、友だちがいないとか、そういうわけではない。

僕はフレンチトーストに噛みつく。……ざわつく教室、微《かす》かに残る腹部の痛み、繰り返される疑問、反芻《はんすう》される彼女の名、口の中で溶ける砂糖の甘み、玉子・牛乳の風味とコクの見事なコラボレーション……。まるで迷路のようだった。

「氷結の……魔女、か」

出口を求めるように思わず口から出た独《ひと》り言《ごと》に、僕の机の脇で女性がピタリと足を止めた。

一瞬隣のクラスだった白粉かとも思ったが、腰の辺りで揺れる、長い黒髪を束ねる大きな白いリボンを見て別人だと知れた。

見上げてみれば、それは学級委員長の……なんだったかな……。確か、白梅梅《しらうめうめ》とかいう、親が手を抜いて考えたか、出生届提出時に書き間違えたかであろう名前の奴だ。

彼女は飄々《ひょうひょう》とした顔付きで僕を見下ろしてくる。

白梅はスラリとした長身とキリリと引き締まった顔から、同年代にしては妙に大人びて見えた。氷結の魔女とは別の意味でクールというか、お堅い感じのする女。

「……お金がないのならバイトしたらいいと思います。遊び気分で行っているのならやめたほうがいいです。そのうち、軽い怪我《けが》じゃすまなくなりますよ」

白梅はそれだけ言うと胸に弁当らしき物が入っている巾着《きんちゃく》を抱いたまま廊下《ろうか》へと出ていくので、驚いた僕は慌《あわ》てて追いかける。

「待ってくれ、知っているのか、あの人を」

昼休みが始まったばかりということもあって廊下には大勢の生徒がいたものの、僕は大きな声を出して白梅を呼び止める。

彼女はまるでアイロンかけたてのように皺《しわ》一つない制服を、少しも揺らすことなく、静かに振り返ると僕を真《ま》っ直《す》ぐに見据《みす》えてくる。

「少し前に卑《いや》しく半額弁当を争ってまで奪い取る人だとか、そんな噂《うわさ》を小耳に挟みました。ただそれだけです。友人が隣のクラスで待っていますので。失礼します」

白梅は僕に深々と頭を下げると何事もなかったかのように隣のクラスへと行ってしまう。

周りからの突き刺さるような視線を浴びながら、僕は思う。

白梅梅は、何か知っている。……そして、あぁ、僕、遠目に見たら美人さんにちょっかい出して断られたアホに見えるな、と。

僕は席に戻ってフレンチトーストにかじりつく。

繰り返される疑問、反芻《はんすう》される彼女の名、白梅梅の言葉、口の中で溶ける砂糖の甘み、玉子・牛乳のコクと風味の見事なコラボレーション……。まるで迷路のようだった。

咀嚼《そしやく》していたそれらを飲み込む。フレンチトーストは表面がしっとりしていても案外飲み込みづらい。頭を埋め尽くす疑問に溜飲《りゆういん》も下がらない。

ただ、思うのだ。少なくとも二度目撃した氷結の魔女、彼女には白梅が言う『卑《いや》しさ』なんてものはこれっぽっちもなかった。むしろ彼女から漂ってくる雰囲気は誇り高き野生の獣《けもの》のそれである、と。

そしてさらに思うのだ。

飲み物買うの忘れた、と。

4

卵が先か、鶏《にわとり》が先か、というような言葉がある。ぶっちゃけるとどっちでもいいという結論に達するほかないものだが、恐らく僕の今のこの状況もそういった類だろう。

腹が減って金がないからまたこの時刻（一九時四五分）・この場所《スーパー》に来たのか、それともあの場所で氷結の魔女を筆頭として行われる『何か』を見極《みきわ》めに来たのか……僕自身にもよくわからなかった。

そして何故《なぜ》か僕の横にまた白粉《おしろい》がいるのもよくわからなかった。残念ながら僕を待っていた、とかいうドラマチックな展開ではなく、昨日の僕よろしくライトアップされた看板を熱い眼差しで見上げているのを偶然見つけ、何となく合流したのだ。

話を一応聞いてみたが、謎《なぞ》は解かれるためにある、とかなんとか。それに、と加えて「あた……オ、オレがいないとお前が困るだろ？」とまたヘタクソな上に臭《くさ》い演技がかった口調で言ってくる。台詞《せりふ》の後に相変わらずこちらの反応を気にしてくるのだが、これに対するリアクションの正解を未《いま》だに僕は見つけられない。

無視すると見るからに落ち込むので、一応適当に反応しなくてはならない。

「え、あ、……うん、まぁ」

曖昧《あいまい》な返事をしたら、白粉は落ち込みはしないものの、少し元気がなくなって俯《うつむ》いてしまう。その顔は昔、実家で母が友人と映画の話をしている時「あのホラ、『クリムゾンリバー』とかハリウッド版『ゴジラ』とかに出てた俳優よ……そう！　ジョン・レノン！」とか自信たっぷりに言っているのを聞いてしまった時の僕の表情に似ていた。きっと、ちょっと惜しかったのだ。

どうでもいいがウチの母はあの頃からちょっとガタがきていたのかもしれない。

僕たちは三日連続となるスーパー、というよりもはやミステリーと恐怖が渦巻く戦場といったほうが正確かもしれない所へと足を踏み入れていく。

「今度はあたし……オ、オレも行くからな」

「気をつけたほうがいい、氷結の魔女はわりと洒落《しゃれ》にならない」

パッと白粉の顔が明るくなる。今度は正解だったらしい。

「お、おぅよ」

恐らくあのエプロンをした店員が現れればまたあの独特の空気になるのであろうが、店内は普段通り平穏を保ったままだった。ただこれまでと違うのは総菜・弁当コーナーに、今までならこの時間、大抵一年生が何人か立っていたはずなのに今は誰もいない。ひょっとしたら僕と同じように痛い目にあったせいで逃げてしまったのかもしれない。

あの時の氷結の魔女の掌底《しょうてい》には肝《きも》が冷える。またアレを喰らうわけにはいかない。今度はできるだけ彼女とは距離を取って弁当にアタックしてみるとしよう。……いや、待てよ。そもそも彼女もさすがに三日連続で弁当を狙ってくるとは限らないはずだ。

パチンと指を鳴らした僕に、白粉は視線を合わせて頷《うなず》く。向こうも同じ考え――

「加齢臭《かれいしゅう》もいいですよね」

――ではないようだった。彼女は何を想《おも》ってこの場で加齢臭と口にしたのか……。

とりあえず辺りを見回してみるが氷結の魔女の姿はなく、学生と思《おぼ》しき客が十数人程度いるだけだ。誰が昨日、一昨日と僕たちを恐怖に陥《おとしい》れた連中なのか見た目ではわからない。ひょっとしたら全員そうなのかもしれないし、そうじゃないのかもしれない。

だが、恐れるべき敵、氷結の魔女はいないように見える。何とかなるかもしれない。

僕は体を内側から擽《くすぐ》るような喜びに下げていた両の手をグッと握りしめる。

……たかだが半額弁当、二〇〇円からせいぜい三〇〇円の差なのだが不思議なものである。

スタッフオンリーの扉が開いて店員が現れる。僕と白粉は一度視線を交わし、頷いた。

「先にお弁当のコーナーにいたほうがいい……いいんじゃねぇ……か？」

よし、と僕は頷き歩き始める。白粉にはあの妙な口調の一切は無視というか、特に意識して応じず、普通に接してやるのが一番のようだ。

弁当のコーナーに無事に辿《たど》り着く。……ただ普通に行っただけだというのに自然と『無事に』という言葉が出てくるあたりにこの二日間の凄《すさ》まじさを感じる。

果たしてどうだろう。売れてスペースの空いたところこそあれ、そこには今まで欲しても手に入れることのなかった弁当の数々が神々《こうごう》しくも鎮座《ちんざ》していているではないか。今はまだ『一〇〇円引き』などという控えめでウブなデコレーションで抑《おさ》えているものの、あとものの数分もすれば『半額』というもはや隠すためではなくその下の艶めかしさを、より一層美しく見せるための扇情的補助道具《エロティカル・サブ・アイテム》たる黒下着クラスへと大胆にも華麗に進化してみせることだろう。

……問題は果たしてそれを僕と白粉が手にすることができるかどうか、である。今は手を伸ばせば、あっという間に手に入ることは間違いなく、いくら『彼ら』が素早かろうが、周囲数メートル範囲外からの移動ではさすがに物理的に不可能というものである。

「あ、これおいしそう」

そう呟《つぶや》きながら白粉は五八〇円の『漢《おとこ》の血となれ肉となれ！　春のニンニク焼き肉弁当（一〇〇円引きシール付き）』というオリンピック開催中の松岡修造《まつおかしゅうぞう》が作ったかのようなそれにそっと手を伸ばす。

触れるか触れないか、その時だった。彼女はまるで熱湯にでも触ったかのように慌てて手を引く。

「……何だろう、何か、チクチクする」

静電気？　と訊《き》くが白粉は首を振る。後ろにまとめた小さな髪の束がフルフルと揺れた。

彼女は視線を弁当に落としたままだったが、顔は青ざめ、かすかにだが……ほんのかすかにだが、胸元を押さえているその手が震えていた。

「何人もの人が見ている……凄《すご》い、嫌悪《けんお》の目。でも、こちらに気づかせないように注意を払っている」

まるで独り言のように彼女はポツリポツリと滴《しずく》が垂《た》れるように小さく口にした。だが、まるで雪の上に裸で投げ出されたような彼女とは違い、僕には何も感じない。……それとも彼女にしかその嫌悪の目というのは向けられていない……？

辺りをそれとなく見回してみるも彼女を注視している者は見当たらない……と思う。

半額シールを貼り続けていた店員さんが僕たちの前にやってきたので、邪魔《じゃま》にならないように白粉の肩をポンと叩《たた》き、二人して弁当コーナーから数歩離れる。白粉はやはりまだ床を見ながらオドオドしていたが、僕の手にチラリと視線を当てるとポケットからスッとハンカチを出した。

この前、同じようにやられた時には、水に触れるとヒリヒリするぐらい擦《こす》られた。それを思い出し、僕は彼女から遠ざけるように手を自分の腰にやり、店員さんがあの暑苦しい名前の焼き肉弁当に半額シールを貼るのを見やる。彼は一度僕らを見、足を止めることなくスタッフルームへと戻っていく。

「とりあえず弁当買っちゃおうか」

白粉は手にしていたハンカチをギュッと握り、頷《うなず》く。

僕もまた先ほど見かけて気にしていた『特盛りライス&お好み焼きセット』という、デブへの有力な足がかりになるであろう楕円形《だえんけい》の器《うつわ》に入った、炭水化物の塊《かたまり》に手を伸ばす。

その瞬間、背筋がゾクリとした。

……誰かに見られている。それもこの視線は覚えがある。間違いなく、氷結の魔女が僕を見ている。

ギリギリの時間になって彼女が来店してきたのか……いやしかし、別人かもしれない。あらゆる可能性が頭を駆け巡る。

——だが何にせよ、いける。もう弁当はすぐそこだ。僕は弁当の表面に指を這《は》わし、かすかにそのラップのような包装紙の感触を感じ——

風が、吹き上がった。

髪の毛が逆立つ感覚とともに、僕が見たのは空を舞う白粉の姿。そして先ほどまで白粉が立っていた場所で拳《こぶし》を天に振り上げる男。空中を漂う白いハンカチ。

馬鹿な、そう言おうとした。だが、言えなかった。目で、そして肌でわかったのだ。僕は囲まれているということを。

ほんの数秒前まで僕たちの周りには誰もいなかったのに、辺りには十人を超える人々が瞬時に現れたのだ。僕が弁当に意識を向け、注意を解いたその一瞬で、だ。

見知らぬ彼ら、しかし同じ目をした者たち。狩人《かりゅうど》の目。そして浮かぶ侮蔑《ぶべつ》の色。

弁当へと伸ばしていた僕の右手が見知らぬ男にはたき落とされ、そのまま腹部に拳を叩き込まれる。

「弱きは叩く――」

どこからかの男の声とともに、後ろへ倒れゆく僕の背にさらに叩き込まれる膝蹴《ひざげ》り。

「――豚《ぶた》は――」

今度はにごった女の声。その声の主に摑《つか》みあげられる僕の左腕。

「――潰《つぶ》す」

男の声。がら空きになっていた左脇腹へどこからか伸びてきた長い足のかかとが打ち込まれる。その痛みが頭に届くより先に、左腕を摑んでいた女が僕を投げ飛ばした。

僕は背中から固い床に落ち、衝撃で脳が揺れ、意識が混濁《こんだく》する。そんな状態でさえそれは痺《しび》れるような刺激でもって僕の意識に入ってきた。

「それが――」

氷のように冷たく、純水のように透明なそれ。今日は姿を確認できなかった彼女の、声。

スタリ、と小さな着地音とともに僕のすぐ近くに現れる人影。

仰向《あおむ》けに倒れていた僕を見下ろす、刺すような切れ長の目。手には大きな楕円形の弁当。スッと上げられる彼女の細くしなやかな足、目前に掲げられる凹凸《おうとつ》の激しいブーツの裏。

氷結の魔女。

「――この領域の掟《ルール》だ」

豚とは、この領域とは何だ？　そして掟《ルール》とは何だ？

それらの疑問は顔面に叩き込まれた彼女の靴底によって、混濁する意識の向こうへと力ずくで追いやられるのだった。


蛍《ほたる》の光。

淡く光りて、儚《はかな》く消える。それは甘くもあり、切なくもある。昭和《しょうわ》中期以降に生をなした者の多くはこの音楽に別れの意味を感じる。

薄いくせに混濁《こんだく》した僕の意識には、この蛍の光がまるで自分の生命の終わりを告げようとしているように思えた。だが、実際には逆にその音楽によって僕の意識は徐々に現実へと引き戻されていくのだった。

いつからだったのか、僕の視界は白で埋め尽くされていた。それが意識の空白ではなく、顔の上にある白いハンカチとその向こうで煌々《こうこう》と灯る店内照明であるとわかるまで幾らかの時間を要した。

骨の芯からピリピリと痛む右手でそれを摑み取ってみれば、白粉があの時手にしていたハンカチだ。

起き上がろうとして妙に腹部が重く、暖かいことに僕は気づいた。見れば意識のない白粉だ。僕たちはどうやら十の字のように重なって伏していたらしい。

僕は片手をついて半身を起こすと、少し呻《うめ》いた。こうしているだけで体中が痛い。幾人もの人間から喰らった攻撃の数々は一発一発が重く、臓腑《ぞうふ》にまで響いている。

いったい、ここでは何が行われているのか。体が訴える痛みこそが何か助言を与えてくれそうではあったが、実際に与えてくれるのは『戦《おのの》き』だけであった。

「もう閉店だ」

唐突《とうとつ》にかけられた、震動のように低く太い声に、ビクリと僕の肩が反応する。見やれば精肉コーナーの前で、袖を捲《まく》り上げた太い腕でモップを動かす店員が一人。目をこらせばそれがあの半額シールを貼っていた店員だと知れた。

彼はモップを壁に立てかけると近づいてきた。逞《たくま》しい体をした中年の男だった。

「そっちの娘はまだ意識が戻らないか。まったく、無様《ぶざま》な真似《まね》をするからだ」

彼は片手で倒れたままの白粉の襟首《えりくび》を摑むと、ヒョイっとジャケットでも肩に掛けるように軽そうに担ぎ上げる。そして、ついてきな、と一言口にするとスタッフオンリーの扉の向こうへと消えていった。

痛む体を起こし、ついていく。薄暗い調理場に調理用油の匂《にお》いが充満していた。店員はさらにその奥の扉を抜けて『休憩室』と黄ばんだプレートが掲げられた個室へと僕たちを案内する。そこは調理場とはまったく違い、煙草《たばこ》の匂いが籠《こも》っていた。

店員はソファの上に白粉を寝かせると、休憩室を出ていこうとした。

「待ってくれ。あんたは……いや、ここは一体何なんだ？　一体何が行われているんだ？」

店員は立ち止まるも、こちらを見ようとはしない。

「おれはスーパーのしがないいち店員さ。中にはこの匂いからアブラオヤジとも、アブラ神とも言う奴《やつ》がいるがな。

そしてここはしがないスーパーさ。中にはここに誇りを懸けるバカや、己《おのれ》を試す場とするアホもいるがな。……まぁ、お前らのような豚にはどうでもいいことだ」

豚。確かあの連中も、氷結の魔女もそう言っていた。

弱きは叩く、豚は潰す。それがこの領域の掟《ルール》だ、と。

「まぁこれに懲《こ》りたなら、もう半額になる弁当に触れようとは思わないことだ。もしくは、おとなしく半額になる前の弁当を買っていけ。次は、死ぬぞ」

死ぬ？　およそスーパーで聞くことのない言葉が出てきて、思わず息を呑《の》み、それから僕は笑ってしまう。

「死ぬだって？　馬鹿じゃないのか、ただの半額弁当じゃな――」

体が、震えた。吹き抜ける風と、鼻先に突如《とつじょ》現れた顔を覆《おお》うほどの大きな拳《こぶし》にではない。そう、店員が繰り出した恐るべき速度の寸止めのパンチではなく、彼から発せられる怒気に、だ。

「おれはしがないスーパーの店員だ、だから何もしない。だが古くは《騎士《きし》》と、今は《狼《おおかみ》》

と呼ばれる連中の前でそれを言ってみろ。死ぬという言葉が比喩《ひゆ》的表現じゃないってことがわかるはずだ」

店員が拳を引く。立っていられなくなった僕は、膝《ひざ》をついた。全身から汗が噴き出た。

「……そこの棚の中にカロリーメイトを買い置きしてある。その娘が目覚めたら夕飯代わりに一個ずつ持っていけ。くれてやる。オレの好きなチーズ味だ。何ならソイジョイのアプリコットもあるからそっちでもいい。大豆は体にいい。見た目以上に満足感もあるぞ」

それだけ言い残し、彼は休憩室を出ていくのだった。

僕は震えが止まらず、膝《ひざ》をついたまま自分の肩を抱いた。今の店員のパンチにどれほどの力があったのかはわからない。だが、確かに感じた。間違いようもない、死の香りを。

ここは……この領域とは何だ？　豚とは、狼とは何だ？　何がどうなっている？　氷結の魔女をはじめとした連中は一体ここで何を行っている？

何が……行われている？

頭の中に一つとして答えはない。あるのは疑問と、体の痛みと、恐怖。

うぅ……とソファの白粉《おしろい》が呻《うめ》く。僕は震える膝で立ち上がると、彼女の顔を見る。目立った傷こそないが、その表情は苦悶《くもん》で歪《ゆが》み、脂汗《あぶらあせ》が浮いていた。

僕は先ほどからグチャグチャになるほど強く握りしめていた白粉のハンカチを広げると、それをそっと当てるようにして彼女の汗を拭《ふ》いた。

白粉のほうはわからないが、少なくとも僕は安い、パンなんかではない温かい夕飯を食べたいと思った。ただそれだけだった。

さほど大きな望みとは思えない。それなのに、何故《なぜ》こんな目にあっているのだろう。

卵が先か、鶏《にわとり》が先か。

温かな夕飯のためか、ここで行われていることの真実を知りたいがためか……。そしてそれは危険を覚悟してでも得る必要のあるものなのか……？

疑問だけが、増えていく。

5

授業が終わるとともに即行で購買部で買ってきたメロンパンをろくに味わいもせず、さっさと胃に落として、続けざまに焼きそばパンに取りかかる。クラスの中にはまだ昼食どころか前の授業の教科書を出したままの者が普通にいるというのに、だ。

普段ならこんなタイムアタックのように喰《く》ったりはせず、ゆっくりと時間をかけてパンの芸術的な味わいを楽しむ。だが、死ぬほど腹が減っている今ではやむを得ない。

昨夜、意識を取り戻しても足下が覚束《おぼつか》なかった白粉《おしろい》を女子寮に送っていった後、アブラ神からいただいたソイジョイを食べようとしたのだ。だが、心身ともに疲弊《ひへい》しきっていた僕は何を思ったのかもらったそれをパックに入ったまま寮の電子レンジに投入、全力で『あたため』を開始してしまった。

たぶん、温かい夕食が食べたかったのだ。ただそれだけである。なんと切ない話か。感動レベルとしてはトランペットに憧《あこが》れてショウウィンドウにへばりつく少年の話と＝《イコール》で結ばれる。

しかし僕の前に現れたのは見知らぬ子供にトランペットを買い与えてくれる懐《ふところ》の豊かな紳士ではなく、マイクロウェーブの洗礼であった。レンジ内が明るく光ったかと思ったら、ボッウンという冗談みたいな音とともにパックが火花とともに破裂し、寮のブレイカーが飛んだ。

——で、罰として朝食がもらえなかったのだ。

温めるというのなら最低限あの袋を剝《む》いてから、電子レンジに入れるべきだったのだ。……いや、それ以前に『あの時の僕＝トランペットに憧れてショウウィンドウにへばりつく少年』の等式が認められるのならば、あの時ブレイカーが飛ばず、温かな夕食としてソイジョイを食べることもできたと仮定すれば、将来僕は一流のジャズマンとして世界を賑《にぎ》わすことが可能だったのではないだろうか。

最低な所からスタートを切った僕のジャズ人生は浮き沈みのあるものであったが、最終的に七人の子供と三〇人の孫たちに見守られながら最後の時を迎える。

「素晴らしき人生だった。時に過ちもあったが、それをも乗り越えこの幸せに辿《たど》り着くことができた。私は感謝する。神に、そして全ての原点たる電子レンジで温めたソイジョイに……」

あれほど巧《たく》みにトランペットを操っていた僕の手はもう動かない。しかし妻や息子たちにしっかりと握られたは手は暖かいまま。それを感じながら僕は静かにこの世を去るのだ——

「なに焼きそばパンを手にブツブツ言っているんですか？」

「温かなソイジョイによって僕が真のジャズマンとなり、今、幸せに包まれながら生涯《しょうがい》を閉じたんだ」

「あの仰《おっしゃ》っていることが荒唐無稽《こうとうむけい》すぎて、意味がわからないのですが」

「ハハ、まさかウチの親父じゃあるまいし」

僕は感動のあまり涙がこぼれそうになった目頭を押さえながら、ゆっくりと首を振った。

「とりあえずあと三分ほどで昼休みも終わりますから早めに食べてしまったほうがいいですよ」

落ち着いたその声の主を見やれば弁当箱の入った巾着《きんちゃく》を胸に抱く白梅《しらうめ》だった。

「何を言ってるんだ、まだ昼休みに入ったばか――」

黒板横に取り付けられた時計を何気なく見てみれば……焼きそばパンにかじりついた段階では五〇分はあった昼休みがわずかに残り三分ほどに……。

……おかしい。僕はこの四七分間、何をしていたんだ……？

待て、落ち着け、落ち着くんだヨー・サトウ、真のジャズマンよ。僕は確か昨日のソイジョイのことを考えていた。……そうだ、思い出した。

僕は温かなソイジョイによって本物のジャズマンとなり、幸せに包まれながら生涯を閉じたんだ。

……いや意味がわからない。

「僕は、いったい何を……」

「温かいソイジョイによってあなたは真のジャズマンとなり、先ほど、幸せに包まれながら生涯を閉じたそうですよ」

「……いや意味がわからないんだけど」

「わたしに言われましても」

僕は焼きそばパンを手に持ったまま、頭を抱えた。

「タイムリープ……いや、この場合はキングクリムゾン……ボスか!?」

「授業が始まってしまうので、先に訊いておきたいんですが」

ん、と僕は顔を机の横に立つ白梅に向ける。

「なんだ、しらう……白梅、梅《うめ》……梅が続くことから梅梅《バイバイ》とか呼ばれたことがあったりとか?」

「……ないです。ふざけているなら怒りますよ。怒っていいですか?」

きっと彼女は名作『ジョジョの奇妙な冒険』を知らないのだろう。人生における幸福、その三割を損している。

「いや、ふざけているわけじゃないんだ、バイバイ」

「怒ります」

冗談のつもりだったのだが、白梅は思いっきり僕の頬《ほお》に平手を喰らわせる。表情一つ変えず、前動作もほとんどない一撃だというのにかなりの威力があった。それは僕を椅子《いす》から叩き落とし、残っていた焼きそばパンの麺《めん》を映画の血糊《ちのり》のように盛大に床に散らす。

それで質問なのですが、と白梅は淡々とした声で続けた。

「白粉さんとはどういう関係なのですか？」

意外な名前が出てきた。そういえば昨日、白梅は友だちと昼食を取るために隣のクラスへ行っていたが、それが白粉だったのかもしれない。

ひょっとしたらそれで氷結の魔女についても知っていたのだろうか。

「いや、どういう関係って言われても特にこれといって……マッチョな刑事とその相棒？」

僕は床に散らばった麺を三秒ルールという世界規定法則を信じて両手でかき集めて口に入れ、席に座り直した。

二秒以内で全て拾い上げたものの、何故か口の中から一メートルぐらいある髪の毛が出てくる。おかしい。僕は呪《のろ》われているのかもしれない。

「ふざけていますよね？　怒っていいですか？」

「ダメって言ったら？」

「それでも怒ります」

「いいよって言ったら？」

「もちろん怒ります」

「あぁ、訊いた時点で怒っているんだ」

はい、と白梅が返事をしながら繰り出した平手を喰らってまた倒れた。ほぼ同時に昼休み終了のチャイムが鳴る。

「もう時間がないので今はいいです。またの機会に訊くことにします。では」

立ち去ろうとする白梅に僕は「バイバイ」と言って手を振った。

平手をもう一発喰らった。


時というのは残酷なものだ。

不可逆的だし、止まらないし、逆らえない。

僕たちに出来ることといえば棚の上に置いてある時計の針を弄《いじ》ることくらいだ。

世界を流れる時間は変わらない。だから、僕たちがその時計を見て「時が操れた」と子供のように一人こっそり喜ぶしかない。

……中三の一学期期末試験に一時間遅れて登校してきた石岡《いしおか》君は今頃どうしているだろう。必死に「時計が一時間遅れていて」と説明していたものの、緊張すると何を言っているのかわからなくなる彼の悪い癖《くせ》のせいで、結局言い訳も効かず一科目めのテストはゼロ点扱いになっていたっけ。

そのせいもあって高校入試の推薦枠《すいせんわく》を逃してしまい、仕方なく受けた入学試験の時も緊張からお腹《なか》を壊して、まともに集中できず、結局希望校とは違う学校に行ったとか風の噂《うわさ》で聞いたような気がする。

彼は今頃何をしているだろう。もし彼が時間を自由にできたら今頃どうなっていただろう。

時というのは残酷なものだ。

不可逆的だし、止まらないし、逆らえない。

僕に出来ることといえば、内申点《ないしんてん》を含めて成績が横並びだった石岡君の家へ勉強に行った時の帰り際《ぎわ》、さりげなく時計の針を一時間遅らせておくことくらいだ。

世界を流れる時間は変わらない。だから、石岡君がその時計を見て「あと一時間あるからもう一眠りしよう」と子供のように騙《だま》されたのを知って僕が一人こっそり喜ぶしかない……。

――っとまぁそんな妙に生々しいフィクション超大作を頭の中で描いている場合ではない。

……何の話だっただろうか。

あぁ、そうそう。時っていうのは残酷だよね、っていう話だった。

時は本当に残酷である。さっき昼食を食べたと思ったらあっという間に腹が減る。数時間で空腹を感じてしまう。

なんだかんだでここしばらくの夕飯代が浮いていたものの、抜本的な解決に至ったわけではない。貧しいということは変わらなかった。

しかし、だからといってここに来る必要があったのだろうか。このライトアップされたスーパーの看板を見上げる必要があったのだろうか。石岡君は元気にやっているだろうか……全てがわからなかった。

そしてやっぱり、昨日痛い目にあったはずの白粉が横にいることもまた、わからない。

「何で来たの？」

「そ、そういう佐藤さんこそ」

「僕はホラ、お金がないのと、ちゃんとした夕飯を食べたいからであって……」

自分で言っていて、何だか嘘《うそ》くさいな、と思う。いや嘘ではないのだ。たぶん本当だ。けれどそれは理由の一つであって、本質ではないような気がする。

空腹と好奇心。どちらもある。どちらもこの場へ足を運んだ重要なファクターだ。強《し》いて言えば両方。だがそれだけではなく、まだ何かあるような気もする。

「また痛い思いをするかもしれないのに……？」

痛みを受け、嘲笑《ちょうしょう》され、意識を飛ばされ……それでまた夕飯にありつけないかもしれない。

それでもここに来る理由は……？

「そういう白粉はどうなんだよ？　昨日は酷《ひど》い目にあっていたじゃないか」

彼女はポリポリと頬《ほお》を掻《か》いた。

「な、何て言うか、その、ホラ、一昨日とかはみんなバラバラに争うようにしていたのに昨日だけはまるで示し合わせたみたいにしてたから。……何て言うのかな、そういう無言で瞬時に分かり合える関係って素敵だなって」

うん、そうだね、素敵だね。とっても意味がわからない。言っていることもそうだし、何故か白粉が照れ笑うように、えへへ、とやっている意味もわからない。

自分と誰かがアイコンタクトで何かができるのならともかく、他人、しかもあの状況では敵と言ってもいいくらいの連中がそうであるというだけで何の意味があるのか。

「また痛い思いをしても？」

何となく話すのがめんどくさくなってきた僕は、白粉がさっき言った言葉をテキトーに返す。すると彼女は表情をちょっと崩した。

「だってホラ、あの店員さん、……アブラ神？　あの人が言っていたんでしょう？　半額になる前にあたしが触ったからだって。それなら……何となくわかるから。あたしが触ったら、みんな嫌がるでしょ？」

またそれか、と僕は小さく溜息《ためいき》をつく。彼女と話していると時折まるで映画を途中から見始めた気分になる。ちょっとした言葉の節々から必死になって理解しようと頑張らないといけないような、何というか……とにもかくにも面倒くさいのだ。

まだ俯き加減にブツブツと言っている白粉に、行こうか、と一言だけかけて僕はさっさと店の中へ向かった。

「えぁ、ちょ、ちょっと待って。ごめんなさい、何か怒らせるようなこと言っ……」

後ろからの白粉の声が突如として切れ、かすかにゴクリと息を呑んだのがわかった。

なんだ、と思うより先に背筋に氷を当てられたかのように僕の体にブルリとくる。強烈な視線を感じた。冷たく、射《い》られるような強い視線。

僕はこの感覚を知っている。彼女の、視線だ。

振り返った先にいたのは、やはり、氷結の魔女。

「また来たのか、豚《ぶた》め」

静かな声だったが、それには明らかに侮蔑《ぶべつ》の色が込められていた。彼女は汚い物でも見るかのように白粉と僕に一瞬だけ視線を向ける。そして何も見なかったように、真《ま》っ直《す》ぐにスーパーの自動ドアを見やった。

「これからの領域は養豚場ではない。帰れ。また潰《つぶ》すぞ」

僕の横を歩み行く彼女の声は先ほどの侮蔑の声とは違って、ただただ純粋に冷たい。綺麗だけれど、聞いているだけなのに背筋にゾクリときた。心臓がギュッと握られたようだ。

彼女に踏まれた記憶が頭の中でフラッシュバック。僕は自然と両の手を握りしめた。

「……豚って何なんだ」

氷結の魔女は聞こえないように自動ドアを抜ける。閉まっていく扉に向かって僕は声を張り上げる。

「豚って何だ!?　ここでは一体何が行われている!?　何でここに——」

背骨が折れたかと思った。いきなり視界が下方へ落ち、視界いっぱいに黒水晶《くろずいしょう》が映った。

「豚とは、恥知らずなお前たちのような連中のことだ」

その言葉を聞いて初めて、今自分は胸ぐらを掴まれて、鼻先がくっつくほどに顔を彼女に……氷結の魔女に近づけられているのだとわかった。先ほどまで自動ドアの向こう側にいて、自動ドアも徐々に閉まり行く途中だったというのに彼女は一瞬にして外へ出、そして僕の胸ぐらを掴んでみせたのだ。

「店の出入り口付近で立ち止まるな、戦闘中でもないのに店の内外問わず近隣で大声を出すな……どちらも店側に迷惑だ。……この豚が」

彼女の目は口以上に語る。これ以上喋《しゃべ》ってみろ、ここで殺してやる、と。

彼女は僕の胸ぐらから手を離すと、何事もなかったかのように普通にスーパーの中へ入っていく。僕は膝《ひざ》をついた。アブラ神が言っていた言葉を思い出す。死ぬ、という言葉は確かにここでは比喩《ひゆ》的な表現ではない。

「……あたし、太っているのかな。遠回しにデブって言われたのかな」

白粉は落ち込んでいるような顔で制服越しに自分のウエストを指で押してみたりしていた。縦横ともに小柄な白粉のわりに、プニプニと意外と柔らかそうだった。

「いや、そうじゃない……」

妙にズレた感想を持った白粉に一応言ってみるものの、もう自分の中では白粉の存在は半ばどうでもよくなりつつあった。

今感じたのは恐怖。しかし手を離され、遠ざかっていく氷結の魔女の背中に僕は一つの答えを見つけたような気がする。

ドクドクという鼓動音を聞いて、ようやくわかった。何故また自分はここに来たのか。

夕飯を安く、それでいておいしく食べたいから、何が起こっているのか知りたいから……そして悔しいからだ。

まるで知らないゲームをいきなりやって、それで負けて、相手に「弱いな」と馬鹿にされているような気分だった。

豚と呼ばれたことに対しても「何も解らないのに恥知らずって何だよ」と叫びたくなるよう

な鬱憤《うっぷん》はあったが、それは堪《こら》えた。叫べばそれだけ惨《みじ》めになるし、何よりここで怒るぐらいだったら初めからやらなければいいのだ。

ならばアブラ神が言ったように半額になる前の弁当でも買うか？　それは無理だ。すでに昨日ウルトラジャンプを買ってしまった。最屓《ひいき》にしている作品の単行本も来週発売される。これだけですでに一〇〇〇円を超えてしまう。

冷たい、最低限の夕飯ならばそれでも何とかなる。しかしそうはいかない。人は欲張りだ。少なくとも僕は欲張りなほうだ。

もしそれに手が届くのならば、伸ばしてみたいと思ってしまう。

彼女が消えた、自動ドアを見やりながら、僕は立ち上がる。

「佐藤さん、行くの？」

「金がない、わからない、そして悔しい。……だから行く」

「……えっと、筋が通ってないような……あ、今のって、別に批判したわけじゃなくて、あの、その……ご、ごめんなさい」

「いや、いいって。白粉はどうする？」

「えぇ、えっと……い、行くに決まってる……だろ？」

演技がかった口調で、腰に手を当てて言う彼女に僕は頷く。僕たちが店内に踏み込むと待ち構えていたのは「また来たのか」という嘲笑すら越えて呆《あき》れられたような無数の視線だった。

そしてまた、あっという間だった。

時が来て、殴られ、蹴られ、吹っ飛ばされ……今日も夕食はどん兵衛《べえ》になった。

……これはこれでうまいんだけどね。……お米が、食べたかったんだ。

「戦後初期かよ」

僕は公園のベンチの上で、自身に言った。どん兵衛の汁が少し揺れる。

白粉が不思議そうな顔をしていた。

6

さすがにこう連日やられると体がボロボロだ。

昨夜は氷結の魔女にではなく見知らぬ男に僕はぶちのめされた。そして次の日、つまり今日、学校でたいしておちょくってもいないのに白梅《しらうめ》に平手を喰らった。昼も夜もボコボコだ。

夜はともかく、何故《なぜ》に白梅にまで攻撃されねばならないのかと不満に思っていたものの、これがきっかけとなり何気に知り合いが増えたりもした。

実はオレもMなんだ、とかこれっぽっちも嬉《うれ》しくないカミングアウトとともに知り合った内《うち》本《もと》君という奴《やつ》がいた。眼鏡《めがね》をかけた小太り男で、やたらテンションが高く……それはともかくとして彼に訊《き》くと、やはり僕は『クラス一の美人に果敢《かかん》にアタックするもあっさり振られ、腹いせ代わりに彼女を怒らせて平手もらって快感を得ているドM野郎』というふうに見えるらしかった。どうりで他の女子から奇異の目で見られていたわけだ。変態か。

変態といえば修学旅行の夜、脱衣所で掃除機に股間《こかん》のモノを突っ込んで「吸い込まれる～」とかふざけていた石岡《いしおか》君は元気だろうか。老婆心《ろうばしん》から僕が外れていた電源コードをそっと差し込んで、さりげなくスイッチを入れてあげたら凄《すご》い悲鳴を上げてのたうち回っていたっけ。それがまた業務用の奴だからもの凄い吸引力で、石岡君は危うく変態《メタモルフォーゼ》して女の子になるところだったよね。

さて、そんな古き良き時代の思い出に浸っている場合ではない。すでに月、火、水、木と四日間もまともに夕飯を食べていない。どん兵衛《べえ》がいくらうまいといってもさすがにこう連日ではいろいろとよろしくない。今日こそは、弁当を手に入れたい。

そんな儚《はかな》き望みを胸にまた僕と白粉《おしろい》は、あの夜空に浮かぶスーパーの看板を見上げていた。きゅるぅ、と二人してお腹《なか》が鳴る。体の節々《ふしぶし》が痛い。これからのことを思うと足がすくむ。

しかし、それでも行く。……行くしかないのだ。

僕たちは店内に入り、とりあえずどこから放たれているかわからない視線をかすかに感じながら弁当コーナーへと向かう。当然触ったりせず、大雑把《おおざっぱ》に位置を把握《はあく》すると、一旦その場を離れ、時を待った。

「狙《ねら》いは？」

白粉に訊くと彼女は胸元でグッと拳《こぶし》を固める。

「『吹き出せ汗！　漂わせろ加齢臭《かれいしゅう》！　激辛ニンニクハンバーグ』」

また尋常《じんじょう》ではない名前の弁当である。このスーパーの品を考えている奴はテンションがアレな上、ちょっとだけオリンピック開催中なのかもしれない。

ちなみに僕のほうの狙いといえば、やはりアレな名前なのだが、『ネバれ、納豆オクラ丼ぶっかけチーズトッピング弁当』である。

お互い無言のまま意味もなくドレッシングコーナーで『厚生労働省許可　特定保健用食品』という文字とともに精一杯に伸びをしているような人が描かれたイラストを見ていた。

何となく気まずい。別に白粉と二人でいることに関してはお互いわりともうどうでもいいのだ。ただ、これからを思うとどちらも息苦しさを感じてしまう。

バタンと総菜《そうざい》コーナー横の扉を開け、あの店員、アブラ神が一礼する。

またこの時が来た。店内の空気が変わる。僕は息を呑む。鼓動が高鳴っていく。……そして、指先と膝《ひざ》が震え始める。武者震いなどという格好いいものではない。単に、怖いのだ。

覚悟は決めていたが、体は正直だ。

そんな僕の袖《そで》を白粉が摑《つか》んでくる。見上げてくる彼女は不安げな笑顔を浮かべていた。

「す、すみません……やっぱり、なんか、その……怖くって」

白粉が震えるようなか細い声で言った。

殴《なぐ》り、蹴《け》られ、床を転がり、それで何も手に入らないかもしれない。たとえ、全《すべ》てがうまくいったとしても数百円安いだけの弁当が買えるというだけである。

今の僕たちが感じている恐怖の代価としては、あまりにも安い。だが……。

アブラ神が乱雑になっていた総菜を整列させ始める。ラップ同士がこすれるキュッという音が聞こえる。

「なら、逃げたらいい」

僕たちは声を聞いて慌《あわ》てて振り向く。そこには二年のネクタイを揺らす、氷結の魔女。

「そうすれば怖がることもない。痛い思いもしないで済む。

ただし、我々に恐れをなして半額になる前の弁当を手にしたり、我々が喰い散らかした後の残飯を漁《あさ》ったりする豚でいることに慣れてしまえば二度と犬にすら戻れない。

未《いま》だ自分のものでもない弁当をベタベタ触ったり、半額になっていない弁当を手にしてアブラ神に半額シールを貼《は》ってくれなどという極めて醜《みにく》く恥知らずな豚に落ちるのは簡単で、楽な生き方だ。ただ、プライドを捨てればいい。それだけでいい」

首を回し、横目で僕らを氷結の魔女は見てくる。

その瞳に映る不安げな僕ら二人。

「帰れ。お前たちが生きるには過酷な世界だ」

「……嫌だと、言ったら」

僕の言葉に、白粉が小さく「おぉ」と何故か感嘆の声を出す。

「潰す。もう一度警告する。帰れ」

「嫌だ」

氷結の魔女の瞳は白粉へお前もか、と訊く。白粉は少し迷ったもののコクリと頷《うなず》いた。

バサリとアブラ神が半額シールの束を出した音に呼応するように店内に殺気が充満し、魔女の視線も鋭さを増した。痛みを感じぬほどに細い針で皮膚《ひふ》を突き刺されているようだった。

それでも僕たちが彼女の瞳《ひとみ》をにらみ返していると、ふいに殺気が薄れる。

フン、と彼女は溜息《ためいき》のようなものを漏らした。気のせいか、その時ちょっとだけ彼女は微笑《ほほえ》んだように見えた。意味もなく、心臓が高鳴る。

「……弁当には手を出すな。ただ、あのコーナーの近くで何もせずに突っ立っていろ。それで見えてくるものがある。運が良ければ最後まで立っていられるだろう。迷い犬まで襲うほどみな暇ではないはずだ。それを踏まえた上で、まだこの場で生きてゆきたいと思うのならば、明日の午後六時、部室棟５０２のドアをノックしろ」

氷結の魔女はそれだけ言うと、どこかへと去っていった。

「佐藤《さとう》さん、はじまる」

白粉はアブラ神がシールを貼り終える様子を見て、告げた。僕たちは手を下げたまま、弁当コーナーへと向かう。張り詰める空気に、僕は歩きながら一度身震いした。

綺麗《きれい》に再整列させられた弁当が見えてくる。あの無駄にテンションが高い名前のラベルがようやく読めるかどうかという距離になって、それは起こった。

音もなく集結する人々、泥水を飲み込んでいるかのような重たい空気の中、乱れ飛ぶ殺気。群れをなして半額弁当に飛びつく、幾人《いくにん》もの狩人《かりゅうど》。

突如として僕たちと弁当の間に空中から飛び込んでくる坊主男。そこへ横合いから突き飛ばすように打ち込まれる誰かの蹴り。坊主男が呻《うめ》きをあげることもなくぶっ飛んでいく。

代わりに現れた今の蹴りの主である顎髭《あごひげ》の男。彼が当初僕が狙おうとしていたネバ弁に手を伸ばすものの、急激にバランスを崩す。見れば床すれすれに身を伏せた茶髪の女生徒がスカートをはためかせながら、つま先で顎髭の足を払っていた。

顎髭が体勢を直そうと弁当の棚へ手をつこうとするものの、それより早く茶髪の女生徒が第二撃の蹴りを腹へ打ち込む。顎髭の体が浮いたように見えた、が、突如空から現れた人影に踏みつぶされるようにして床に墜《お》ちる。

空中から現れたのは氷結の魔女。立ち上がった茶髪の女生徒が手を弁当に這《は》わせると同時に魔女へ蹴り。魔女はそれを拳で受け止める。ドンという鈍《にぶ》い音とともに空気が弾《はじ》ける。魔女の、そして茶髪の女生徒の髪が震えた。

あ、と茶髪の女生徒が短い声を上げる。彼女が蹴りと同時に伸ばした弁当への手を、立ち直った坊主男が摑んでいたのだ。彼はそのまま茶髪の女生徒を力任せに空に投げ飛ばす。

その際がら空きになった坊主男の腹部へ魔女の肘鉄《ひじてつ》が痛烈に放たれ、茶髪の女生徒ともども『おさかな天国』渦巻く鮮魚コーナーにまでぶっ飛ばされる。

乱れ飛ぶ拳と蹴り。弱きは叩く、その掟《ルール》に従って、隙《すき》の生まれた攻撃者は被攻撃者へと瞬時に入れ替わり、複数人から狩られていく。

この場では誰もが狩る側であり、誰もが狩られる側だった。

僕の理解力ではついていけない。目の前で繰り広げられる戦闘に、意識がついていかない。一つ二つの戦闘なら見える、しかしここは、この領域は点ではなく面としての戦いなのだ。弁当コーナーの端で行われていた戦闘の影響によって中央部の戦いの行方《ゆくえ》を左右することなどいくらでも見て取れた。

ある者は鬼の形相《ぎょうそう》で攻撃されては反撃し、弁当を手にしようとした途端に周囲から圧されるようにしてはるか彼方まで流されていく。

またある者は攻撃を最小限に抑えながら戦闘と戦闘の間隙を縫《ぬ》うようにして弁当コーナー最前線に達して弁当を手に入れようとするも、あと数センチというところで周囲からタコ殴りにあって床を転がる。

すでにこの場から数名がやられて離脱。弁当を手にした者は未だ、ない。

ここで僕はあることに気づく。この場の戦いの中心には常に氷結の魔女の姿があることに。

確かにあらゆる人間から、あらゆるところへ攻撃されるのがこの場の成りゆきらしいが、彼女には常時数名の人間の攻撃が放たれ続けている。

だが、氷結の魔女はそれらをかわし、受け、打ち払っていく。——ケタ違いに、強い。

人込みをなぎ払いながら、彼女へ雄叫《おたけ》びをあげて襲いかかる巨漢。体重は彼女の四倍はありそうな男が渾身《こんしん》の右を真っ直ぐに放つ。

彼女はそれまでしつこく攻撃してきていた男のみぞおちに膝を放って黙らせると、重心を落とし、巨漢と同様に右の拳を放つ。

大小の拳が真っ正面から衝突する。先ほどよりもはるかに強烈に空気が弾け、もはや衝撃波と言っていいものが発生し、見ているだけの僕らの体をビリビリと震わせる。

二人は拳を合わせた状態で微かに動きを止めた。

「うるさい男は、嫌いだ」

冷たく、透き通った声が聞こえた途端、巨漢は肩を誰かに猛烈に引っ張られたかのように後方へと、数人を巻き込んで飛ばされた。

彼女はすらりと、足を揃え、先ほどまでの争いが嘘《うそ》のように左手で乱れた髪を直した。そこへ群がってくる数名の男。さすがにやられるかと思ったが、男たちは何故か彼女へは目もくれず別の人間と争い始めた。

なんだ、と思うと同時に、そうか、とも思った。

すでに彼女の手にはネバ弁が持たれているのだった。

あの巨漢への攻撃の前後で恐らく奪取したと思われるが、果たしていつ手にしたのか、まったくわからなかった。

「では、明日。待っている」

僕たちの脇を通り過ぎる彼女はそれだけ言い残してレジへと静かに向かっていった。その背を眺めた後、弁当コーナーを見てみれば、倒れた数名を除いた戦士たち、そして弁当の全てが姿を消していた。……終わったのだ。

「ど……どうしよう？」

白粉が再び震える指先で僕の袖を引っ張った。

「と、とりあえず、どん兵衛かな」

「……そういうことじゃなくて……」

7

部室棟は校舎からやや離れた場所に建っていた。

氷結の魔女との約束の時間より一〇分前に白粉《おしろい》と待ち合わせ、502号室へと向かう。

無駄に頑丈そうなコンクリート造りで、五階建て。現在の建築法が出来る前に造られたらしくエレベーターという文明の利器はないらしい。

未《いま》だ部活に所属していない僕には初めてのものだったが、白粉は二階にあるラノ研所属であるためちょくちょく来ていたらしい。とはいえ、部内の人間関係が気まずいらしく、最近ではあまり顔を出していないらしい。しかもその上層階に何があるかは知らなかったようだ。

「じゃどこで執筆してんの？」

「……えぁっと、主《おも》に寮で、です。帰ってきたらずっとカチカチやってるせいで、いつも気づくと夜になっているんです。……そんなだから、友だち、少ないんですよね……あたし」

僕たちはそんなハートフルな会話をしながらコンクリートの階段を昇っていく。三階以降は廃墟《はいきょ》のようで、内壁から剝《は》がれ落ちたペンキ片が所々で積み上げられていたり、明かりをとり込むために設けられた階段の窓にはヒビが入っていたりした。

少し呼吸を乱しながら僕たちは五階へと辿《たど》り着く。この階には六つほど部室があったが、とてもじゃないがどこかの部活が使っているような雰囲気《ふんいき》はない。廊下《ろうか》の所々にある窓は板で塞《ふさ》がれており、妙に暗い。天井《てんじょう》に取り付けられた蛍光灯《けいこうとう》が天光の代わりに廊下を照らそうとしていたが、それは不気味に明滅するだけでむしろないほうがいいように思えた。

「502……ここか」

木製のドアに掛けられた502のプレート。そしてその下に『ハーフプライサー同好会』という妙に質素で、小さいプレートがあった。

白粉が恐る恐るノック。入れ、とあの声が中から聞こえた。

僕たちは一度互いの目を見て頷《うなず》き、それから扉を開けた。

黄昏《たそがれ》の光がドアより溢《あふ》れる。僕は目を細めながらも、その黄色い光の中から細い人影を見つける。大きく取った窓を前にし、僕たちに背を向けた彼女が立っていた。それは黄昏の空に浮遊しているように見える、氷結の魔女。

彼女は片肘《かたひじ》に手を当て、振り返る。

「よく来たな」

真《ま》っ直《す》ぐに見つめてくる彼女の鋭い視線。刺すようであるとともに、吸い込まれるようなそれに何故か鼓動が高鳴る。嫌な感じではないが何となく息苦しくなって僕は視線を逃がした。

すると、驚いた。なんだ、ここは。彼女にばかり意識を取られていたせいか、部屋の異質さにすぐには気がつかなかった。部室は毛の短い、紅に染まった絨毯《じゅうたん》で覆《おお》われ、壁には半額・50%OFFのシール。一枚当たり指先二本分程度のサイズしかないはずなのに、それが壁一面を完全に覆っているのだ。しかもどうも一層や二層ではないらしいことが、古くなって剝がれかかっている部分から見て取れた。

またそれとは反対側の壁一面には巨大なこの街の地図。その至る所に赤と黒の線が乱れ走るとともに、何かの時刻らしい数字があらゆるポイントに付記されていた。

そして何より異質な雰囲気を漂わせていたのは部屋のど真ん中に堂々とある巨大な円卓。木製の、学生が使うにはあまりに不釣り合いな豪華で気品ある作りのそれは、どれほど広く使っても十人以上は座れそうだった。

部室としては異様に広いな、と思った僕は天井を見てあることに気がつく。部屋の中央を横断するように何やら溝のようなものがあるのだ。おそらく元々は縦長の部屋だったのだろうが、壁を一枚取り払って二部屋を大きな一部屋へと変えたのだろう。

「HP《ハーフプライサー》同好会は半額となった弁当を如何《いか》にすれば手にできるか、それを研究、実行するものと建前上は掲《かか》げられている。ただ、実際には半額弁当を求める者たちの寄合所のようなものにすぎない。一時は十数名までいた人員も今では私一人にすぎないため、今ではただの休憩所のようになっているが……いや、お前たちにはどうでもいいことだな。

訊《き》きたいことがあるなら答えてやろう。知りたいことがあるのなら教えてやろう」

僕は口を開きかけるも、彼女が差し向けた掌にそれを閉じた。待て、の意ととる。

「だが一応確認しておこう。あの場を今以上に知ればお前たちは後悔するかもしれない。諦《あきら》めの溜息《ためいき》を吐息とする負け犬の生活は優しく、諦めすらも忘れた豚の生き方は安楽だ。お前たちは豚になりかかっていた負け犬だ。このままではいずれ豚になり、安楽な日々を送ることになるだろう。本物の豚には悪いが、恥知らずの醜《みにく》き生き物、それがお前たちの行く先だ。

だが、今ここでこの円卓に座るのであれば、お前たちは犬となる。戦《いくさ》を知れば、いずれは狼《おおかみ》と呼ばれる存在になることもできるだろう。だが、一度血の味を覚えた狼は負け犬になることはできても、犬に戻ることはできない。そして豚の屈辱《くつじょく》には耐えられなくなる。

ここに来た以上、覚悟はしていると思うがそれでも私はあえて問おう。……ここに来るか？」

トン、と彼女はテーブルの上に僕に向けていた掌を置いた。高校の部室棟にはおよそ似つかわしくないほどの緊張感が室内を埋める。……だが……。

「……かぁこいぃ」

白粉の間の抜けたような声が全ての空気をぶち壊す。僕は溜息を吐いて、白粉とともども円卓の周りに並べられていた椅子の一つに腰掛ける。

すると魔女が顔を綻《ほころ》ばせ、対面に座った。

「自己紹介がまだだったな。このＨＰ《ハーフプライサー》同好会の唯一《ゆいいつ》の会員にして会長をやっている、二年の槍水仙《やりずいせん》だ。一応、半額弁当好きな馬鹿どもなどからは――」

「氷結の魔女、ですか？」

槍水はフンと鼻で笑い、ゆっくりと頷いた。

2章 魔道士《ウィザード》

俺はその販売方式を含めて半額弁当は最高の料理の一つだと思っている。

魔道士

0

槍水仙《やりずいせん》がどうも若い《犬》を二匹囲い込んだという噂《うわさ》を『彼』は小耳に挟んだ。

——あの臆病者の寂しがり屋め、犬小屋にまだ何を期待するのか。

歯がゆさを感じながら『彼』はコートの襟《えり》を正す。吐息《といき》こそ白くはないが春先の夜は少し冷えた。

帰路は夜道だ。たとえ今日のように日曜であっても〝塾《じゅく》〟の帰りは変わらず遅くなり、帰路は自然と夜空の下を歩くこととなる。

住宅街に並ぶ二階建ての白い家、明かり一つなく人気《ひとけ》もない、それが『彼』の家だった。海外に赴任《ふにん》した父の世話と言って、母が二年前に家を出てから実家は一匹の《狼《おおかみ》》のためのただの寝床になっていた。寝る場所、それ以上の意味はない。

玄関を上がり、暗闇《くらやみ》の中、居間へと向かう。『彼』は夜目が利《き》いた。

鞄《かばん》を床へ放り出し、ソファに座って大きく伸びをすると、ちょうど柱時計がボーン、ボーンと間延びした音を発し、二一時を告げる。

ふむ、と『彼』は一考する。バイクに跨《またが》れば狩りの時間までに槍水の縄張《なわば》りへ辿《たど》り着けそうだ。

『彼』は思い立ち、車庫からバイクを出すと火を入れる。少々高価な消音装置をカスタムで組み込んだ車体だった。

『彼』は飛ばす。うるさいのは嫌いだが、スピードは好きだった。

果たして辿り着く一軒のスーパー。近隣の農家と直接契約を結び、地元に根づいた商売をする良い店だ。学生が借りるような安アパートなどが近隣に多いことから閉店時間が周りの店より幾分遅く、当然半額シールが貼《は》られる時間も遅い。そのためアブラ神の領域で獲物《えもの》を逃した負け犬が集《つど》う場所でもある。

多くの場合アブラ神の領域より激戦区になるのが通例だが、この日は日曜だ。平常時は二一時前後が狩りの始まりとなるが、休日の場合は約三〇分ほど遅くなることを狼たちは経験上理解している。だが、かなり不確定要素が多い上に、休日ということもあり弁当の需要が極めて多様に変化をするので弁当の残存量次第では需要と供給のバランスが完璧《かんぺき》に取れてしまい、半額シールが貼られることがない場合もある。

つまり不確定要素が多く、リスクが極めて大きいため足を運ばない者も多いことから『彼』には退屈な狩りになりかねなかった。

だが『彼』は別のところで期待していた。槍水や、彼女が引き込んだ二匹の犬と出会えるかもしれない。

『彼』が店内に入ると、普段は半額シールが貼られる前に発せられることのない殺気が店内を駆け巡った。

フン、と鼻を鳴らし『彼』はアイスクリームコーナーを巡る。店内に入った瞬間の気配からして槍水はいないようだった。『彼』の期待はすでに半分以上が削られ、事前に弁当の確認をする気すら起きない。昼にきちんと食事をとっていれば弁当を狙《ねら》わずに帰っているところである。

精肉コーナー脇《わき》の〝関係者以外立入禁止〟と書かれた扉からスタッフジャンパーを着込んだ小柄な白髪の老人が現れる。アブラ神と並んで称《たた》えられる半額の神、通称ジジ様だ。

ジジ様はまず、いつものように担当している精肉コーナー、卵、ドリンクのコーナーを回って乱れていた並びを正していく。店内に残った空腹な狼たちは隔靴《かっか》掻痒《そうよう》の体《てい》で彼の気配を感じていることだろう。

そしてパンのコーナーを巡って、ようやく総菜《そうざい》・弁当のコーナーへと達した。

ジジ様がスタッフルームに消えた時、『彼』はポケットから黒革の手袋を取り出し、装着しながら歩み出す。決して急がない。獲物は逃げない、奪われないと思っているかのように。

『彼』が弁当コーナーに至ったと同時に、四方から四匹の狼たちが仕掛けてくる。畏怖《いふ》と、尊敬の念の込められたその四匹の攻撃を『彼』は口元に笑みを浮かべたまま、その長身に相応《ふさわ》しい長い両手で応じる。

それは、さして弁当を欲していない今であっても『彼』には手ぬるい攻撃に感じられた。

ほんのわずかな時間の後、弁当コーナーには四匹の意識なき負け犬たちが横たわり、『彼』は悠々と弁当を手にレジへと並んでいた。

『彼』は溜息《ためいき》を吐く。春だというのに、果敢《かかん》に挑んできた四人他、皆、全員一度はどこかで見た顔ばかりだった。ゆとり教育の成れの果てか、それとも少子化による親の過度な愛情を受ける子供が増えた影響か……新顔がいない。

いずれ、ここに限らずこの国からこういった狩り場はなくなってしまうのかもしれないな、と『彼』は一人寂しく思う。だが、その裏で槍水が抱えている二匹の若い犬への期待が強く膨《ふく》らんでいくのを『彼』は感じていた。新顔が減っていく今だからこそ、余計に興味がわいた。

果たしてそいつらは自分を満足させてくれるだけの者たちなのか、それともただ《氷結《ひょうけつ》の魔女》が己《おの》の寂しさと不安を埋めるためだけに集めたクズなのか……確かめる必要がある。

レジを抜けた彼は、出入り口近くに設置された電子レンジへ手に入れた弁当を放り込んだ。電子レンジのマグネトロンが発するマイクロウェーブが弁当内の水分子を躍らせ、熱を発生させる。入っていた醤油《しょうゆ》の小袋が破裂し、蓋《ふた》が歪《ゆが》んでいく。

『彼』は気にしない。『彼』にとって、この領域は半額弁当を喰うためではなく、弁当を得る過程において自《みずか》らを試し、楽しむものでしかなかった。

いつからそうなったのか、『彼』は覚えている。かつて己が育て、肩を並べた槍水……氷結の魔女との戦いを望んだ時よりも前、『彼』がここで弁当を得ようと思った時からだ。

『彼』の名は烏田《からすだ》高等学校三年、金城優《かねしろゆう》。

かつてこの地区で知らぬ者のなかった存在にして、最強と謳《うた》われた一匹の狼。

またの名を——《魔導士《ウィザード》》といった。

1

建築法のありがたみがわかる。五階以上の建物にはエレベータを設置するようにとするアレだ。

僕は今五階のH P《ハーフプライサー》同好会を目指し、勉強道具という核戦争時には何一つ役に立たない物をたっぷりと納めた鞄《かばん》を手にして頑張っていた。

三階に至った時点で、うっすら汗ばみ始めた。なにも僕が特別貧弱というわけじゃない。むしろ体力には自信があるほうだ。

小三の夏休みのことだ。「パワーメモリーが反応しねぇ！」と叫びながらセガサターンと格闘していた親父は何故《なぜ》かブリーフ一丁だった。それもある部分が黄ばんでいた。もしかしたらブリーフの冬季迷彩柄のように純白だったのを残尿という人体の神秘を用いて砂漠仕様に再染色しようとしていたのかもしれなかったが、そんなことはどうでもよくって、そんな親父に一度某アミューズメントパークに連れていってくれとお願いしたことがあった。

というのも近所に住む石岡《いしおか》君が夏休みに入ってすぐに何とかっていう、表舞台では決してその名を口にしてはいけない禁断のネズミの国へ行ったとかで、何か半裸で不気味に微笑《ほほえ》んでいる化け物のキーホルダーを貰《もら》ったのだ。やたらキモかったがそれよりも、そういう場所へ行ってお土産《みやげ》を友だちに配れるという石岡君の恵まれた環境こそが羨《うらや》ましくてしようがなかった。

僕は必死に父にその化け物の国のことを説明した。何でもそのアミューズメントパークは敷地内が全《すべ》て物語の舞台であり、お客さんはみなゲストと呼ばれて、いってみれば全員が物語の登場キャラクターになれるらしい、と。

父はパワーメモリーと呼ばれるセガサターンの外部バックアップメモリーの接触部に問題があると見たらしく、差し込み口をボールペンでグリグリやりながら聞いていた。僕は肩を落とした。こりゃダメに違いない。ブリーフの黄ばみがさっきより少し広がっていたように思えたけれど、きっと気のせいに違いない。そう思った。

当時ハルンケアが発売されていたのなら、と今なら思ったりもするが、それはどうでもいい。過去のことだし、親父の膀胱《ぼうこう》などそれこそどうでもいい。

その日、石岡君がくれたキーホルダーを、僕は部屋の照明のスイッチである紐《ひも》に取りつけた。型に金属を流し込んだだけの原価三〇円にも満たないくせに一個一二〇〇円くらいしそうなそれはやたらに重く、少しでも触れると照明の光がついたり消えたりするという非常にやっかいな仕様になってしまったが、外す気にならず、むしろずっと眺めていたくなった。よく見れば神々《こうごう》しくすらあったのだ。さすがに著作権を盾《たて》に好き勝手できるだけのことはある。

そんな時、奇跡が起こった。意味もなく丸一日照明をつけたり消したりしていた僕をさすがに不憫《ふびん》に思ったのか、親父が「ゲームの世界にならば連れていってやれるぜ？」と言ってくれたのだ。僕は喜んだ。死ぬほど喜んだ。

絶望はその後の喜びを際立《きわだ》てる最高のスパイスだった。

石岡君が行ったアニメとかの世界ではないけれどそれは構わない。十分過ぎるほど嬉しかった。この時親父のブリーフがいよいよ大変なことになっていたけれど構わない。どうでもよかった。今にも滴《したた》りそうなそれを見て、ひょっとしたら残尿ではなく尿漏れ（現在進行形）ではないかという疑問すら浮かばないくらい僕は嬉しかった。

だがこの時親父が何のゲームをしていたかを僕は考えるべきだったのだ。何故親父が必死になってパワーメモリーを弄《いじ》っていたのか。

その疑問の解答に辿《たど》り着いた時、僕は親父の職場にいた。そう、陸自の駐屯基地《ちゅうとんきち》である。親父がやっていたのは『大戦略　ストロングスタイル』という戦争シミュレーションゲームだったのだ。

喜びはその後の絶望を際立てる最高のスパイスだ。

しかも最悪なことに放り込まれた後は掃除、洗濯などの基地全体の手伝いに加え、何故か普通に新入隊員と同じ訓練に参加させられていた。一度の帰宅もなく、夏休みが終わるまで。

宿題である『夏休みの友』は壊滅的被害を受け、お土産《みやげ》に持って帰ろうとした9ミリ拳銃《けんじゅう》の弾頭と空薬莢《からやっきょう》を集めていた袋が隊長に見つかってしまい、一〇キロの土嚢《どのう》を担《かつ》いで数十キロ走らされたりもした。そんな波瀾万丈《はらんばんじょう》な人生経験を積んだこともあって僕の体力はあの時急激な成長を果たしており……え～……だから何だ、という話でもある。

確か体力には自信がある、というような話だったはず……。そう、自信があるのだ。

だからこそ初めてあのスーパーで吹っ飛ばされた時は驚いた。ヤバイ相手に追いかけられた際、横にいた石岡君に足払いを喰らわせ、彼が転倒したのを確認してからその場を逃げ去るくらいの体力が僕にはあった。そんな人類の頂点付近にランクされる僕がいとも簡単にやられたのだ。

だからこそ、悔しいと、あの時思ったのだろう。たいして誇れることでなかったとしても、自信を持っていたことを否定されるというのは辛《つら》いものだ。

空腹を埋めるため、あの領域は一体何なのかという真実を知るため、そして悔しさを解消するために僕はここに来た。

五階に辿り着いた僕は502号室、HP《ハーフプライサー》同好会の扉のノブを摑《つか》む。ノックはしなくていいと言われていたので、そのまま引き開けた。

「ここがいいのか？」

「……す、すみません、すみません！」

「それともこっちか？」

「あー、あぁっ！　ごめんなさい、すみません！」

僕は摑んでいたノブをそのまま押し戻し、扉を閉めた。

気のせいだろうか、今、円卓の上で白粉《おしろい》が腕組みした槍水《やりずい》先輩に踏まれていたような気がする。一応、二人とも靴こそ脱いでいたが……。

春の陽気に僕の脳もやられたのだろうか。真実を確かめるため、僕は今一度扉を開ける。

「ダメ、もうダメです！　で、でもいいんです！」

「どっちだ？　やめたほうがいいのか？」

「えぇ……うぅ……お願いします、もう少し踏んでください」

「それならそう言え」

そして妙に冷たい目で見下ろしながら槍水先輩は白粉の背中を踏んでいく。体重をグッとかけるたびに白粉がすみません！　すみません！　と声を張り上げた。

僕は今一度ノブを摑んだままの扉を見る。502号室。HP《ハーフプライサー》同好会。間違っても僕をドM仲間だと勘違《かんちが》いしている内本《うちもと》君が「俺たちのような変態のための非公認組織があるらしい」という具合に教えてくれたアホな部ではないと、少なくともそこを見る限りでは思った。

仕方ないので何もないというふうに自然体を装って部室に入り、円卓の椅子《いす》に腰掛けた。僕の顔から数十センチのところで瞼《まぶた》をギュッ、両手をグッと締めている白粉が呻《うめ》いていた。彼女の眼鏡《めがね》が半分ずれていたので、そっと直してやる。

他にすることもなくなってしまったので、とりあえず先輩の黒いストッキングを穿《は》いた綺麗な足に見とれていると、僕も男の子だ、興奮を覚え……とかいっていたら何やら視線を感じる。その方向を見やれば、瞼を開いた白粉と目が合った。少し涙が浮いていて、顔が赤い。

「……槍水先輩、もういいです」

そうか、と先輩が足をどかすと白粉は這うようにして円卓から降り、靴を履《は》く。先輩もまた卓を降りて黒いブーツを履く。

白粉は曲がっていたネクタイを直すと、顔を真っ赤にしたまま、えーっと、あのその……とひとしきり意味をなさない呻《うめ》きのような言葉を放った後いそいそと部室を出ていこうとした。

「ちょ、ちょっとお手洗いに行ってきます」

しばし彼女が消えた扉を無言のままに見やっていると、槍水先輩がボソリと呟《つぶや》く。

「……言っておくが、今のは別に私の趣味じゃないぞ」

先輩は片肘《かたひじ》に手を当てると窓の外の夕焼けを眺めた。ちらりと見えたが、彼女の掌が少し赤くなっていたところを見ると彼女もまた白粉が言う菌《きん》とやらにやられたのかもしれない。

「思わず見学料を払おうかと思いましたよ。いったい何が？」

「白粉のクラスは四講目で終わりだったそうだ。私と部室棟前で偶然会った。小説だかをお前が来るまで書きたいと言うから好きにさせていたんだが、前屈みで作業していたせいか背中が痛いと言い出してだな」

……で、アレか。いや確かにそう説明されればそうか、と納得がいくのだが、二人が二人して役（?）にピッタリだったから妙にそれっぽい空気を感じてしまった。

フン、と先輩は鼻を鳴らし、何気なく円卓の端に開かれた状態で置かれているノートパソコンを見て……固まる。

僕もまたモニターを見てみたのだが、それは小説というか、ポエムというか、そういうものの中間のような文体で書かれた原稿であった。……ただ、流し読みしてみた限りでは登場キャラ全員が中年の男なのがいささか気になる。

「佐藤《さとう》。今、こういうのが流行《はや》っているのか？」

やたらとファンシーな文体ではあるが、やっていることといったら土木作業員の主人公が建設途中のビルから落ちそうになっているのを、相棒が手を差し出して助けていたり、その帰りに主人公の実家である銭湯で一緒に汗を流していたりしているのだが……。

とりあえず高確率で女子高生が好んで読み書きするような内容ではない気がする。

「何ですかね……コレ」

「私が知るか」

先輩が訝《いぶか》しげな顔をしたまま原稿のフォルダーを閉じる。と、開かれていたフォルダーの中に、また別の原稿があることに僕たちは気がついた。何気なく見てみれば……『筋肉刑事《マッスルデカ》5』とのカオスなタイトルが……。

僕と先輩は、顔をしかめた。

「……なんだ、これは。タイトルだけで不快感を覚えるぞ」

怖い物見たさなのか、先輩は言いながらもその原稿ファイルを開き、斜め読みで素早くスクロールさせていく。およそ一般小説では連呼されるはずのない単語が多く並んでいたりしているのに耐えつつ、読み進めるうちに内容が少しずつわかってくる。何でも通称『筋肉刑事《マッスルデカ》』と呼ばれる刑事とその相棒のサイトウヒロシが夜な夜な繰り返される違法の格闘場を摘発しようとするのだが、何故かサイトウが選手としてエントリーされてしまい、やむなく筋肉ムキムキな連中と試合をし……不思議なことに攻撃を喰らえば喰らうほどサイトウの服が破けていくとともに相手が興奮して……。いや、それ以前に……。

「この坊主頭の敵って、確か三日ほど前に弁当コーナーで見たような……あと……」

「このサイトウという奴《やつ》の特徴……佐藤、お前に似ている気がするんだが」

「……やはりですか……」

嫌な予感がした。原稿を読み進めるにつれて危険度が増している。そしていよいよ全裸になったサイトウが坊主男に後ろから押さえられる。興奮がマックスになり坊主男が……。

い、いかん！　サイトウの、というか僕のケツがピンチだ！

と、その時、ガチャリと音がして白粉が現れ……固まった。

「あっ……み、見ちゃいました……？」

「まだ全部じゃないけど」

酸欠の金魚のように、白粉は口をぱくぱくと動かした後、呼吸するのを忘れていたかのようにえほえほ、と咳《せ》き込んだ。しばらく深呼吸を繰り返した後、ようやく白粉は立ち直る。

「き、気持ち悪いですよね、そういう小説とか書いているのって。で、でもですね」

俯《うつむ》き加減で手にしたハンカチをモジモジとやりながら白粉は言う。表情は眼鏡《めがね》が夕日を反射していて読めない。しかし今の僕は白粉の表情よりサイトウのケツの穴の安否《あんぴ》が心配だった。

「キャラクターとか世界観とか物語も全部、あたしが作っていてですね、ちゃんとしたテーマとか、ポリシーみたいなのも組み込んでありまして……えっと……よく言われるんですが、最近の流行とはいえ、こういったものには多少アダルトというかエロチシズム的要素が含まれるものが多いんですけど、決してそれがメインの作品ってわけじゃなくて……その」

「いや、どう見てもアダルティ全開だろ、これ。次のシーンあたりでサイトウ……というか僕のケツが――」

えぇ？　と間の抜けた声を出して白粉は顔を上げ、眼鏡を額に上げると目を細めて円卓の反対側にいる僕たちを見る。

「ア、アレ……あっ……そっち……み、見ちゃいました？」

「見ちゃった」
ア、アハハハハ、と僕たちは顔を見合わせたまま乾いた笑い声を上げた。
「ハハ……」

ドドン、と銃声《じゅうせい》のような踏み切り音が部室内を震わせた、と認識できたか否かという時点で目の前に顔を真っ赤にした白粉がいた。そしてすでに卓の上に開いていたノートパソコンが閉じられている。

速い、というにはあまりに速すぎた。部屋の両端近くに円卓を挟んだ状態で僕たちは立っていたはずなのに一瞬で距離を詰められたのだ。

彼女は恐ろしいほどの速度でパソコンを手に取ると窓へ向かって大きく振りかぶる。慌《あわ》てて僕はその手にしがみつく。小柄な白粉とは思えない凄《すさ》まじい力を感じ、全力で押さえる。

「何する気だ!?」

「捨てます！　過去を抹消《まっしょう》します！」

「待てその前にサイトウがあの後どうなったかを見せろ！　というかパソがもったいねぇ！」

「ダメぇ！　あんなの見せられません！」

「あんなのって何だ!?　お前あの場にいたのはネタ探しのためか!?　僕たちをキャラに使うつもりだったな、というかどう見てもすでに使っただろ!?　お前のわけのわからん言動がようやく読めてきたぞ！」

「ち、違います！　あれは純粋にお弁当が欲しくて！　それに佐藤さんじゃありません！　アレはサイトウさん！　サイトウヒロシさん！　交番勤務だったのを上腕三頭筋《じょうわんさんとうきん》の美しさを認められて『筋肉刑事《マッスルデカ》』に引き抜かれた新米刑事！　功績ゼロのダメダメですが、男性経験はすでに四！」

「四ってもう四回もやられてんのかよ!?　『筋肉刑事《マッスルデカ》5』ってあったな、ってことは何か、一本ごとに僕は一発やられているのか!?」

「一人一発とは限りません！」

「お前どんだけ僕を辱《はずかし》めているんだよ!?」

「で、ですからこれはサイトウさんであって佐藤さんじゃありませんよ！」

「別に佐藤は自分をサイトウというキャラに使っただろ、とは言っていないがな」

フン、と槍水先輩の冷たい声が聞こえると、僕が押さえていた白粉の細い腕から力が抜け、手からパソコンが落ちる。そして白粉の膝《ひざ》も落ちた。僕はパソコンだけを受け止める。

どうやら白粉はみぞおちに槍水先輩の一撃を喰らったらしい。

「窓を割られたら面倒だ。佐藤ももうやめろ。白粉にとっては見せたくないものだったんだろう。そういうものを無理に見ようとするな。見た内容は忘れてやれ。……うるさいのは嫌いだ」

……まるで他人のことのように仰《おっしゃ》いますが、最初に見たのも、あのファイルを開いたのも先輩なんですが……。

うぅ、と呻きながら白粉はすみません、すみません、と小声で謝っていた。

「とりあえず卓に着け、今夜について話そう。この土・日の夜どうしていた？」

「僕は、スニッカーズ喰って空腹を紛《まぎ》らわせていました」

「……うぅ……あ、あたしは梅ちゃんが寮に来てご飯を作ってくれたので、それを」

賢明だな、と先輩は感想を述べた。さすがに初めてここを訪れた際に、土・日は弁当が半額にはならないかもしれない、と聞けば自然と行く気が削《そ》がれるし、何より「今のお前たちはオセロしか知らないくせに囲碁《いご》を打とうとしているバカだ」と言われてしまえばわざわざ負けに行くようなものだとさすがにわかる。

しかしながら先輩は普通に初対面同然の人に向かって平然と《豚《ぶた》》とか、バカとか、クズとか言うあたりが凄《すご》い。言葉責めか。ドMの内本君なら今頃大変な状態になっているところだ。

「大体の概要は覚えているな？」

金曜、僕たちは先輩からあの場で行われていることのおおよそのことは聞かされていた。

いつから発生したものなのか、それは誰も知らない。だが、確かに存在し、今もなお行われ続ける半額弁当を巡る戦い。

正式に明文化されたものではないものの、自然発生的に定められている暗黙の掟《ルール》だけは存在するのだという。例えば……。
・神（店員）が売り場から消える前に駆けるなかれ。
・その夜に己が食す以上に狩るなかれ。
・狩猟者でなき者攻撃するなかれ。
・獲物《えもの》を捕った者襲うなかれ。
・店に迷惑かけるなかれ。
エトセトラエトセトラ。

……などのものがあるのだそうだが、それらは次の一文に全て集約されるのだという。
・礼儀を持ちて誇《ほこ》りを懸《か》けよ。
正確には集約される、というよりはこれが全ての礎《いしずえ》となって先ほどのいくつかが派生、詳細、具体的なものとして生まれたとかなんとか。

これらを守れない者は一様に豚と呼ばれる嘲笑《ちょうしょう》の対象となり、逆にこれに準じる者を狼という。そして未《いま》だよくわからずあの場を訪れ、弁当を欲する者、もしくは素人《しろうと》同然の未熟者を犬というのだそうだ。

これら名称もまた誰が使い始めたのかはわからないが、少なくともあの場にいた全員は知っている事柄らしい。ひょっとしてこのＨＰ《ハーフプライサー》同好会の会員だけがあの場で争っているんじゃ、とも訊《き》いたがそうではないのだという。彼らは単独であの領域の流れを理解し、あそこまで己を磨き上げている強者《つわもの》たちだというのだ。

地図を見ろ、と槍水先輩は言った。僕たちは壁に貼《は》られた巨大地図に目をやる。

「とりあえずすでにわかっていると思うが、赤丸は店、地図上に記載されている時刻は半額になるであろう時刻だ。季節や、土・日・祝日、近所の学校のイベント等で時間は前後し、時には半額にすらならない時もある。とはいえ、そこら辺は空気を読んで対処しろ。とりあえず私がすすめるのはココとココだ」

席を立った槍水先輩は壁に貼られた巨大な地図上の二点を順に指差す。どちらも比較的学校から近い場所だった。一軒はあのアブラ神の店である。

「学校に近いことで寮や、アパート暮らしの連中がやたらと群れて激戦となりやすいが、そのぶん初心者には良い教育の場となるだろう。一般人もその時刻にはあまり近寄らないから、相手を間違えるということもない」

そして先輩は窓際に立って夕日を眺め始める。僕と白粉はしばらくそのまま黙って座っていたが……これで話が終わりだと気づいた途端「え？」と間抜けな声が出た。

「あの、戦い方とかは……？」

「ない。というか、何でもありだ」

「いや、だって……え？」

彼女はすっとその細い腕を伸ばした。

「何だお前たち。見てみろ、この腕を。私が何か格闘技でもやっていて、お前たちに伝授できるような達人にでも見えるか？」

「今は見えませんが、あの場では……」

「悪いが格闘技はもちろん、スポーツ全般は基本的に苦手だ」

声には出さなかったが、うそぉーん、という気持ちだった。どう考えてもそれはない。

フフン、と彼女は少し楽しそうに笑う。

「人は、自分が思う以上の力がある。言ってみれば火事場の馬鹿力みたいなものだ。白粉が今さっき見せた踏み切りなどもそれだろう」

いくら火事場の馬鹿力とはいえ、先輩の四倍はありそうな巨漢を拳《こぶし》一つで吹っ飛ばしたり、あらゆる方向からの攻撃をかわしたり、受けたりできるものなのだろうか……。

あえて言えば、と槍水先輩は続ける。

「本能的欲求、敵に挑む覚悟、唸《うな》りを上げるほどの空腹……この三つだ。つまり理由はどうあれ、それらは全て意志だ。意志が強ければ強いほど、人は強くなる。まぁ中には好物を狙う時だけ不思議な技を使えるという奴もいるそうだが、少なくとも私は違う。柔軟性のある総合力の高さが私の武器だ」

あぁ、もうダメっぽい。話が完全に精神論のほうに入っている。何に於《お》いてもそうなのだろうが、大抵精神論に話が及ぶとろくなことがない。

「先ほど示した二軒は私の縄張りだが、しばらく私は別の場所へ行こう。そのほうが場が荒れてお前たちにもチャンスが巡りやすくなるだろう。……今夜こそ勝て。そして腹一杯に半額の弁当を喰うといい」

は、はい！　と白粉は何かに魅《み》せられたような顔で返事をした。何となくわかったことだが、白粉はこういった格好良さげな状況が好きらしい。……その根本の部分というのが半額弁当であるところが悲しいが。

とにもかくにもこれ以上は聞いてもしようがないな、という空気が流れてきたので席を立とうとすると、待て、と先輩の声が止めた。

順序が逆になってしまったが、と前置きしながら彼女は部室の棚《たな》から何やら紙を二枚とペンを取り出す。

「なにぶん規律が厳しくてな。この部室に入るには届けを出さなければならないんだ。前回はうまく誤魔化《ごまか》しておいたが……まぁ今回からは書いていってくれ」

僕は渡された紙にペンを走らせつつ「面倒なんですね」などと適当なことを言っていたのだ

が……紙の上のほうに何やら気になる記述があるのに気づく。

「あの、すみません。一つお訊きしたいのですが」

なんだ、と言って先輩は僕と白粉の席の間に立つ。その途端、かすかに花の香りがした。先輩がつけている香水らしい。

一瞬、それに緊張というか、息が詰まった。

「あの、気のせいか〝入室届け〟とあるべき所に〝入部届け〟とあるように見えるんですが」

「きっと目の錯覚だ。薬局でアイボン買ってこい」

「いえ、確実に〝入部〟とあります……」

「ん？　そうか？　ではきっと印刷ミスだな。誤字だ。気にするな」

すでに名前を書き終えてしまっていた白粉から入室届け、もとい、入部届けを先輩は素早く奪い取り、僕に迫る。

「どうした、ホラ、早く書け。あとは下の名前を書くだけじゃないか」

「でも書いたら入部になるんですよね？　このハーフ何とかっていう部に」

先輩は小さく舌打ちをした。

「安心しろ、部員数が少なくて今は同好会だ。しかも同好会として成立するためにも三人必要だが、今現在は私一人……あぁ、いや私と白粉の二人だけという状況だ。上下のしがらみなどはあまりないからそれで躊躇《ためら》っているのなら、安心しろ」

「あ、あの……あたし、ラノ研以外に入るのはちょっと、その——」

目にもとまらぬ早さで先輩は白粉の腹部に拳を打ち込んだ。気のせいか、打ち込んだ瞬間に捻《ひね》りを加えていたようにすら僕には見えた。白粉が一言も発しないまま椅子から落ちて、床に伏した。

「今の時代、賞味期限が切れかかった弁当でさえタダにはならない。まさかさっきの説明をタダで聞けると思っていたのか？

この部室棟は深夜まで開いているし、この部屋には一〇〇〇ワットの高出力電子レンジもある。弁当を温めるには便利だし、小さいが冷蔵庫、冬に備えての電気ポット、店員が入れ忘れた時用に割り箸《ばし》も買い置きしてある。……お前たちにとってこれほど便利な場所が名前を書くだけで利用できるんだ。何故記入しない？」

「いやあの、普通に入部しないか、とか言われたんなら書いたと思うんですが……こう、半ば無理やり書かせようとすると裏があるような気がして……」

「そういうものか。ふむ。……よし、それじゃあ次からは素直にそう言ってみよう。まぁ、今回は大目に見てくれ」

「次とかそういう問題ではないような気が」

先輩が不愉快そうに、眉根《まゆね》を寄せる。

「こんなにお願いしてもダメなのか？」

「……お願いしていないでしょう？」

「では力ずくだな」

言うが早いか、行動が早いか……、先輩は素早く僕の後ろに回り込むと左腕でヘッドロックし、右手はペンを持つ僕の手を爪《つめ》が食い込むほどに強く握った。

かけられる力は彼女の腕の細さからは考えられないほどに強力で、ゆっくりとだが、僕が本気で力を入れていてもペン先が紙へと落ち、ゆっくりと文字を書いていく。

ヘッドロックも強力で、僕が左手でふりほどこうとしても余計に締まるだけで外れる様子もない。苦しい。

僕のこめかみに先輩の頬《ほお》が当たって彼女の呼吸をかすかに感じ取れる。首を絞《し》められているせいもあるが、力が入って荒い呼吸になっている僕と違い、先輩の呼吸に乱れはない。というか寝息のように穏やかである。

そして、数十秒の格闘の末、とうとうペンは、洋《よう》という文字を書くに至ってしまった。ようやくヘッドロックが外された僕は力なく机の上に伏す。

先輩は書き上がってしまった入部届けを素早く三つ折りにして白粉のとともに胸ポケットに収める。

「我々は馬鹿な連中だ。半額弁当などのために命を懸けるんだ。それでもいいのか？」

「……い、いいも何も、あなたが――」

「そうか、お前たちもそうだというのだな。わかっている、お前たちもあの場所で気づいていたのだろう。あの領域はただ半額弁当を求めるだけの場ではない、ということに。だからこそ、私は声をかけたのだ。一度や二度の敗北などものともせずに、それでもなお挑むその姿勢。それこそが私が求めていたものだ」

「いや、あの……」

「ともにいこう、同志よ」

先輩はクールな表情のまま平然と述べた。見た目と違って、中身はわりと押しが強いタイプなのかもしれない。

何となくこのままここにいたら、流れで四〇万ぐらいする羽布団《はねぶとん》でも買わされそうな気になってきたので、未だ意識がない白粉を担ぎ上げて、部室を出ようとする。

「何はともあれ、今晩からは頑張れ」

彼女は窓に体を向けた。僕はその背を見る。

「……まぁ正直なところ、今断っていたら二度と半額弁当を買おうと思わないくらいに徹底的に潰《つぶ》そうと思っていたんだが、面倒がなくて良かった」

僕たちは慌てて部室を後にした。


「そういえば白梅《しらうめ》とはどういう関係？」

すでにアブラ神の店に入り、例の時間まで僕たちは精肉コーナー、それも羊肉のあたりで待つことにした。延々と『何時如何《いついか》なる状況であってもジンギスカンが喰いたい！』という情熱が込められた北海道《ほっかいどう》発のジンギスカンソングが流れ続ける。そのやたらに高いテンションは『おさかな天国』とためをはる。

「えっと、その、小学校の頃からの……たぶん……あたしの唯一《ゆいいつ》の友だち……かな。うん、きっとそうです」

さすがにともに幾度も死線をくぐり抜けたせいだろうか、白粉のおどおどした口調が減ってきていた。

「いつもいろいろと面倒見てくれて、その、あたしの書いたものも面白いって言ってくれて、えぇっと、その、仲良くさせてもらっています。……あっ、も、もちろん性的な意味じゃなしに」

……最後の付け足しはいらんよな。

「でも、どうして梅ちゃんのことを？」

「ちょっと前に平手を何発か……あと今日とかは凄い目で睨《にら》まれてて……」

おかげで内本君が「いいな、いいな！　オレも睨まれたい！」と一人空回りで興奮していたっけ。「バイバイ、と彼女の前で言うといいよ」と教えたら本気にしちゃって、放課後白梅の前で「バイバイ、バイバイ、バイバイ」と壊れたオモチャのみたいに手を振りながら連呼していた。そのあまりの奇行ぶりに偶然居合わせた心霊現象調査研究部の連中にとっ捕まっていたけれど、大丈夫だったんだろうか。

バサリとシールの束を出した音が聞こえる。僕たちは口を閉じる。震えはない。

先日、槍水先輩から別れ際に聞いたのだ。礼儀をもって戦えば決して必要以上に酷《ひど》い目に遭《あ》うことはない、と。確かに考えてみれば本気で怖いと思うくらいにやられたのは僕たちが弁当コーナーのところで半額になるのを待っていたという、見窄《みすぼ》らしい醜態《しゅうたい》をさらしていた時だけだ。

エサの時間まだ〜？　とブヒブヒ鳴く豚のような真似《まね》はもうすまい。

弁当にシールを貼り終わり、アブラ神がスタッフルームに消える。バタンと扉が閉まる。僕たちは動く。

弁当コーナーの前ではすでに乱戦が始まっていた。遅れて参戦するが、普段人など殴ったことがない僕たち二人に果たして何ができるのか。

……とか思っていたら自然に手が出た。別に突如《とつじょ》破壊の衝動に目覚めたとかではなく、ただ、弁当コーナーに近づいて『エロイカ』という名のイカめし&ナポリタンというわけのわからない組み合わせのアホな弁当を見つけて、いいな、と思った。そこで、その弁当を取ろうと横合いから手を伸ばしてきた奴がいたので、思わずそれを払った。

あっ、と声が出た。横にいた白粉も短い驚きの声を出した、その瞬間だった。周囲から一斉《いっせい》に敵が襲いかかってくる。恐らく前回同様見学だと思って彼らは油断していたのだろう。

誰が放ったかもわからない拳《こぶし》を数発喰らって僕は床を転がるも、すぐさま立ち上がって弁当コーナーから離れまいと踏ん張る。

が、この数秒の間で弁当が半数近く持ち去られてしまっている。氷結の魔女がいないせいなのか、場の流れが異様に速い。

白粉はやられたのか、天井を転がるように吹っ飛んでいったが、気にしない。

僕は弁当コーナーへ近づき、残っていた『のり弁』というこれ以上ないくらいにシンプルな弁当へと手を伸ばす。だが、横合いからタックルを喰らって攻撃者ともども床に落ちる。

わけもわからず反撃しようとするが、その攻撃者はすでに手に弁当を持っていた。タックルと同時に、倒れながら取ったらしかった。

僕は一度握りしめた手を開いて、弁当コーナーの棚へ手をかけて立ち上がろうとする。だが、その持ち上げた手が踏みつけられる。肘《ひじ》が折れたかと思った。肘を押さえながら僕は床の上を転がった。

その時、急激に殺気が消えていく。緊張した空気が緩んでいく。人の気配が遠ざかっていく。棚の上を見ることはできないが、終わったのだ、と知れた。

……先輩が言わなかったことで、いくつかわかったことがある。

心構えさえあれば、いくらかは僕でもやれる。そしていくら戦場のど真ん中といえども弁当に手を出そうとしたり、誰かを攻撃しようとしなければそうそう攻撃はされないらしい。そして弁当に手を伸ばした者は最優先であらゆる人間から狙われる感じがあった。

仮に僕のその仮説が正しければ槍水先輩やあのタックル野郎が攻撃しながら弁当を取る、という技を使っていたのにも納得がいく。他者を攻撃しながら取るのならば、パッと見ではただ攻撃しているようにしか、つまり弁当に手を伸ばしているようには見えないかもしれないのだ。見えたとしても少なくとも一瞬の逡巡《しゅんじゅん》は生まれ、それがここでは決定的な差と成り得た。

僕はうつ伏せだった体を仰向《あおむ》けにする。顔がにやけた。

なんだ、結構やれそうじゃないか。今までわからない、どうして、どうして、と疑問ばかりが生まれるだけでそこのルールに気づかなかった。槍水先輩が、オセロしか知らないくせに囲碁を打とうとしている馬鹿だ、と言った理由がわかった気がする。

わけもわからず黒と白の石を置いたとしても勝てはしないのだ。

ルールがわかった。戦い方、この場合は戦略的な流れとでもいうのか、とにかくこの領域とやらの雰囲気《ふんいき》のようなものがわかった気がする。

「ははっ……たかだか半額弁当に、何言っているんだか」

一歩引いて考えてみれば、死ぬほど馬鹿馬鹿しい話である。たかだか半額弁当、せいぜい数百円安くなるというだけなのにそこに誇り、時には命さえをも懸ける者たち……狼。

馬鹿だ、馬鹿としか表現しようがない。

しかし、一歩踏み込んで感じてみれば……ちょっとだけ、面白いと思った自分がいた。

床に染み込んだ調理用油の濃厚な香りが空っぽな胃袋に効いてくる。もしあのような戦いを経《へ》て、その上で弁当を手にして頬張《ほおば》ることができるとすれば、それはどれだけの満足感を与えてくれるのだろうか。

食事以上にその満足感を得るがために彼らは戦っているのではないか、そんなふうに思ってしまう。

「ホント……馬鹿げてる」

店内照明の白色灯が、妙にまぶしかった。

二軒目に移った。先ほどのスーパーよりやや寮から離れている場所であり、深夜まで営業している関係上、一時間ほど半額になるのが遅いらしかった。

先の店ではいつのまにやら群集から押し流されていた白粉はさすがに嫌がるかとも思ったが、何故か彼女は興奮気味に歩を進めていた。本人曰《いわ》く、目の前で本気で男たちが殴り合っているのを見て胸にグッときたとか。

アレか、コイツはその種の変態か。

この店はこの辺りでは時間的に最後の領域だから自然と喰いっぱぐれた連中が集まってくる上、時刻が遅い分、空腹もそれに比例して強力になっている。当然、戦いも熾烈《しれつ》になるのだぞうだ。店内を見渡すと、確かに敵が多いような気がする。

アブラ神と同等の位とされる、スタッフジャンパーという戦闘服に身を包んだジジ様が現れると店内には当然のように緊張が迸《ほとばし》る。

僕たちは初めての店ということもあって、あえて流れを見渡せるような場所で待った。弁当コーナーからやや離れた菓子コーナーだ。初めから最前線で戦うより、ほんの少し遅れて外周から参戦したほうが弁当を逃す確率は上がってしまうだろうが、場を見やすいと踏んだ。

同様のことを考えているのかどうかはわからないが——たぶん違うんだろうが——僕たちの横に三日前戦った坊主男がいた。白粉がらしくもなく頬を紅潮させてニヤニヤしている。

坊主男は知るまい。まさか自分が白粉の作った小説の中で僕のケツを狙っているなどとは。

と、僕が同情にも似た気持ちで坊主男を気にしていたら、彼が急激にビクリと肩を震わせた。どうしたんだ、と一瞬思ったが、何やらキュルキュルという何かが擦《こす》れるような音が……。

「……《タンク》だ」

坊主男が漏らすように呟くとともに、店内の空気が一変する。それまでギリギリまで引っ張った糸のように緊張した空気が、荒海の波飛沫《なみしぶき》のようにざわめいた。

店内で散り散りになって戦闘開始を待っていた狼たちの気配がゆっくりと動き出す。そしてフラリと一人の男、顎髭《あごひげ》男が菓子コーナーに現れると、彼はそれが目的であったかのようにしゃがんで、うまい棒のなっとう味を落ち着いた眼差しで眺め始める。

「タンクだけじゃない。……《大猪《おおじし》》だ。奴だ、奴が来た」

ポテトチップスを親の敵《かたき》のように睨んでいた坊主は、顎髭が告げた言葉に目を見開く。

「ジジ様が整頓《せいとん》を終えて、弁当にシールを貼り終わるまであと五分はかかるとオレはみる」

「奴が弁当コーナーへ到達する予定時間は？」

「あと、一分。……オレたちが何もしなければな」

坊主はクックック、と笑った。

「誤差四分か。なるほど。……他の連中もやる気だな。最初のざわめきとは違う、この覚悟を決めた気配のざわめき。悪くねぇ。思わず武者震いしちまうぜ」

「あぁ、オレたちの狩り場で好き勝手やられるわけにはいかない」

男たち二人は最後まで一度たりとも視線を合わせることなく喋《しゃべ》った。そして急に歩調を合わせてどこかへと行こうとする。僕は思わず声をかけようとしたが、顎髭がチラリとこちらを見、口元で笑みを作った。

「ワン公は弁当の近くにいろ。そして時が来たら迷わず半額弁当を手に入れろ」

視線を前へと戻した顎髭は歩みを止めず、ただ、背中で語る。

「それが……今日のオレたちの勝利だ」

意味がわからなかった。だが白粉は手を前で組んでお祈りする少女のように、恍惚《こうこつ》の表情で「……かぁこいい……」と呟いた。『筋肉刑事《マッスルデカ》6』に顎髭と坊主の出演が決定した。

ズシャーン、と凄まじい音が店内に轟《とどろ》く。坊主たちは駆ける。僕と白粉もまた事態を理解しようとして追いかけ……そして凄まじい光景を見た。

何だ、これは……。およそスーパー内で決して見ることはない……いや、しかしスーパーでしかまず見ることのできない光景がそこでは繰り広げられていた。

巨体のおばちゃんがカートを押していた。そして、それを真っ正面から茶髪の女子高生が全力で押さえているのだ。

意味がわからなかった。中学の卒業式の帰り道、石岡君がこっそり第二ボタンを外して川に投げ込んでいるのを見つけた時ぐらいに意味がわからない。そして何か言葉にならない切なさが胸に込み上げてくる。

おばちゃんが無表情のまま、それまで押していたカートを引く。すると茶髪が体勢を崩しそうになるが、踏みとどまる。しかし、彼女の手からわずかにカートが離れた瞬間、おばちゃんがおぞましい速度でカートを押した。それも光の速度に達しかねない速度で。

四つの車輪から白煙と火花を散らしつつカートが茶髪を直撃。放たれた弾丸と化した茶髪は、エントランスから続く生鮮野菜コーナー及び鮮魚コーナーの数十メートル近くをぶっ飛んだ。坊主たちが慌てて彼女を受け止める。

驚くべき事態だった。目の前で、どこにでもいそうな太めのおばちゃんがただのカートを、おぞましき対人兵器へと昇華させたのだった。

坊主たちは茶髪を床に寝かせると、凄まじいを殺気を放ちながらキュルリキュルリとゆっくりとカートを押してくるおばちゃんに立ち向かっていく。その背中には気炎が上がっていた。

「早く行け、ワン公。今日は特別だ。オレたちが命をかけて時間を稼《かせ》ぐ。お前たちは弁当を手に入れるんだ。そして喰え、存分に！」

坊主の言葉に白粉の精神防御力が大幅に削られたようで、彼女はまたも恍惚の表情だ。今すぐにでも「抱いて」と大声を上げかねない。

男二人が強大な敵へ立ち向かっていく。その姿は確かに、震えるほどに格好良かった。

そう、格好良かったのだ。その時まで。

二人が近づいた瞬間、カートは生き物のように暴れた。カートは口を開けた竜の頭であるかのように、あれほど格好良かった男二人を同時に一秒とかからず上へと撥《は》ね上げる。天井にぶつかり、そのまま二人は意識なく床に叩きつけられた。

意味もなく、数秒前に二人が言っていた言葉を思い出す。その無意味な格好良さが逆に哀《あわ》れさを際立たせた。

二つの屍《しかばね》の上をカートの四輪が蹂躙《じゅうりん》していく。その様、まさにタンク。おばちゃんのサンダルが坊主の頭を、背を、尻《しり》を、足を踏みつけ、ゆっくりとこちらに近づいてくる。恐怖が……近づいてくる。

それを見た僕の感想は〝やられる〟とか〝殺される〟とかではなく〝終わった〟であった。そう、小学校の遠足で遊園地に行った際、石岡君がメリーゴーラウンドの馬に乗りながらゲロ吐いている夢のような光景を見て大笑いした直後、帰りのバスで彼は僕の隣の席だということを思い出した時の心境だった。

まさに〝終わった〟である。

「に、逃げなさい……弁当は諦《あきら》めるの……あれはもうすぐ弁当コーナーへ行ってしまう……あなたたちでは……無理……」

意識があるのかないのかわからない茶髪の女子高生がうめくように言った。わりといい乳をしているのに気づいたが、どさくさに紛《まぎ》れて揉《も》みしごいてやろうと思うこともないくらい僕は恐怖にすくんでいた。

ジジ様を見る。彼はまだドリンクコーナーで商品を整列させている。このままではどう考えても大猪《おおじし》のほうが先に弁当コーナーに辿り着いてしまうが……しかし、辿り着いたたで、一体何がどうなるのだろう？　いくら巨体のおばちゃんとはいえ、さすがに全部持っていくようなことはないだろうし……？

と、そこでどこからか現れた数名……いや、数匹の狼たちが束になって大猪に立ち向かう。だが如何《いか》に勇敢な彼らといえども大猪の牙《きば》の前では無力に等しい。一人倒れ、二人倒れ……。

……今、僕の目の前に広がる光景はこの世のものとは思えなかった。

皓々《こうこう》たる白色灯の下、幾人もの若者が地に伏し、その上を無表情のおばちゃんが操る空《から》のカートが蹂躙していく。この場にむなしく響く『おさかな天国』。その明るいテンポと歌声がより一層見る者に恐怖を与えていた。

これを腕利きの画家が一幅《いっぷく》の画に納めたとすれば、タイトルは確実に『絶望』であろうことは誰の目にも明らかだった。

白粉と僕は茶髪の女子高生などそっちのけで、腰を抜かし、生臭さを発している鮮魚コーナーの冷蔵棚に背を押しつけるようにしておばちゃんに道を空ける。震えながら僕と白粉は互いの肩を抱いた。

人形のように細い彼女を恐怖に怯《おび》えた僕は強く抱きしめる。頼りなさげなその感触は僕の恐怖をこれっぽっちも拭《ぬぐ》い去ってはくれない。

タンクを操る大猪は僕たちの前を通り過ぎる際、ちらりと見てきただけで、何一つ攻撃はしてこなかった。僕と白粉はほっと一息ついたものの、相手の背に回した手の震えはとまらない。大猪は弁当コーナーに達すると次から次へと一〇〇円引きのシールが貼られた弁当をカートの中に入れていく。ありったけ、というわけではないが妙に数が多い。一人分ではなく、家族の分なのだ。……いや、それにしても……そうか、そういうことか！　明日の朝飯用も今買っていくのか！　さらに総菜は冷凍保存して数日は喰いつなぐつもりか!?

「あれが……生活力……ベテラン主婦だけが持つ……特殊能力……」

茶髪が唸《うな》るように言った。

……しかし、何故半額になる前のあれらを……。あと数分待てば……。

「ちょっと店員さん、シール貼ってよ。……全部に」

恐ろしいほどの不貞不貞《ふてぶて》しい態度と声で大猪はカートごと商品をジジ様に突きつける。危うくぶつかりそうになったジジ様は渋々といった様子でシールを貼っていく。

僕たちはその光景を眺めているしかない。

何だろう……この腹の底からわき起こる怒りは。そしてこの屈辱は……。

「まったく、どうせ貼るんだからさっさとしなさいよ。感じ悪いわね。これだったらコンビニのバイト店員のほうが何倍も接客態度がいいわ。ホント、酷《ひど》い店。最低よ」

だったらコンビニでもどこでも行けばいいじゃないか！　半額の弁当が欲しくてここにいるんだろうが！　そもそも貴様は何様だ！

ウゥ、という呻き声にふと見れば、倒れた狼たちがひっそりと涙していた。

「私たちが、未熟なばかりにジジ様はあんなことを……」

「俺たちがあと少し、もう少し頑張れば、ジジ様の今日の仕事を幸せに終わらせてあげることができたのに……」

「そして、オレたちも余裕を持って弁当を買えたのに……ち、ちくしょう……」

茶髪の女子高生がそっと僕と白粉の肩に手を置いた。

「されるがままで悔しいと思った？　あんな奴に小さくなってペコペコしているジジ様を見て苦しく思う？　……そう、それならもうあなたたちも一人前よ。決して恩知らずで恥知らずな豚や、未熟な犬なんかじゃないわ」

何故だろう、何故だかわからないが、涙が出そうになっていた。理由のよくわからない屈辱感。これが……狼になったということなのか……。

よくわからないまま、俯《うつむ》いて、目元にたまった涙を指先で拭う。

あっ、という白粉の声に僕は顔を上げた。ついさっきまで目の前にいた女子高生はおろか、倒れていた狼たちまでもが消えていた。全員が……大猪が去った弁当コーナーで戦い始めており、すでに何名かは弁当を手に入れてレジへと向かっている。

「どんなに悔しくても腹は減るんだよなぁ」

「人間は酷な生き物だぜ」

そんなことを言いながら目の前を坊主と顎髭の二人が、弁当を手に僕たちの前を通り過ぎていく。

「おぅ、ワン公。次は頑張れよ」

白粉はまた「かぁこいい」と漏らし、僕の腹はギュルリと鳴った。

鮭《さけ》おにぎり（半額シール付き）とどん兵衛《べえ》というもはや人類にとって鉄壁の組み合わせをレ

ジ袋に入れてもらい、店を出た。

一応何だかんだいっても、あの後速攻で戦線に参加というか……すでに狼たちが喰い散らかした後の弁当コーナーへ行ってみると、いくらか総菜やおにぎりが残っていたのでそれを手に入れた。

とはいえこの時点でどん兵衛にまた頼るのは決定していたものの、安全牌《パイ》であるおにぎりとの組み合わせにするか、不思議な贅沢感《ぜいたくかん》が味わえるどん兵衛に総菜のエビ天を載《の》せるという荒技に出るか……それで迷っていたら遅れてやってきた狼なのかただの豚なのかよくわからない連中に横合いから次々に持っていかれてしまい……結局また白粉と僕二人で一個のおにぎりしか手に入れることができなかったのだが。

店を出て、見上げた星空がやけに瞬いて見えたのは大気のゆらぎのせいなのか、己の涙のせいなのか、よくわからなかった。

「大猪って呼ばれる理由がわかった気がしますね。豚のように恥知らずで、それでいて狼でさえなぎ払う牙があって。……あぁ、でもあたしみたいのがそんなこと言う資格なんてないんでしょうけど、すみません」

「大猪か。確か狼が数頭束になって襲いかかっても勝てないって、昔テレビで見たことがあったなぁ。これも同じか。怖いな」

「そうでもない」

低く、地を這うような声に振り向けば、自動ドア横の自動販売機にしゃがんでよりかかっていた、缶コーヒーを口にする男。

「対処できないのは未熟だからだ。アレの相手ぐらい、うまくやれば一人、二人で十分に対処できる。……猪突猛進《ちょとつもうしん》、というような言葉がある。何かする際、周りが見えなくなるという言葉だが、アレにも同じことがいえる。動きを止めようとするからモロに抵抗を受けるのであって、進路方向をそらしてやればそれでいい」

男が立ち上がる。一八〇はある長身、それに相応《ふさわ》しい長い四肢《しし》を持った痩《や》せた男だった。僕たちを見る目が、異様に鋭い。

「で、でも、進路を変えても結局お弁当の所へ行っちゃうんじゃ？」

「もちろん考えなしにやればそうなる。しかし、変えた進路の先に大猪が興味を引くような特価品があれば話は別だ。確実にそこに引き寄せられ、いくらかの時間を消費させることができる。逆にやや早めに襲来したのなら、あえて何もせずに放置するのも手だ。さすがにシールを貼らせようと、弁当を手にスタッフルーム内にまでは入っていかない」

彼は制服こそ着ていないが、僕らと歳《とし》は大差なさそうだ。しかし、その眼差し、口調、放つ言葉の数々は何処《どこ》か老熟を思わせる。

「本当に恐れるべき敵は他にいくらでもいる。いろいろとな」

彼は飲み干した缶コーヒーをゴミ箱に捨てると、脇《わき》に止めていたバイクに跨《またが》った。

「そろそろ気をつけろよ。今時期から奴らは動き出す」

「奴ら？」

「《アラシ》さ。……じゃあな、佐藤、白粉」

それだけ言うと彼はヘルメットを被《かぶ》り、小さな排気音だけを残して僕たちの前から去っていった。弁当も買わず、ただコーヒーを飲みに来たにしてはいささか不可解な男だった。

何より何故、僕たちの名を……？

2

朝、学校に来たら、内本《うちもと》君が大変なことになっていたが、あえてそれには触れなかった。というより触れるのが怖かった。

ぐったりとした状態で占い師が付けるようなアクセサリを大量に装備し、頭には何かの電波受信を阻害するためなのかアルミホイルがまかれていた。ただ、後頭部からアンテナが生えているところを見ると、逆に何かしらの受信システムなのかもしれなかった。特に異質だったのが眼鏡《めがね》を黒マジックで完全に塗りつぶされているという森田《もりた》和義《かずよし》アワー。

時折何かの電波を受信しているのか、「アババ、アババ」と震え、その後死んだようにぐったりとする。見ていると、かなり怖い。

心霊現象調査研究部に拉致《らち》されて、何故《なぜ》こんな人類の最先端技術の結晶を取り付けられたのかは謎《なぞ》だが、当面彼の笑顔を見ることはできないだろうというのは確実そうだった。

「佐藤《さとう》君、そろそろはっきりさせておきたいことがあります」

白梅《しらうめ》だ。彼女が朝、それもＨＲ《ホームルーム》前に話しかけてくるのは珍しい。

あとどうでもいいが、内本君が立ち上がったと思ったら、教室の隅っこで壁に向かってアババ、アババとまた呻《うめ》きながら激しく震動し始めているのが激しく気になる。

座っているこちらを真剣な眼差しで見てくる白梅を、僕は見上げた。

「佐藤君は白粉《おしろい》さんのことをどう想《おも》っているんですか？」

「どう想うって何でまた。そんな恋のライバルと決着を付けるかのようなセリフを――」

「白粉さんはわたしのものなので」

アババ――――――！　と奇声を上げてブリッジしながら走りだした内本君に、教室内が騒然となる。昔『エクソシスト』を見た後、アレを真似《まね》して首を痛めた甘酸っぱい想い出が僕の胸に去来した。

「聞いてます？」

「え、あ、うん、一応。……えっと、確認なんだけど、どういう意味？」

「どういう意味と言われましても、言葉通りです。ともかく、佐藤君は彼女のことをどう想って半額弁当なんて漁《あさ》らせているんです？」

内本君の奇声が、アバッアバッ、アバッバーとだんだんリズミカルになってきた。バチカンにエクソシストの派遣《はけん》を要請すべき時かもしれない。

「別に僕が強制しているわけじゃ。ＨＰ《ハーフプライサー》同好会に入ったこととかも含めて彼女の意志でしょ」

「あんな見窄《みすぼ》らしいことを彼女が進んで行うはずがありません。それにわたしがやめなさいと言ってもやめないんです。佐藤君がやらせているとしか思えません。連日一緒に漁りに行っているそうですね？」

気のせいか。内本君がブリッジ状態のまま壁を伝って天井《てんじょう》を走っているように見える。

クラスメイトたちが絶叫し、泣きだし、逃げまどい始めるも、何故《なぜ》か教室の扉が開かずさらにパニックに拍車がかかる。早急にエクソシストの派遣が求められる。

「いや、まぁ確かに行ってるけど、呼んだ覚えとかもないし……」

白梅がその綺麗な顔を初めて歪《ゆが》めた。

「……では、本当に白粉さんが自分の意志でやっている、と、そういうことなんですね？

……そうですか。怒っていいですか？」

「あの、怒られる意味がわから――」

平手ではなく拳《こぶし》が飛んできた。顔面にモロに喰《く》らい、椅子から落ちてのたうち回る。

「つまりわたしと一緒にいるより佐藤君といるほうがいいと白粉さんは思っている、と、あなたはそう言うわけですね。……そうですか。蹴《け》っていいですか？」

「いや、誰もそうは言ってな――」

床の上で倒れていた僕に、白梅の遠慮のない蹴りが入る。次々に入る。固いつま先が体に突き刺さる。今、この時ほど自分にM属性がないことが悲しいと思ったことはない。

「ま、待って、お願い！　誤解、誤解なんだ！　ここ四階だけどこれゴカイとかいう親父《おやじ》ギャグを挟んだりしないくらいマジで誤解！」

ピタリと白梅の足が止まる、横たわる僕の頰《ほお》の上で。徐々に靴裏の凹凸《おうとつ》が喰い込んでくる。

「白粉が行ってるのは、アイツ、ホラ、なんか熱い展開？　そういうのが好きみたいで……あと、あそこでネタ探しというか、人間観察のようなのが目的で……イテテ、痛いっ痛い！」

「白粉さんの作品の中ではそんな見窄らしいシーンはありませんでした」

白梅はギリギリと体重をかけてくる。彼女はかなりスレンダーだと思ったが、それでも片足で、しかも頰に乗られると恐ろしく痛い。骨が軋《きし》む。

「いや、あのホラ、筋肉刑事《マッスルデカ》のほうだよ！　相棒のサイトウのモデルが僕になってて、なんか男に襲われるやつ！」

「そんな不愉快なタイトルの作品は白粉さんの作品の中にはありません。ふざけていますよね？　わたしを馬鹿にしていますよね？　怒っていいですよね？　このままやってしまってもいいですよね？」

白粉め、アイツ、アッチのほうの原稿は見せていないのか。畜生《ちくしよう》。

白梅はすでに普通の平常時の澄《す》まし顔に戻っており、逆にそれが怖い。

視線を上げれば彼女のスカートの中が覗けるが、そこに何かしらの喜びを見つけられないくらいに痛くて、怖い。

その時、神の助けが天井《てんじよう》より舞い降りる。ドサっと天井から落ちてきたのは紛《まぎ》れもない内本君。アババババババババババと相変わらずテープを嚙《か》んだビデオデッキみたいになっているが、助かったと思った。

「やめろ白梅、オレの友だちの佐藤君から足をどけろ、君の怒りはオレが引き受けた、オレを全力で殴《なぐ》ってこい！　……と、内本君が言ってる」

……ように僕は思う、という言葉は口の中だけで呟《つぶや》いた。

すると白梅はすっと足を上げると、そのままブリッジしながら「アバ？」と首を傾《かし》げていた内本君の頭を真上に蹴り飛ばす。強制的に直立させられた内本君の背に彼女の拳がさらに叩《たた》き込まれる。プフォー！　と妙な悲鳴を上げて教室中の机と椅子を巻き込んで彼は吹っ飛んだ。

「あきらめません。負けません。覚悟していてください」

白梅はそれだけ述べると、倒れた自分の机と椅子を直し、授業の準備を始めるのだった。その姿には、数秒前まで男をいたぶっていたとは思えない気品が溢《あふ》れている。

内本君が倒れたせいか、教室の扉が開くようになりクラスメイトたちが飛び出していく。悲鳴があちらこちらで上がり続ける。

う、うぅ、と内本君が呻きながら、眼鏡を外した。白梅にやられた場所が痛むのか、一度立ち上がろうとするも再び床の上に倒れた。

「……暗くて、辛《つら》くて、ただただ苦しい……そんな悪夢から目が覚めた。凄まじい衝撃と、この世のものとは思えない快楽が……オレを導いてくれた」

ドMの精神が内本君の魂《たましい》を救ってくれたらしい。おめでとう、内本君。そしてありがとう、内本君。君の変態が、僕たちの命を救ってくれ――

「しくじったな」

その声とともに白衣に、『心霊現象調査研究部』と記載された腕章をつけた女生徒と、妙に筋肉質な男子生徒二人の三名が突如として教室内に侵入してきた。内本君が男二人に捕まる。

「一度ゼロからやり直したほうがいいかもしれんな」

「な、なんだ、このWWEあたりのレスラーみたいに屈強な男たちは!? オ、オレをどこへ連れていくつもりだ!? よ、よせ、放せ、や、やめ……あ、あgふぁ；pがぴうえあp」

内本君のわめき声は教室から連れ出されてもしばらく聞こえていた。

さようなら、内本君。君のことは、忘れない。……っつぅかアイツら何なんだ?

「先生、遅いですね」

白梅が何事もなかったかのように一人呟いた。

「白粉は、今日は不参加か」

パチリパチリ、と槍水《やりずい》先輩はオセロの駒《こま》をひっくり返していく。盤面《ばんめん》が彼女の黒色の駒で埋まっていく。

僕は白粉から届いた携帯メールを眺めながら苦笑う。どうも授業が終わると同時に廊下《ろうか》で待っていた白梅に拉致《らち》されたらしい。今彼女の家で軟禁されているとか。その状況を伝えるメールも白梅がトイレに行っている間に打っているものらしかった。

携帯を閉じると僕はオセロの戦況に意識を戻す。僕の白駒はほぼ壊滅的状況だ。

人生は諦《あきら》めてもゲームは諦めるな、と親父から普通とは逆に教え込まれた僕としては四隅、上下辺をフルに取られていようと諦めずに必死に活路を探し、白を打つ。速攻で槍水先輩が躊《ちゅう》躇《ちょ》なく黒を置いて白を殺していく。彼女は強かった。

盤面がほぼ黒に染まって勝負が決すれば、槍水先輩はすぐさま駒を片づけ、中央に四枚置く。すぐに次のゲームが始まる。僕はこっそり溜息を吐いた。

何気なく部室でオセロを見つけたので「やりませんか？」と声をかけたのが最後、すでに三十二回連戦連敗である。始めた当初は明るかった空も今ではすでに宵《よい》の口《くち》だ。たぶんあと十ほどやってそのままスーパーへと参戦する流れだろう。

本来僕はこの時間なら漫画家へのファンレターでも認《したた》めているか、親父から引き継いだレトロゲームコレクションをやりこんでいる頃合いだ。

しかし、たまにはこういうまったりとした時間も悪くない。

何より円卓がデカすぎて対面に座ってではオセロに手が届かない関係で、槍水先輩と肩をくっつけるような距離にいられるのが良かった。特別会話が弾《はず》む、というようなことはないが嫌な空気ではない。

時折視線が合えば、彼女は少しだけ微笑《ほほえ》む。どうだ、というどこか勝ち誇った感じのそれは、単にオセロの勝敗のことを示しているようだったが、僕には少しばかり違って感じられた。

最初に彼女を見たのが戦場であり、幾度もボコボコにされたせいなのか、今ではこうして普通に彼女の瞳《ひとみ》を見られることが妙に嬉《うれ》しかった。初めの頃はその黒水晶《くろずいしょう》のような目を見るたびに体が凍えそうになっていたのが嘘《うそ》のようだ。

ただ、今でも目が合うと心臓がしゃっくりのように高鳴るのは、変わらない。

静かな放課後の部室で、パチリパチリとオセロの駒だけが音を立てていく。また負ける。彼女に負けるのには慣れていた。嫌な気分は少しもしない。

……内本君のMっ気でも僕に移ったのだろうか……。昔の僕ならオセロといえども容赦《ようしゃ》はしなかった。勝つためなら「わっ、凄い地震だ、震度四、震度五、どんどん上がっていく！あ、オセロが！」とかちょっとアレな人ふうに言って盤面をひっくり返すという親父伝来の秘技をコナミコマンド並みにフツーに使ったりもした。

しかし今はやろうと考えもしない。檜水先輩が三三勝目を上げる。

休憩を挟むように、先輩のポケットからフリスクが取り出される。七粒くれた。……常識的にいって多すぎだと思う。先輩が一口で何粒も食べるのを見て、負けじと僕も食べた。

「久々だ、こんなにオセロをやるのは」

「会員一人でしたっけ。友だちとかとはやらないんですか？」

「授業が終わったらすぐに部室だった。できるだけここにいるようにしていたから、友人はいても遊ぶようなことはあまりないんだ」

「なんでまた。ここの活動ってすぐには始めようがないじゃないですか。特に一人なら」

壁に貼られた弁当が半額になる時刻〝半値印証時刻《ハーフプライスラベリングタイム》〟の全てを合わせても学校からやや離

れた場所にある二〇時閉店の大型店、それの一九時が最速である。

僕の言葉に槍水先輩は視線を盤面に落とし、目元だけで少し寂しそうに微笑んだ。

「人が来るかも……しれないだろ？」

「人って、誰が？　入会希望者ですか？」

槍水先輩は目元に笑みを残したまま、四つの駒だけが乗る盤面に黒駒を置いた。それ以上何も言わず、ただ、僕の手を待っていた。

でも僕は打つことを躊躇《ためら》う。別に手を決めかねているわけじゃない。円卓の上で肘《ひじ》をつき、その上に顎《あご》を乗せるというか、口元を手首で隠すようにしている先輩の姿に見とれていた。

さっきまでと同じように見えたけれど雰囲気《ふんいき》が違って感じられた。その盤面を見つめる眼差しに哀愁の色が浮かんでいる。そんなふうな目をしている彼女に、僕はひどく惹《ひ》かれた。

「ん？　どうした？」

飾り物のようだった彼女は、その二つの瞳だけをキョロリと動かし、黒点を僕に向けた。その視線と、声に、僕の心臓が跳ねる。画に描いたように慌《あわ》てながら駒を置いた。

「なんだ、どうした？」

先輩の、今度の言葉には少しだけ笑いが含まれていた。透明感のある静かな声だからこそ、そこに彼女のちょっとした心持ちを知ることができた。

先輩がパチリと淀《よど》みなく打つ。僕は慌てふためき、心情そのままの手で応じてしまう。……あっという間に負けてしまった。

……らしくない。らしくなかった。幼い頃から従姉《いとこ》の著莪《しやが》あやめという女の子が親父のコレクション《ゲーム》目当てで毎日遊びに来ていたせいなのか知らないが、女性に対して免疫《めんえき》があったこの僕が、なんだ、この慌てよう。今まで女性相手にしてもゲームでは決して手加減してこなかったし、喧嘩《リアルファイト》するにしても結構本気でやり合うような「男としてどうよ？」と周りから言われるくらいのこの僕が、先輩の眼差し一つにこの為体《ていたらく》。らしくない。

グダグダな勝負をした僕はさらに慌てる。思わず頭の中にあった言葉が口から漏れた。

「先輩はいい香りがしますよね」

僕は変態かっ‼　言った自分自身が一番度肝《どぎも》を抜かれたわ！　椅子に座ってなけりゃ腰抜かして床をのたうちまわっとるわ！

時が止まったように感じた僕ではあったが、先輩はどこか嬉しそうに微笑んだ。

「カルバンクラインのエタニティだ。昔、人が付けていたのを気に入って、私も真似したんだ。……そうか、佐藤もか。気が合うんだな」

フォー・メン、つまり男性用のもあるから良かったら買ってみろ、と先輩は言った。僕は「は、はい」と返事をしたものの……半額弁当を漁《あさ》っている人間同士で交わすような会話ではないだろう、といつもなら突っ込んでいるところだ。

このままではいけない。気持ちを落ち着けるため、親父を思い出すんだ。そうだ、親父のあのおぞましい行動の数々を思い出せ。嫌でも高潮した気分が落ちていくはずだ。

そう、例えば……。

思い出そうとした途端、携帯が鳴った。母の携帯からだった。先輩に一言言ってから出る。

『聞いてよ洋《よう》！　お母さん、ついにやったのよ！　もう嬉しくって電話しちゃった！』

「やったって、何を？」

『お父さんのパソコンのね、セキュリティロックをついに今日突破しちゃったの！』

……我ながら凄い母だ……。何故我が家は家庭内で電子戦をやっているんだろう。

『そしたらね、凄い情報が出てきたの！　お父さん、職場の情報を〝北〟に売り渡していたのよ！　もうビックリするやら、驚くやら、あら一緒ね！』

「……母さん、気のせいか、今、親父が国際問題を引き起こしかけているって聞こえたんだけど」

『そんなことはどうでもいいのよ！　問題はお金よ、いくら稼いでいたと思う？　たった二回の取引で八五〇万よ！　もう早速新しいパソコン《マシン》おねだりしなきゃ！』

僕は携帯を耳に当てながら瞼を閉じ、天を仰《あお》いだ。果たして親父の懲戒免職処分《ちょうかいめんしょくしょぶん》と家庭崩壊だけで済むだろうか……。

いくらなんでも所詮《しょせん》陸自だから他の航空、海上に比べればその情報の重要度は低いのだろうけれど、二回の取引で八五〇万って結構な額だぞ。どんな情報だったんだよ。っつぅかそんなに金手に入れているくせに息子の仕送り三万かよ……。

しかしさすが親父だ、高潮した気分をものの見事に地獄の底まで落としてくれた。

『洋もおねだりするなら今がチャンスよ？　もう、どうしよう、何買おう！　やっぱりマシンは手作りが一番よね！　あ〜ん、また一週間くらい秋葉原《あきはばら》通いが始ま――』

――さらば母よ。僕はそう胸に呟きながら携帯の電源を切るほかなかった。そして母の言った〝北〟というのが〝北島三郎《サブちゃん》〟か〝北島康介〟あたりの略であることを祈るほかなかった。

「何の電話だったんだ？」

先輩が訊いてくるので、僕は「ウチの親父がね〜」とコロンボっぽく言ってみたが、あまりの似ていなさに僕自身がビックリした。死ぬかと思った。

ともかくしばらく親父の話をしてみれば、先輩は一言も喋《しゃべ》ることはなかったものの、時折クスクスと笑ってくれる。

今まで知り合いに親父の話をするとドン引きされるのが常だったが、こんな反応されたのは初めてだった。だから嬉しくなった僕は高揚した気分のまま次から次へと話をしてしまう。

先輩は笑顔で囁《ささや》くように言う。

「面白いな」

「他人事《ひとごと》だからそう言えるんであって、肉親となるともう……ね」

先輩はその長い指先で僕の額《ひたい》をツンと軽く突く。

「いいや、お前がさ」

こういう時間も、悪くない。

らしくない自分、そういうのも、悪くない。……ふと、そう思った。

……あとで証拠は湮滅《いんめつ》しておくように母に伝えておこう。

白粉から『今日の梅《うめ》ちゃん優しいけど何か怖い』という「どっちだよ」と言ってやりたくなるようなメールが来ていたが、返信するのも何か白梅《しらうめ》を怒らせそうだったので無視することにした。

携帯をポケットにしまい込んで、軽く溜息。それに呼応するかのように腹も鳴る。目の前に聳《そび》える青々とした長野《ながの》県産キャベツの山にさえ食欲を感じる。気がつけばアジシオかけて生でかじり付くのもいいな、とさえ思っている自分がいた。

アブラ神の店で、僕は首を振る。

今日こそは、と胸に決めていたので昼飯をベルギーワッフル一つで我慢《がまん》していたのでこの有様だ。先輩が〝本能的欲求、敵に挑む覚悟、唸《うな》りを上げるほどの空腹〟の三つが戦う上で重要になると以前言っていたのでそれを実践してみることにしたのだ。キャベツに誘惑されていてはダメだ。

狙う弁当も選びに選んだ結果『帰ってきたネバ弁！　諦《あきら》めきれない夢がある！　漢《おとこ》たちよ今こそネバり切れ！　納豆オクラメカブトロロぶっかけ弁当』という常軌《じょうき》を逸《いっ》したものに決めた。作り手は高確率でドラッグをやっていると思《おぼ》しきこの弁当で、初勝利を飾るのだ。

タイトルからして白粉が好きそうだ。今回は僕一人で良かったかもしれない。

なんでもＨＰ《ハーフプライサー》同好会の決まりとして会員同士が共闘するのは認められるが、同じ弁当を巡って争ってはいけない、というものがあるそうだ。というのも元々この同好会自体が半額弁当を手に入れられない者たちが集まってできたものらしく、それに由来する決まりだという。

時は一九時五〇分。店内にはちらほらと狼たちの姿が見受けられる。知った顔も多い。僕は目を閉じて精神を統一する。ネバ弁を掻《か》き込む自分をイメージする。ねちょねちょと鼻水のような具材とご飯が混ざり合い、ズルリと喉《のど》を滑り落ちていき、もはや喰っているのか飲んでいるのかわからないその様、口元から箸《はし》を離すと細い糸がにょ〜と伸びて……。

バサリというシールの束の音で僕は現実に戻る。体が、胃が、ネバ弁を受け入れる準備を始める。これで手に入らなかったらあまりに痛い。……負けられない。

アブラ神がシールを貼り終わり、スタッフルームへと戻っていく。狩りの時間が始まる。

バタンとその観音開《かんのんびら》きの扉が閉まった。僕は走る。弁当コーナー、戦闘領域へ踏み込む。乱れ飛ぶ拳の隙間《すきま》から、ネバ弁に誰かが手を伸ばしているのが見える。あの茶髪の女子高生だ。ヤバイ、と電撃を受けたかのような危機感が僕の中で轟《とどろ》いた。

目の前にいた男に全力を込めた拳を腹に打ち込み、前屈みになったところで、その頭を踏み台にして僕はジャンプ。一気に最前線へ出る。

茶髪が伸ばしていた、その腕の上に着地。当然男一人の全体重を支えきれるわけもなく、彼女の腕は下がり、僕は彼女の目前に立つ。

突如現れた僕と腕の痛みからだろう、苦悶《くもん》の表情を茶髪は浮かべながらも下がろうとはせず頭突きで僕を狙う。かわさず、受け止めず、僕もまた頭突きで応じる。衝撃。揺れる意識。真っ白になる視界。直後、互いの額が裂けて血が噴き出す。たまらず女が後方へ退いた。

自分で言うのも何だが、バカの頭は固いと相場が決まっているのだ。僕もまた呻くが、手は額にやらずネバ弁へ伸ばす。傷など、今はどうでもいい。ネバ弁が喰いたい、それに勝る意志は今の僕の中にはない。

だが伸ばした手はいとも簡単に横合いから出てきたカゴがはじく。顎髭《あごひげ》だ。奴は手にしたカゴを武器とし、漁夫《ぎょふ》の利《り》でも得ようとするかのように迫る。

カゴは、まずい。カゴを使えば取っ手を含め攻撃のリーチが一メートル近く伸びる。こちらの攻撃が届かない。対処の仕方がわからない。

「よぅ、ワン公」

顎髭の挑発だった。ワン公、つまり僕は犬であり、今日もお前は弁当が手に入らない、と言っているのだ。カッとなった。

カゴに蹴りを放つ。プラスチック製のカゴなど破壊してやろう、と思ったが、それは驚くほどの柔軟性でしなり、僕の蹴りの威力を吸収する。さらにその人間工学の結晶である取っ手の形状から、カゴは顎髭の手を支点として回転し、僕の蹴りを完全に受け流した。

顎髭が距離を詰める。彼の肘鉄《ひじてつ》が僕の胸を打つ。

その攻撃に息が詰まるも、視線は数十センチの距離に迫った顎髭から外さない。

と、その時、彼の首もとに一匹の蛇《へび》のようなものが這《は》った。女性の腕だ。顎髭の後ろに額から血を流す女性の姿、あの茶髪だ。

見事に喉元《のどもと》へ滑り込んだ腕が、顎髭の首を絞《し》める。

顎髭の目が見開かれ、その手からカゴが落ちる。彼の体がのけ反る。

がら空きになった顎髭の体を見て、僕の中にあの言葉が思い浮かぶ。

〝弱きは、叩く〟……弱肉強食、それこそが生存競争における絶対の理《ことわり》。

僕は可能な限りの力を込めて顎髭に拳を放つ。ラッシュ。顎髭が呻きすら上げられぬサンドバッグとなった。

茶髪が腕を緩《ゆる》める。僕は顎髭が手放したカゴを拾い上げ、それで彼を精肉コーナーへと吹っ飛ばした。

直後、茶髪が迫る。共闘したのは一瞬、再び敵として茶髪が僕を狙う。

距離を詰められていた。僕がカゴを手にしている状態で懐《ふところ》に入られた。片手でしか対処できない。カゴでなぎ払うにしても振りかぶるだけの間《ま》を必要とする。やばい。敵対していた時は何と恐ろしい武器かと思ったカゴが、僕が持った途端欠陥《けっかん》ばかりが目立つゴミに感じられた。

僕はカゴから手を離す。

茶髪が僕の腹へ一発放ってくるが、それを僕は片手で受ける。二発目が来る。カゴを放したほうの手で受けようとするも、間に合わず、みぞおちに喰らった。靴が地面から離れる。吹っ飛びそうになる。だが、僕は茶髪の腕を摑《つか》んだ。まだだ。足の裏に再び床を感じる。

「やるようになったわね」

茶髪に当然だろ、と言おうとしたが声を出せるだけの空気が肺にはなかった。彼女の腕を摑んだまま投げ飛ばしてやろうとするが、ドドドという地響きとともに踏ん張ろうとした床が揺れる。

次の瞬間、茶髪ともども宙を舞っている自分に気がついた。

事態を理解できたのはそれから数瞬後だ。空中から状況を見下ろして初めてわかった。

乱戦状態の弁当コーナーに、一つの集団が突っ込んだのだ。小さく固まり、背の高い雑草をかき分けるかのようにして進みゆく者たち。

あんな連中、戦闘開始時にはいなかった。全員が屈強な体つきをし、見事なまでの連帯を見せて突き進む男たち。あんな連中、いやしなかった。……ということは最後部から最前部にいた僕たちのもとにまで一気に突っ込んできたというのか。

そこまで考えた時、僕は茶髪ともども固い床に叩きつけられた。他にもあの集団に吹き飛ばされた連中が空から落ちてくる。

「もう、そんな、時期か……アラシめ」

茶髪が立ち上がりながら呻いた。彼女はもう参戦する気がないのか、ポケットからハンカチを出して額の血を拭《ふ》いた。

「……アラシ？　あれが……」

僕もまた、みぞおちを押さえながら立ち上がる。

「《嵐》や《荒らし》とも言われているわ。新入生の勧誘を終えて、春の大会に向けて練習し始めた……ラグビー部よ。アイツらが来たら、もう終わり」

確かに彼女が言うようにあれほどまでに屈強だった狼たちが次々になぎ払われ、弁当が一つ残らず奪われていく。

通常、狼はその日の夕食分、つまり一個の弁当しか手に入れはしない。豚のようには大食いしないのだ。だが彼らは一人でいくつもの弁当を手にしていく。数を力に弁当コーナーを荒らしていく……。

「季節大会前だけだから天災みたいなものよ。……単独ではまず勝てない」

「単独では……ってことは組めばいけるってこと？」

「少なくとも私やあなた、そこら辺で倒れている連中なんかがいくら組んでも無理ね。付け焼き刃のチームでは無理よ。この辺で相手になるとすれば《ダンドーと猟犬群》あたり」

……ん？　ダンドー？　アレ？　確か国語教師の名前が壇堂《だんどう》とかいう人だったような……。

ひょっとして、コレ、教師も交じってやっているのか？

てっきり僕は高校生くらいだけでやっているものとばかり思っていた。奥が深いというか何というか……。

「あとは氷結《ひょうけつ》の魔女と……いや、無理ね。彼はもう誰とも組まないはず」

「彼？　彼って――」

喧噪《けんそう》が消えた。弁当が全てなくなり、無数のアラシが誇らしげな顔でレジへ向かっていく。

店内放送で手の空いている店員はレジ番へ着くようにと業務連絡が迸《ほとばし》る。

呆然《ぼうぜん》としていた狼たちが一人、また一人と姿を消していく。ここで喰いっぱぐれた狼たちはおそらく次の領域を目指して疾走するのだろう。

僕もまたジジ様のフィールドを目指す。昼飯を減らして覚悟を決めただけで勝つのは難しいだろう、という思いは確かにあった。仕方がない。しかし戦っている最中、今回はいけるんじゃないか、そうも思ってしまっていた。悔しかった。

「次だ、次がある」

ネバ弁用にカスタムした胃袋が、静かに哭《な》いた。

ジジ様の店近くの公園で、僕は額に絆創膏《ばんそうこう》を貼っていた。二〇〇円前後値引かれた弁当を手に入れるために一〇五円の絆創膏を買うのは何か間違っている気がした。しかも弁当は手に入ってないし……。まぁ箱で買ったのでしばらくは使えるから良しとしよう。

それから次の半値印証時刻《ハーフプライスラベリングタイム》まで少し時間があったので星空を眺めながら待っていたら、携帯が鳴った。見知らぬ番号だった。

『白粉さんの気分が沈んでいます。佐藤君と先輩が原因だと言っています。どうしてあなたたちはそういうことしかできないんですか？』

取ると同時に間髪《かんはつ》をいれずに言われた。それは一発でそれとわかる声と口調……白梅だ。

「……ナンノコトデスカ」

『とぼける気ですか？　怒りますよ？　明日、覚悟していてください』

電話がブチリと切れた。何のことかわからなかったものの、携帯を見ていてあることに気づいた。白粉からまたメールが着ていた。『先輩からも佐藤さんからもメールの返信がないのはあたしのメールがウザかったからですか？　キモかったからですか？　もしそうだったらごめんなさい』とかいう、見ただけでナイーブになる文面だった。

これが原因らしい。しようがないので、別にそうじゃなくて白梅が怒るから、とだけ書いて返信しておく。数分後、また携帯が鳴った。

もしもし、とこちらが言うより先に女性の声。白梅だ。

『白粉さんにメールしないでください。うるさいです。嫌がらせですか？』

「……いや、あの」

『佐藤君が二度と携帯電話を使えないようにしてもいいですよね？　もう、しようがないですよね？　……それでは明日、学校でお待ちしております』

ブチリとまた切れた。明日、内本君登校してきてるかなぁ、と僕は切れた電話を手に訊《き》いてみるも返答があろうはずもない。

返信しなかったら白粉が落ち込んで白梅が怒り、返信したらしたで白梅が怒り……どうしろっていうんだか……。

さらに数分後、また携帯が鳴る。今度は先輩だ。

『今、やたら遠回しな殺人予告と思しき電話を受けたんだが……白粉は今、どんな状況に陥《おちい》っているんだ？』

そっちまでいったのか……。

とりあえず先輩に事の次第を説明すると、彼女は『その、なんだ。私は殺されるのか？』など普段と変わりない口調で訊いてくる。先輩なら十分白梅と渡り合えそうな気はするが、当人曰《いわ》く、あの領域以外で人に手を上げたことがないのだという。……ホントかよ。少なくとも白粉に一発打ち込んでいるじゃん。

『フックだった。手は上げていない。……それより弁当はどうだ？　手に入っていない？　そうか、残念だ。ジジ様の店では頑張れ』

頑張ってるとも、言われなくとも、みんなオレの友……と、そんな田舎《いなか》のラッパーふうに韻《いん》でも踏んでやろうかと思ったけれど、僕は何だか頑張れと言われたことが素直に嬉しく思えてしまって、軽口を叩くことなく、ただ「はい」と短く答えるに止めた。

頑張れ、と言われてその言葉を励みにできるかどうかは実際難しい。耳に心地よく、誰に対しても簡単につかえる言葉だ。だからこそつかう側も、つかわれる側も軽率に扱ってしまう言葉でもある。嬉しく思えたのは何故だろう？

僕は携帯の時計を見る。そろそろ時間だ。僕は先輩の励ましの余韻《よいん》を胸にジジ様の店へと向かった。

辿《たど》り着いた店は……いつもと空気が違っていた。あの静かで、どこかピンっと張った糸のような空気が今日という日に限ってはざわつき、乱れていた。

沸き起こる根拠なき胸騒ぎ。何が起こっているのかと場を確かめようと、店内を軽く回る。すぐに状況が呑み込めた。

奴らが、ここにも現れたのだ。……あの、アラシども。

店内を徘徊《はいかい》する巨軀《きょく》、汗の香りとともに漂う男性フェロモン。白粉がいたら正気を失いかねない環境だ。

先ほどの圧倒的戦力が思い出される。いや、今度はさっきより数が多い気すらする。

よくよく考えてみれば弱小チームでもない限り一五人一チームでやるラグビー部が十数人程度しかいないわけがない。予想される弁当の在庫数とその店へ派遣する人数をあらかじめ調整しているのだろう。より効果的に、より多くの弁当を手にするがために……。

今回もダメか、自然とそんな言葉が口を突いて出てくる。先ほどの先輩から言われた「頑張れ」が、今は逆に痛い。

あの茶髪はアラシを天災みたいなもの、と言っていた。だから今だけ堪《た》えていればそのうちに消えてなくなるのだろう。

だがそれまでの間、指をくわえてアラシが過ぎ去るのをただ待つのか。何も出来ずに、何もせずに。

温かな夕飯が食べたかった。何が行われているのかを知りたかった。そして、悔しかった。

だからこそ、僕はＨＰ《ハーフプライサー》同好会の扉を開けた。そうすればその三つの難題は全て解消されるはずだと思っていたからだ。

だが、解消されたのは〝何が行われているか〟というただ一つだけだ。……いや、実際にはそれすら怪しい。何故ならまだ僕は一度として弁当を手に入れていないのだ。

それは一時間やっただけで、クリアはもちろん、少しもやり込んでいないゲームの良否を評価できるか否《いな》か、という話に似ている。そんなものは無理だ。

何一つ、僕の難題は解決していない。

「こりゃダメだな」

調味料コーナーで両手を握りしめていた僕は声の主を見る。それは鶏《とり》ガラスープの素《もと》を眺めている、顎髭だった。一時間ほど前に僕が殴り飛ばした男。

「まったく、アブラ神の所で速攻で手に入れておければな。クソ。おい、無理に挑もうなんて考えんなよ。怪我するだけだぜ、ワン公。どうしようもないんだ」

「それは、忠告？」

僕は、原料はメキシコ近郊の海水だという食塩のパックに目をこらしつつ訊いた。

「忠告も何も、当然のことを言ってるだけだぜ？　無理だとわかっているのに、それに挑戦するのは馬鹿だろう」

バタリとスタッフルームの扉を開けてジジ様が現れ、作業に入る。

「……でも、腹が減っているんだ」

「俺だってそうさ」

「弁当が欲しいんだ」

「みんなそうさ」

「勝ってみたいんだ」

「誰だってそうさ」

僕たちは互いに視線を合わせることなく、ポツリポツリと小さな声で話した。顎髭の言うことはもっともで、僕はといえばまるでただ我儘《わがまま》を並べ立てる子供のようだった。

「勝ちたいんだ」

「時が悪い。今はその機《タイミング》じゃない」

「だけど……」

「待てよ。行くという奴を止める資格は俺にはない。お互い無駄なことだったな。生き方は人の数だけある。行きたければ行け。……また明日会おう。俺は、今日は降りる」

ジジ様がパンコーナーの整列に入る。これが終われば総菜・弁当コーナーに取りかかるはずだ。狩りが始まるはずだ、本来ならば。

顎髭が調味料コーナーの前から離れるのが足音でわかった。何の未練もなく、遠ざかるその足音の潔《いさぎよ》さに心が揺れた。自分が何とも女々《めめ》しいお子様に感じられて情けなかった。

僕も撤退しようか。どん兵衛買って、帰ってしまおうか。

でも胸に浮かぶ先輩の言葉。今、ここから逃げてしまうのは彼女の言葉を裏切ってしまうような気がした。

頑張れ。耳に心地よく、誰に対しても簡単につかえる言葉。そんなもののために痛い思いをまたするのか、そう思う。でも、痛い思いをするのが嫌だというだけで退くのか、とも思う。

どちらを選択しても弁当は手に入らないだろう。悔しさか、体の痛みかそのどちらを選ぶか、ということだ。……いや、悔しさなんて残るのだろうか。茶髪は、天災のようなもの、と言った。顎髭は、どうしようもない、と言った。これはしようがないことじゃないのか？

そもそもが、たかだか半額弁当に……。

「お、お前は……」

小さな呟きのような顎髭の声とともに足音が止まる。代わりに近づいてくる誰かの足音。

「腹は、減っているのか？」

地を這うような低い声。僕は見る。昨日会った長身瘦軀《そうく》の男だった。彼は特価と書かれた七八円のチューブワサビの前で足を止めた。

「ひ、昼をベルギーワッフルだけで抑《おさ》えた」

白粉みたいな声で、僕は答える。

「弁当が喰いたいか？」

僕は頷く。彼はワサビから目を離さないが、それでも僕を見ているような気配があった。

「それじゃあ、何を迷う？」

彼の獣《けもの》のように鋭い目だけが静かに動いて、僕を見てくる。氷結の魔女に見られた時の、細い針を刺されたような感じとは違い、大振りのナイフで首をかっ切られたような、ザクリとくる目だった。思わず息を吞んだ。

「挑戦を忘れた者には停滞と堕落《だらく》しかない。口を開けて何かが落ちてくるのを期待して待つ馬鹿なのか、お前は？　それとも怖くて踏み出す勇気がないのをもっともらしい理屈をつけて逃げ出す臆病者なのか？　……機《タイミング》が、流れが、活路がないのならば、自らで作り出せ。何もしなければ何も見えてこないぞ」

彼は僕から視線を外すとポケットから黒革の手袋を取り出し、塡《は》める。

僕はこの時になって店内の空気が変わっていることに気がついた。ジジ様が弁当コーナーへ達したのだ。

ジジ様の指先が老巧《ろうこう》のピアニストのように一切の無駄なく、速く、美しく、弁当の表面を撫《な》でていく。後に残るのは、赤と黄の赫々《かくかく》たる半額シール。その様、まさに芸術《アート》。

「アラシに勝つにはいくつかの方法がある。最前線にアラシが到達するより先に弁当を奪取。とはいえ、いくらかの攻撃を受ける覚悟は必要だ」

ジジ様が全ての弁当にシールを貼り終える。半額シールの束をジャンパーのポケットに収めると今度は何故か、この店では使わないはずのペンを代わりに取り出し、弁当の一つに何やら筆を走らせているように見えた。

ジジ様はペンを再びジャンパーのポケットに戻すと、自らの作品完成度を確かめるかのように、弁当棚の全てを眺めながらスタッフルームへと向かい始める。

強い視線を感じ、僕はジジ様から、視線の主、長身痩軀の男へと視線を向ける。

「だが、それは小手先の技だ。初動を如何《いか》に早めるか、待機場所をどれだけ近づけておくか、そういう勝負だ。狼と豚とのギリギリのラインでの争いでもある。実際、無傷で弁当を手にしようとするのならフライング気味でもなければ難しい。それで手に入れた者の多くはその後、豚として処理される」

「……だから誰もやらなくなった」

うっすら額に汗を浮かべた顎髭が言った。長身痩躯の男はそれでも僕の目だけを真《ま》っ直《す》ぐに見つめてくる。まるで心の奥深くをのぞき込むように。

「俺は、奇をてらうような戦法よりも真っ正面からただぶつかり合うことがこの場での基本にして最も美しい戦い方だと思っている」

「けど、それではアラシには勝てない」

僕は言った。三人の間を一瞬沈黙が包み込む。長身痩躯の男が言葉に詰まったのかと思ったがそうではない。ただ彼はスタッフルームの扉が閉まる音に注意を払ったにすぎなかった。

バタンと扉が閉まる。店内に地響きのような靴音が轟《とどろ》く。男が、ゆっくりと動き出す。僕の脇を通り過ぎる。

「そうだ。だが、姑息《こそく》な勝利より胸張れる敗北を選ぶ。それがこの領域に生きる者だ」

顎髭が、弱々しく呻く。

男は横目で僕を見てくる。その目はわずかに笑いを含ませるとともに、無言のままに僕に告げてくるのだ。勝ちたくばついてこい、と。

そんな目に、体の芯が震えた。息を呑む。体内を微弱な電流が流れるようなこそばゆさを感じ、僕は両手を握りしめた。

「所詮俺たちが獲得せんとするのは半額弁当でしかない。真っ当な人間からすれば見窄らしい行為だろう。無様だと嘲笑《あざわら》う者もいるだろう。

しかし、だからこそ、俺たちは誇りを持ってここにいる。見窄らしい行為だからこそ、誇りを持って全力でこれに当たる。たとえ如何なるものであれ、人が一生懸命に頑張っているものを非難する権利は誰にもない」

僕は頷《うなず》くように、唾《つば》を飲む。

それにな、と男は続ける。

「誰しもに負けると思われている勝負を覆《くつがえ》す。それが……楽しいんだよ」

男は笑った、そう僕が思ったと同時にドンっと彼が飛ぶように地を駆ける。弁当コーナー前に集結しつつあったアラシの中へと飛び込んでいく。

僕も駆ける。自然と足が動いていた。まるで何かに引っ張られるように、それが当然の行為であるかのように、アラシのもとへと走り行く。

アラシはさも自分たちに刃向かってくるものはいないとでも言うように緊張感がない。しかし組まれた隊列に、筋肉の壁に、隙はなかった。彼らは突き進む。憚《はばか》る者なき道を真っ直ぐに。二〇の頭を揃え、四〇の足で地を叩き、全てをなぎ払わんとして腕を振るう。

そんな連中の中へ飛び込もうとする僕は、まるで火の中に飛び込んでいこうとする蚊《か》のようですらあった。身を焼かれ、そして死ぬ。そんな先が見える。

だが、僕の前を行く男の背を見ていると違う未来が見えるような気がするのだ。彼は、彼ならば、未だ名すら知らぬ長身痩軀のあの男ならば、火の中でさえ飛びきってみせるのではないか、そんなふうに思わせる何かがあった。

僕たちはアラシに向かって走り征《ゆ》く。店内に残っていた、仕方ないと諦めの表情を浮かべた狼たちが遠巻きに僕たちを見るや、顔を一様に強ばらせる。

アラシの先頭を行っていた男が弁当に手を伸ばそうとした時、痩軀の彼が飛んだ。信じられないほどの跳躍で天井に足を着き、そこからさらにジャンプ。先頭者の肩に飛び乗るとともにその頭を蹴り飛ばす。

肩に男一人乗せているためか先頭者はその場で砂の彫刻のように崩れ落ちる。痩軀の男もまた、地に足を着けた。

一瞬、時が止まったかのようだった。誰もが、息を呑み、動きを止めた。

「魔導士《ウィザード》……」

誰かが口にした。魔導士《ウィザード》と呼ばれた男は、何を考えているのか最前線にいるというのに弁当の棚を背にし、アラシたちのほうを向いていた。まるでここから先は行かせない、とでも言うように。

「来い、豚ども。今宵《こよい》お前たちにエサはない」

彼は、天災とさえ呼ばれるアラシを、豚と呼んだ。全ての弁当をかっ攫《さら》っていくアラシを、その彼らをクズであるとする豚と呼んだのだ。

確かにそうなのかもしれない。最低限のルールに則《のっと》ってこそいるが彼ら《アラシ》は一人で複数の弁当を持っていく。豚と呼んでもいいのかもしれない。だが彼らにはそうは言わせない圧倒的な力がある。正確なことは新米の僕にはわからないが、彼らを豚や群れ豚などと呼ばないのは、大《おお》猪《じし》と同様、ただシンプルに強いからじゃないのか？

しかし彼は、魔導士《ウィザード》は、アラシを、豚と呼んだ。それは即ち……。

店の空気を震わせる鬨《とき》の声が上がる。アラシたちが互いの距離を詰め、一塊《ひとかたまり》となって魔導士《ウィザード》に襲いかかる。

魔導士《ウィザード》が、飛ぶ。足をつけたのはやはり天井、そこを蹴るように再び飛ぶ。足を着けたのはアラシたちの頭と、肩の上。彼は次々にアラシたちの頭を蹴り飛ばしていく。羽織ったコートをなびかせて、不安定な人体の上をまるで浮いているかのように漂いながら、屈強な男たちの頭に痛烈な一撃を加えていく。

まるで賢者に救いを求めるがごとく天へと向けられ、必死に何かをつかみ取ろうとするかのようなアラシたちの腕の間を、魔導士《ウィザード》は舞う。

時に天井を、時にアラシの頭頂を舞台として魔導士《ウィザード》の術が迸《ほとばし》る。決してその靴裏が大地に着くことはなく、彼は舞い続ける。

見事だった。確かにこれならアラシの突進にやられることはないだろう。だが、それはかわしているのであって突進を止められたわけではない。やられ、倒れていく連中を乗り越えて進み行く猛者《もさ》は後を絶たない。倒れた者も立ち直っては戦闘に戻っていく。

多勢《たぜい》に無勢《ぶぜい》、アラシは進んでいく。その様子からして魔導士《ウィザード》を捕らえることはできないが、弁当に意識を向ければすぐにでも獲《と》ることができるはずだ。逆に魔導士《ウィザード》はいくらその長い腕を伸ばしたとて、アラシの頭上にいる以上は弁当には達しない。

この時になって、ようやく僕はアラシの最後部に喰らいつく。もはや魔導士《ウィザード》にのみ意識を向けていた彼らにとって後方は隙だらけだった。魔導士《ウィザード》以外に自分たちに立ち向かってくる者はないと思っていたのだろう。一人に何の抵抗もなく、後頭部に蹴りを浴びせることができた。

蹴りを食らったアラシの一人は倒れかかるも踏ん張り、怒張《どちょう》した顔でこちらを見る。彼の体が向き直り、太い腕が大砲のように僕に打ち込まれる。

肘を曲げ、肩で受ける。腕どころか背骨すらへし折りそうな衝撃。しっかりと地につけていた僕の靴がズシャーと音を立てて床を擦れる。靴底から白煙が上がる。堪える。アラシの一撃を受け止めた。だが、全力で受け止めたというだけで僕の体は痺《しび》れたように動けない。

アラシの第二撃。地面を抉《えぐ》るかのような低位置からのフック、いやアッパーだ。

僕は避けようとするも体が動かない。

眼下に迫る、巨大な拳。やられる、とそう思った。だが次の瞬間その拳が横へ流れる。横合いから入った蹴りに、アラシの拳が弾《はじ》かれたのだ。

横を見る。そこにいたのはあの顎髭だった。勝てないとして撤退しようとしていた男が僕の横に、アラシの前に、いる。

顎髭は一瞬僕の目を見るもすぐに視線を、拳を弾いたアラシへと向ける。矛先《ほこさき》を変えたアラシは顎髭へ両腕を広げてつかみかかろうとしてくる。顎髭もまた両腕を広げてこれを真っ正面から受け止めた。

ガッチリと組み合わさった瞬間、顎髭が叫ぶ。やれ、と。

痺れて震える足を叱咤《しった》し、鞭打《むちう》ち、意志に従わせる。アラシと顎髭の両手で組み合わさってできた、二人のわずかな隙間に身を低くして滑り込む。逞《たくま》しい胸板を眼前に捉えながら、僕はアラシの顎へ頭突きを放った。

顎髭が手を離す。仰《の》け反《ぞ》る巨軀。そこに僕と顎髭が同時に蹴りを叩き込んでアラシの群れの頭上へと吹っ飛ばす。他のアラシ二人が巻き込まれて転倒した。

「どうして」

「オレだってプライドの欠片《かけら》ぐらい持ち合わせている」

礼儀を持ちて誇りを懸けよ、その言葉が顎髭を見ていて胸に浮かんだ。

この時になってアラシの多くが後ろから齧《かじ》りついた僕たちの存在に気づいた。数人が魔導士《ウィザード》から狙いを変え、僕たちを取り囲む。

顎髭が僕に背中を向けて構える。何の躊躇《ちゅうちょ》もなく、無防備な背中を僕に見せた。形容のしようがない興奮が沸き起こっていた。大きな歯車がガッチリと噛み合わさって回転を始めたような高鳴り。僕もまた後ろを顎髭に任せ、目の前のアラシに意識を向ける。強大な敵に立ち向かう。

ふと見やれば、彼らの頭上から魔導士《ウィザード》の姿が消えていた。この時、俄《にわか》にわかる。先ほどまで一塊となっていたアラシがかすかに分散を始めていることに。だからこそ、足場が崩れてきたがために魔導士《ウィザード》は最前線で弁当を守るかのように、戦い始めたのだ。

アラシのリーダー格らしき者が声を張り上げる。

「〝月桂冠《げっけいかん》〟を狙え！　いや、弁当だ、弁当を狙え！　魔導士《ウィザード》は倒さなくてもいい、弁当をかっ攫《さら》え！　奴に夕餉《ゆうげ》を与えなければ勝ちだ！　数はこちらが上だ！　まずそうな総菜も一つ残らずかっ攫え！　奴に夕餉を与えるな！」

——豚だ。こいつらは、豚だ。恥知らずで、この場の本来の目的も礼儀も、誇りも何もかもを忘れた大食の豚の群れだ。

何故だかわからない。けれど、目の前の連中に、腹の底から不快感が沸き起こった。

目の前にいたアラシに肩を摑まれ、脇腹に膝蹴《ひざげ》りを喰らう。だが、よろけず、倒れず、退かず、僕はむしろ前へ出る。僕は膝を喰らいながらも、アラシの顔に拳を打ち込む。

「弱きは、叩く——」

魔導士《ウィザード》の地を這うような声が、騒然とする店内であっても不思議なほど明瞭《めいりょう》に響く。店内にあった空気が、今以上に、静かに、ざわついた。

僕が殴りつけたアラシはそれでもなお肩を摑んだ手を離そうとはしない。押さえ込むつもりだ。周りから数名のアラシが襲い来る。

「豚は——」

迫り来る無数の拳、無数の蹴り——やられる。

「「「——潰す！——」」」

魔導士《ウィザード》ではない、いくつもの声が、いくつもの場所から上がる。僕を囲んでいたアラシたちが吹っ飛んでいく。

現れたのは、無数の狼。先ほどまでただ遠巻きに見ているだけだった者たち。一〇もの狼が、一斉に牙《きば》を剝《む》いた。

あの額に傷を負った茶髪が僕を押さえ込んでいた男の顔面にその靴底を叩き込んだ。辺りを見る。アラシの二〇の軍勢を取り囲みて喰らいつく、十数の狼。

その光景に、息を呑んだ。

「ボケっとしない！」

茶髪が僕に言う。ボケっとしていたのではない、この状況に啞然《あぜん》としていたのだ。……いや、同じか。どっちでもいい。

僕は顔がにやけてくるのがわかった。そして同時に、体の底から喜びに似た力が湧き出てくるのを感じる。僕は一声入れ、他の狼たちとともにアラシへと牙を突き立てる。

弁当コーナー前は、僕が見たことのない大群による、凄まじい乱戦へと展開していく。そのさま、まさに嵐のそれ。

アラシの陣形が、周りからの攻撃に対処しようとして徐々に崩れていく。それに従い戦闘領域が拡大していく。アラシ同士の間に隙間ができていた。

「行くぞワン公！」

顎髭がアラシのど真ん中へと突っ込む。先ほど撤退しようとしていた彼の姿の痕跡は、その勇ましい背に見つけられない。僕は続く。茶髪が後ろからさらに続く。

僕たちは戦域のど真ん中で三人、互いに背を向け合う。敵陣のど真ん中に踏み込み、戦う。

殴り、殴られ、血が飛び、呻きが上がる。もう痛いとかいう感覚はなくなっていた。殴られようが蹴られようが、体は何も訴えない。ただ負けるわけにはいかないとする灼熱《しゃくねつ》にも似た意志だけを訴えてくる。

僕たちが中央に入ったことで、アラシの軍勢は完全に瓦解《がかい》を見せる。彼らはもはや組織としての戦法を持たず、せいぜいが二、三人が固まって動いている程度。――いける。

「そろそろ夕餉《ゆうげ》の頃合いだな」

未だ最前線で戦い続ける魔導士《ウィザード》の声を合図に、僕たちは駆ける。戦域中央から弁当前、最前線へ。アラシの抵抗を受けるものの、相手にしない。

近づくにつれて魔導士《ウィザード》の姿をはっきりと視認。まるで彼の前に見えない壁でもあるかのようにアラシたちはそれから先、弁当へは近づけていない。

僕たちはその魔導士《ウィザード》の脇をすり抜ける。その瞬間だった。

「――楽しいだろ？」

魔導士《ウィザード》の声に、僕は大きく、はいと声を上げた。

半額シールが貼られた弁当が整然と並ぶ最前線に、僕は立つ。ずらりと並んだそれらを一つ残らず、しかし一瞬で確認。僕は、というより僕の腹が『サバの味噌煮《みそに》弁当』を躊躇《ためら》いなく選択。手を伸ばす。が、その手を弾くもう一つの手。顎髭だ。

先ほどまで背中を任せていた彼と、目が合う。

僕は驚き、そして、思わず笑った。そうだ、ここはそういう場所なのだ。いや、そうでなくてはいけない。

僕は顎髭に立ち向かっていく。彼の目もまた、どこか微笑んでいた。楽しそうに。

「退くな、攻めろ！　こいつらごときに負けるな！」

アラシのリーダー格が声を上げる。だが、そんなものなど何の意味もなく、狼たちが弁当へと殺到する。戦いはアラシ対狼ではなくなり、全ての者が敵となる乱戦へ、本来のこの場のありようへと戻っていく。

僕と顎髭は文字通り渾身《こんしん》の力を込めた拳同士を打ち合わせる。槍水《やりずい》先輩がかつて見せたような衝撃波が僕と顎髭の拳によって巻き起こり、肌をビリビリと震わせた。

反対の手による第二撃を互いに放つ。拳で受ける。第三撃、第四撃、と全て拳で受ける。ドン、ドン、ドンという銃声のような音とともに僕らの拳は弾き合う。

現実とは思えぬ攻防に、自分自身が驚いた。人間のなせる技なのか、これが。

戦っている。とにもかくにも戦っている。その感覚だけが頭の中で強烈に瞬く。それは心地よくて、エキサイティングで、何が何だかわからないジェットコースターの感覚だった。

顎髭が繰り出す拳の数だけ、僕もまた拳を放って打ち払う。だが、さすがに実戦経験の差がある。僕の方が徐々に圧《お》され始めた。ヤバイと判断し、一歩退いて距離を取る。そこへ僕たちの間へ滑り込んできた茶髪。漁夫の利を得るつもりだ。

顎髭が彼女に襲いかかる。僕もまた行こうとしたが、一瞬わざと遅らせる。

茶髪が顎髭へ向き、右手で彼の拳を受け、左手を弁当へ伸ばす。

——今だ。

僕は雄叫びを上げつつ、茶髪の、隙ができた背へと今ある力の全てを込めた掌底《しょうてい》を放つとともに、もう片方の手を弁当へ伸ばす。

攻撃は直撃し、顎髭ともども茶髪を吹っ飛ばす。片手に感じる弁当の手触り。掴み獲る。

「もらった！」

弁当のプラスチック蓋の頼りなさげな指先のそれが、初めての勝利の感触だった。

●

スーパー出入り口横にある自動販売機に寄りかかったまま、金城は出会った少年、佐藤のことを思い浮かべる。良い人材だった。戦闘に対し純粋だ。如何様《いかよう》にも変容を遂《と》げる可能性を有している。

そして何より、圧倒的に強いとされるアラシを前にし、かつ、他の狼からやめろと言われてもなお立ち向かっていこうとしていたその姿が良い。昔の槍水によく似ていた。

星空を見上げつつ、彼はほくそ笑む。

槍水と違うのは彼には基礎体力がある、ということだろう。見た目以上に筋力、瞬発力、持久力がある。天性のものか、普段から鍛《きた》えているのかは知らないが恐らく弁当を賭けずに戦えば槍水はもちろん、自分よりも強いだろう。

素材は良い。成長も早い。アラシに勝ったという経験も与えた。そして他の狼たちからも認められ始めている。……もう放っておいても早々に二つ名を与えられることだろう。

今しばらく様子を見よう。そうすればわかってくるものもある。佐藤を狩る時期というのも見えてくることだろう。

来週から塾が長引きそうなスケジュールなのが痛い。しばらく店には来られないだろう。彼の変化が見られないのは残念でならない。

しかしそれもいいか、とも金城は思う。人が徐々に変わっていくのを眺めるのは面白いが、一気に変わった様を見て驚くのもまた一興。

「悪いな。待たせた」

少しばかり嗄《しわが》れた声がした。自動ドアを抜けて出てきたのは、紫色のスタッフジャンパーを着た初老の男性、この店の半額の神、ジジ様である。

彼はポケットから煙草《たばこ》の箱を取り出すと、一本咥《くわ》えた。『峰《みね》』という最近では意識して探さなければなかなか見つけられない銘柄《めいがら》である。ジジ様が安物のライターで火をつけると独特の香りを持った煙が辺りに漂う。

金城はこの『峰』の香りを嗅《か》ぐたびに、豚と呼ばれ、狼たちから徹底的な袋叩きにあった若き頃を思い出す。まだ、二年前のことだ。

「俺に何か用事でも？」

金城が弁当を手に入れ、レジを抜けた際、佐藤のレジを打ち終わったジジ様から外で待っていてくれと小声で言われたのだった。

ジジ様は無表情に二息ほど煙を吐いてから、声を出した。

「なに、たいしたことじゃない。……今日の月桂冠を持っていった小僧のことだ。お前が一体何を考えているのか知らんが、大事にしてやってほしいと思ってな」

「それはあなたが言うべきことではないでしょう。あなたは常に、誰にとっても平等でなければならない。違いますか？」

「何言ってやがる。二年前に店内で死にかかっていたお前を裏で手当てしてやったのを忘れたのか？　お前が言うな、そんなこと」

彼の言う裏というは一般客が入れないスッタフルーム、その休憩所のことだ。金城はそこで血の味とともに『峰』の香りを覚えたのだ。

金城が肩をすくめると、ジジ様は口に笑みを浮かべる。

「数日前、アブラの店であの小僧はフクロにされたらしい。小娘もいたそうだが、そいつともども翌日もまた現れたそうだ。フクロにされてもなお、一日の間も置かずに同じ店に現れたのはここしばらくじゃお前とそいつらだけだ。

お前だってわかっているだろう。ここ最近、少子化の影響がモロに出ている。部活関係で今後も何人かは引っ張られてくる者もいるだろうが、今年おれの店で新たに加わった犬の数は一〇を数えない。一匹とて惜しい。それが有望株であればなおさらだ」

「潰す気なんてないですよ。俺は」

くだらない、というふうに言って、金城は寄り掛かっていた自動販売機から体を離し、停《と》めてあるバイクへと歩き出す。が、わかっている、というジジ様の声に足を止めて振り返った。

「何故かな。そうお前に言っておかねばならない気がした。……あの小僧がお前に似ているからなのかもしれん」

「俺は仙《せん》に似ていると思いましたが」

「あの娘はお前に似せた。だが、あの小僧は本質からしてお前に似ているんだよ、たぶんな。お前ほどにはネジが緩んでいないが、近い何かを持っている。今回、他のガキどもがアラシにビビって逃げようとしている中にあって、一人だけ立ち向かおうとしていた節がある。……今回、何故手を貸した？」

相変わらず見ていないようで見ているな、と金城はジジ様の発言を吟味《ぎんみ》しつつ首を振る。

「俺も有望株を失うのは惜しい、と思ったんですよ」

金城は笑顔で答え、弁当をバイクの座席シートの後ろにネットで固定した。跨《また》がって、エンジンをかける。

「まったく。何を考えていやがる、小僧」

「俺が考えることなんて、あなたならすぐにわかるでしょう？　たいしたことじゃありませんよ」

煙草を咥えたまま、ジジ様は苦笑いを浮かべた。

「あぁ、そうだな。たぶん、おれの予想通りなんだろうさ。……いつか後悔する日が来るぞ、その生き方」

「それもいい。あと一年以内に、そんな日が来ればいい、そう俺は思いますよ。心からね」

そう言って微笑む金城はアクセルを入れ、走り出す。

金城の顔に張り付いた笑みは、家に着くまで剝《は》がれることはなかった。

○

弁当を手に入れた僕はまず最初にスーパーのトイレで絆創膏を貼るところから始めねばならなかった。まさか箱で買った絆創膏を数時間で使い切るハメになるとは……。

どう考えても二〇〇円程度安くなった弁当とは釣り合いの取れない代償《だいしょう》ではあったが、不思議と後悔はない。何とも言えない達成感に、これからこの弁当を口にした時の喜びを考えれば充分過ぎるぐらいに満足した心持ちだった。不思議だった。

店を出る際、一応他の弁当は手に入れたらしい顎髭と茶髪に目配せで互いの健闘を称《たた》え、別れを告げた。魔導士《ウィザード》とも同様だ。彼は、

「期待している、お前には」

と、何のこっちゃかよくわからん言葉を残して、風のようにどこかへと姿を消した。

ひょっとして彼には男色《だんしょく》の気でもあって誘われたのではないか、とかいう予想を胸に抱えつつ帰路を歩んでいる途中、僕は気づく。あっ、と声を上げた。

寮では電子レンジの使用が――僕だけ――禁止されているのだ。しかもよりにもよってサバの味噌煮弁当である。サバ料理を温めずに食べるのは少しばかり抵抗がある。

しばらく悩んだ末、確か部室に高出力電子レンジがあると以前先輩が言っていたのを思い出し、まだ部室棟が開いていることを期待して向かうことにした。

……で、五階に達した段階で愕然《がくぜん》とした。そういや、自分、部室の鍵《かぎ》を持っていない……。

ォワターッ！　と北斗《ほくと》真拳《しんけん》伝承者のように暗い廊下で声を張り上げていると、驚くべきことに部室の扉が開く。出てきたのは、槍水先輩だ。

「何を叫んでいるんだ？」

「……何でいるんですか？」

「んー。まぁ、なんだ。入れ」

招かれるようにして僕は月明かりだけの部室に入る。もしかして寝ていたのだろうか。

「この高さになると街灯の光も届かないから星がよく見えるんだ。何だ、そんな所じゃなくてこっちに座れ」

僕は先輩に言われるがまま奥の窓際の席に座る。弁当を円卓の上に置くと彼女は、おっ、と声を漏らした。

「どうやら初白星だな。そんな顔になった意味はあった、ということか」

フフン、と少し笑って彼女はツンツンと僕の額をつついた。絆創膏越しであっても、何気に痛い。彼女は僕の弁当を手にすると部屋の隅に冷蔵庫とともに設置されている電子レンジに入れようとする。だが、その時、ピタリを動きを止めた。

「……お前、これが何だかわかって手にしたのか？」

普段の口調と同じ、けれどどこか深刻さを漂わせた先輩の声に、一瞬嫌な予想が頭を過《よぎ》る。

ひょっとしてかなりマズイとか……？

「この弁当は……月桂冠だ」

そういえばアラシのリーダーみたいな奴もその名を口にしていたような気がする。

先輩は僕の弁当を再び円卓に置き、半額シールを指差した。

「新米であるお前たちには関係ないと思ってまだ説明していなかったが……。月桂冠というのは、そこの神、つまりこの場合はジジ様が残った弁当の中で最も自信の持てる弁当に貼られる特別なシールだ。店舗にもよるが貼られない時のほうがはるかに多い。……月桂冠の名が示すとおり、これを手にした者はその日、その領域での絶対の勝者を意味する」

先輩が指差した半額シールは確かに部室の壁に貼られたシールとは違って、黄色の地に赤色の枠、さらにその中央には植物の枝葉で作られた輪のような絵が描かれていた。そして、その上に手書きと思しき堂々たる筆文字で『半額』と書かれていた。

「でも売れ残りの半額弁当ですよね……？」

「時間を置いたほうが味に深みが出るものもある。他にも弁当の種類によっていろいろ理由があるが、それら全てを含めた上で最高のもの、ということだ。

月桂冠が存在する領域に居合わせた者は誰もがこれを狙う。そして激戦を乗り越え、手にした者には特別にそこの神がレジを打ってくれる。つまり、それだけ価値のあるものなんだ。まったく、よく手に入れてこられたな。しかもこいつはジジ様の店では『超特盛りスタミナ弁当シリーズ』と同じくらい人気のあるサバ味噌だぞ」

先輩も驚いているようだが、僕もまたそんなことは知らずに手に入れてきたので嬉しいやら、驚くやら……。

「初勝利が月桂冠とはな。お前は大物かもしれない」

先輩は少し微笑むと、部屋の隅にある棚からフォルダーを出し、円卓の上で開いた。するとそこには見るも鮮やかな月桂冠のシールとともに、獲得したと思しき日付と人の名が並んでいた。

「お前自身の手で、貼れ。佐藤」

僕は言われるがまま、弁当から月桂冠のシールを剝《は》がし、フォルダーに貼る。日付等は先輩が書き込んでくれた。

「さぁ、夕餉《ゆうげ》にしよう。今夜はお祝いだ」

先輩が電子レンジに弁当を入れてくれ、ブーン、という音とともに僕の戦利品が回る。

「どうだった、初勝利の感じは？　大変だったろう」

「そうですね。アラシが相手でしたから、普段とは勝手が違いました」

アラシが出て月桂冠を手に入れられたのか、と先輩はらしくないほどの驚いた声を出した。

ピーっとレンジが鳴る。先輩は冷蔵庫を開けるともう一つの弁当を取り出し、僕の弁当と入れ替えてそれを温め始めた。どうも先輩が今日、手に入れた弁当らしかった。

「ひょっとして、待っててくれたんですか？」

先輩は答えずただコップを円卓に並べ、そこに冷蔵庫から取り出した麦茶を注いでくれる。もしかしたら昨日僕たちが弁当を手に入れられずに寮へ帰った時でさえ、先輩はこうして待っていてくれたのかもしれない。そう思うと何ともいたたまれない気持ちになるとともに、顔がにやけてくるほどの嬉しさを感じた。

「それで？　アラシ相手にどうやったんだ？」

僕は今日起こったことを順に話していった。アブラ神の店での顎髭のこと、茶髪のこと、そこでアラシが邪魔に入ったこと、そしてジジ様の店で彼に出会ったこと……。

「本人は名乗らなかったんですけど、その人はアラシからは魔導士《ウィザード》と呼ばれ――」

ボシュン、と電子レンジの中で何かが弾ける。醤油《しょうゆ》の小袋だろうか。先輩はそれでもなお回り続ける弁当を無言のまま見ていた。ピー、ピーと音が鳴り、先輩の弁当の温めが終わる。彼女は僕の隣の席に座る。

「魔導士《ウィザード》はこの学校の三年、金城優《かねしろゆう》という奴だ。覚えておくといい。……それで？　もう少し詳しく聞かせてくれ」

割り箸を持ち、弁当の蓋を開ける。ブワっとサバ味噌の濃厚で深みのある香りが溢《あふ》れ出した。思わず涎《よだれ》が口からこぼれそうになって、早速食べようとした僕を先輩が止めた。

「ちゃんと〝いただきます〟と言ってからだ。作った者、値を半分にしてくれた者、食材となった命……そして欲していながらもお前に獲られてしまった者たちへの敬意と感謝を込めて」

「……い、いただきます」

僕が言うと、先輩は満足げに頷《うなず》き、彼女もまた「いただきます」と手を合わせた。

僕は先輩とともにそれぞれの弁当に箸をつける。

サバの味噌煮弁当は、うまい。めちゃくちゃうまい。サバの臭《くさ》みがなく、身がふっくらとし、こってりしているけれど口の中に残る生姜《しょうが》の風味がしつこさを感じさせない。さらに臭み消しが本来の目的であろう梅干しもまた、アクセントとなってうまかった。

ただ、この味は弁当そのもの以上に勝利の味だった。一口ごとに噛みしめた。あのアラシたちとの戦いを思い浮かべてサバの身を口に入れるとその味に、馬鹿みたいだけれど、何だか涙が出そうになった。

そんな僕の様子を先輩は目元だけで笑ってじっと見ていた。恥ずかしくなった僕はジジ様の店でのことを「ん～あの一件は私にとって～」と文章にしたら何のこっちゃかわからない、古《ふる》畑任三郎《はたにんざぶろう》風に言ってみたものの、あまりの似ていなさに僕自身ビックリした。死ぬかと思った。

弁当、そして星空を眺めながら口を動かす先輩の横顔に、僕は饒舌《じょうぜつ》になる。

先輩の目にかすかに哀愁の色が浮かんでいるようにも見えたが、それはきっと薄暗いせいだろう。月明かりのせいだろう。ただ、そう見えるだけだろう。そう思った。

うまい飯とともに、僕は喋り続ける。先輩は無言のまま全てを聞いてくれた。彼女は時折頷き、目を細めた。それが相づちの代わりなのだと途中でわかってからは、さらに饒舌になった。

僕の人生で、一番うまいと感じた夕餉だった。

部室棟は零時までは出入りできるというので、弁当を全て食べきった後も僕たちは帰らず、ギリギリまで僕の初勝利をお祝いしようということになった。……とはいっても、アルコール類があるわけもなく、以前安売りしていた時に買いだめしておいたというスナック菓子と、いつものようにテーブルゲームでしかなかったのだけれど、何故かその日は特別な感じがした。

月の光は人を酔わす、というが案外本当なのかもしれない。

僕のすぐ横に座ってチェスをしている先輩は、月明かりに照らされているというだけなのに、まるでそこにはいないように感じる時があった。ゆっくりと目を閉じると、自分は一人でチェスを打っているんじゃないか、部室で一人でいるんじゃないか、ふと、そんなふうに感じてしまうのだ。

でも、押しつけがましくない香水が僕の鼻を擽《くすぐ》り、目を開くと変わらずに先輩がいる。むしろ、それが不思議な感じがした。

「どうしたお前の番だぞ、佐藤」

先輩は変わらず得意げな顔で僕を見てくる。他のゲーム同様、強い上に、手に躊躇《ちゅうちょ》がない。僕が打つと、まるであらかじめ決められた手を打っているように素早く応じる。……僕が一人なんじゃないか、と感じるのはそのせいなのだろうか。

「思い切っていけ。何をするにもそのほうが楽しいぞ」

はい、と僕は口にしつつ、駒を動かす。ほぼ同時に近いタイミングで先輩の手が盤に伸びて駒が動かされる。

「こういった場面での頭の早さも弁当を争奪する際に役に立つんだ。あとは論理的な思考は乱戦においても有効活用できる。昼間のオセロだってそのためにやっていたんだぞ？」

「嘘でしょう？」

僕は笑う。先輩は本当だ、などと言いつつも盤から視線を動かさず笑っていた。

「オセロの基本は角《かど》を獲《と》ることじゃない。もちろん、獲れれば有利になる。だが、そこに至るまでに重要なこととして相手の陣地の中に入り込むことが上げられる」

そういえば僕はオセロをやる際、角や、外側を獲ることに必死になっていたような気がする。逆に先輩は僕が自分の白色で固めた部分の中心に黒色を置くようにしていた。

「お前が今日アラシと戦った際も奴らの中に飛び込んで戦ったんだろう？　歯車の嚙み合わせに小石を置くようなものだ。組織としての動きが鈍《にぶ》る」

先輩は本気で言っているのだろうか。それとも無理やりこじつけてそう言っているのだろうか。よくわからない。

覚えておけ、と彼女はまた笑いながら言った。

先輩の笑い声を聞いても、やはり普段より彼女の存在を遠くに感じる。

小さく、薄い氷細工のようだ。透明で、もろくて、手を触れたら形を崩してしまう。しかしだからこそ、美しい。……そんな印象を今の彼女に感じる。

氷結の魔女。その名が自然と思い浮かぶ。しかし魔女というよりはもっと別の名のほうが彼女には似合うような気がした。

チェスはほぼ終盤、僕が圧倒的に攻められている。

駒を動かす。ほぼ同時に先輩の手が伸びてくる。

「これで、チェックメイト」

そう言って駒を持ち上げた先輩の手と僕の手がかすかに触れ合う。その瞬間、僕は咄嗟《とっさ》に彼女の手を握っていた。

ん？　というふうに先輩は僕の顔を見る。僕もまた彼女を見る。

先輩の手を握り、視線を交えて、ようやく本当に彼女がそこにいるのだと僕は実感した。彼女の手から感じる温もり、普段の鋭さのない、ただ月明かりを受けて照る黒い瞳からの視線、それらを感じて、ようやく、である。

僕たちは無言のまま、数秒だけ見つめ合った。

心奪われる、という言葉の意味を生まれて初めて理解できた気がした。何も考えられなかった。何も考えようとしなかった。言葉はもちろん、吐息すら漏らすことができなかった。

「……なんだ、〝待った〟か？」

「あっいえ、あの……は、はい、〝待った〟で、お願いします」

僕は先輩の手を放す。掌に残った彼女の温《ぬく》もりを落としてしまわないように一人、手を握

る。

そして思うのだ。……これは、やられたかもしれない、と。

「おかしな奴だな。ここで待ったをかけても多分変わらんぞ？　今回は待ったなし。次で勝て」

そう言って先輩は小さくクスリと笑う。

はい、と僕は返事をしつつ駒の配置を戻していく。

壁に掛けられている時計を見る。もうあと三〇分もなく零時《れいじ》になる。小刻みに動く秒針にさえ苛立《いらだ》ちを覚えてしまう。いっそ電池が切れて止まってしまえばいいのに。

時ってやつは、ホント残酷だ。不可逆的だし、止まらないし、逆らえない。

次も頑張ろう。また弁当を手に入れよう。

僕は一人、胸の中でそう呟いた。

3章 ダンドーと猟犬群

飯を喰うという行為は遊びじゃない。

ダンドーと猟犬群・山原

0

「内本《うちもと》、助けてくれ、ウチモトオォォォォォォォォォォォ――――!!」

僕は必死で友の名を叫んだ。だが友はそれに応《こた》えてくれない。彼は今日学校には来ていない。

助けを求めるように視線を遠巻きに眺めているクラスメイトたちに向けるが、みな、目が合った瞬間にそらしやがる。

教室の床でクロールでもするアホのように僕は藻掻《もが》いた。

くそ、なんだ、この床、木目調のプラスチックタイルかよ！　ワックスでも塗っているのか知らないが何だこの摩擦係数《ミュー》の低さ！　いくら藻掻いても全然前へ進まねぇ！

「いい加減静かにしてくれませんか？」

僕の後ろ腰、そのベルト、というかズボンの腰回りを右手でガッチリと摑《つか》んでいる白梅《しらうめ》はいつもの調子で言っていた。彼女の指先がズボンどころかトランクスの中に入っている。ケツに彼女の細い指を感じる。

僕は床を這《は》うようにして逃れようとするも、この危機的状況を脱することは難しそうだった。すでに上半身の制服を剝《む》かれ、半裸の状態の僕の背にペチンと白梅の平手が落ちる。音こそ可愛《かわい》いものだが、打たれたほうとしては仰《の》け反《ぞ》るぐらいに痛い。

「静かにしてくれればすぐに終わります」

床に膝《ひざ》をついている白梅はまるで裁縫《さいほう》でもしましょうか、というふうに平然としているが、彼女の右手は僕のベルトを腰のところで文字通り掌握《しょうあく》し、左手といえば……俯《うつぶ》せで必死に抵抗している僕の社会の窓的なところをまさぐり始めたのである。

「内本君、内本君、どこにいるんだ、助けてくれぇ！　っつぅか何で内本君の机の上に花が乗ってんだよ!?　誰だ乗っけた奴《やつ》、っつぅか彼はどこだ、どこに行った、どうなった!?　いやそれよりも誰かこの僕の絶望的な状況をどうにかしてくれぇ！」

……事の顚末《てんまつ》から言えば、朝学校に着くと同時に白梅に鞄《かばん》を奪われて中身をぶちまけられ、その後呆然《ぼうぜん》としている僕に手を伸ばしてきたと思ったら、力任せに上着を剝《は》ぎ取られ……そして、この状況である。実にシンプルかつ大胆な性的暴行行為である。

「誰か、誰かぁ！　みんな見てないで助けてくれぇ！」

人というのは何と残酷な生き物だろう。目の前で一人の人間が辱《はずかし》められようとしているというのに誰一人助けようとはしてくれない。

きっと誰かが助けるさ、面倒はゴメンだよ、むしろ自分も見てみたい、エトセトラエトセトラ……。そんな気持ちが彼らの顔に出ている。

誰かがやるだろう、なんていう第三者への期待など果たしてどれだけの意味があるのか。自分がやらない、やりたくないことを果たして誰がやるというのか。仮に誰かがやってくれたとして自分が嫌だと思うことを押しつけていること自体を恥ずかしいとは思わないのだろうか。

僕は恥ずかしい、全力で恥ずかしい。そりゃまだクラスメイトになって間もない連中に朝っぱらから半裸を見せている、もうすぐ全裸にされるかもしれない。恥ずかしくないわけがない。人間としての尊厳《そんげん》の問題だ。

「そこの眼鏡《めがね》の君、悪い、名前覚えてないけど、そうだ、君だ！　お願い、お願いだから助けてくだ……て、てめぇ顔そらしてんじゃねぇよ！　こっち見……ちょ、あ、やめろ、白梅！」

藻掻《もが》いて藻掻いて腰を振って必死にジッパーを摑ませまいとしていたのだが、ついに白梅の左手がジッパーのそれに辿《たど》り着き……オープン・ザ・社会のウィンドウ。

チー、という軽快な音が僕の心を締め付けた。

ジッパー、フルオープン。いよいよ絶望的となったこの状況で、白梅の手がズボンを下ろしにかかる。……が、覚えていらっしゃるだろうか。彼女の右手はトランクスの中に入っているということを……。

「白梅、白梅、わかった！　わかったから、おとなしくズボン脱ぐからそれだけは勘弁《かんべん》してくれ！　そんな趣味は僕にはないんだ！」

「そうならそう言えばいいんです。抵抗するから、壊れるんですよ」

壊れる？　何が？

パッと手を離した白梅からようやく解放され、立ち上がったものの……そこで酷《ひど》い状況に陥《おちい》っていることが判明した。ジッパーが……あのジッパーの開閉を行うパーツが……ない……。

常時フルオープンというかつてないセクシャライズを遂《と》げた社会の窓に驚愕《きょうがく》しながらも、僕は衆人環視の中、目尻《めじり》に涙をためならズボンを脱ぐ。

なんのストリップだよ。しかも何だ、このパンツと靴下だけというマニアック仕様……。

僕から人間の尊厳を八割方奪い取った白梅は、ズボンを何やら綿密に調べ始め……そして、綺麗に畳《たた》むと床に置く。しばし何もない空間を眺めながら目を瞬《しばた》かせると、彼女は目をこちらに向ける。主に、布きれ一枚で守られた股間《こかん》の辺りを……。

白梅が静かにこちらに近づいてくる。僕はといえばただ、ライオンの檻《おり》に放り込まれた兎《うさぎ》のように震えていた。

「よ、よせ、白梅、ぼ、僕が悪かった……だ、だから……！」

白梅はその綺麗な顔をピクリともさせずに、ただそっとその手を伸ばしてくる。

「や、やめてくれ……お願い……た、助けて。た、助けてくれ、誰か、主にウチモトォォ！」

僕は絶叫した。白梅が迫るとともに、僕は内本君の机に活《い》けられた白い花を見る。全てが夢であったらいいのに。可憐《かれん》な花にそう願うものの、それが叶うわけもなく、抵抗空《むな》しく白梅の指が僕のトランクスにかかり……

「……で、そのありさまか」

槍水《やりずい》先輩は円卓に頬杖《ほおづえ》をついて興味なさ気に僕を見る。僕はといえば密林の中をサバイバルしてきたかのようにボロボロになった制服を着、おしっこを我慢《がまん》する人のように股間《こかん》を押さえていた。さすがに鑑賞に堪《た》えなかったのか、先輩は夕暮れに染まる窓の外の空へ視線を逃がす。

「ふん、素直に携帯を渡しておけば良かったものを。いらん知恵を使うからだぞ」

昨夜白梅からの電話で、『携帯を使えなくする』との旨《むね》の電話をもらった。そのため、たぶん壊されるだろうと予想して寮に置いてきたのがいけなかったのだ。

「クラスメイトの前で辱《はずかし》められた……もう、お嫁に行けない……」

「男に嫁に来られても困るだろう」

先輩の冷静すぎる訂正はひどく僕を傷つける。うぅ、と股間、というかフルオープン・ザ・社会のウィンドウを押さえながら僕は円卓に突っ伏した。

「……せめてこの股間がどうにかならないと寮にも帰れない……」

「授業を全部受けた上、教室から校舎を出て部室棟まで来られたのに、寮には帰れないのか。基準がわからん」

うぅ、と呻《うめ》いていると先輩ははぁー、と長い溜息《ためいき》を一つ。

「白粉、そこの棚に裁縫道具があるから取ってくれ。常時閉じたままになるが、それでもいいなら仮縫《かりぬ》いくらいはしてやる。話ができない」

白粉《おしろい》がいそいそと棚から裁縫セットを取り出し、先輩に渡した。ちなみに彼女は今日も白梅家へお持ち帰りされるはずだったものの、生徒会の仕事と次期生徒会長選挙やらで白梅が忙しいらしく、今現在フリーらしい。

白粉から聞いたところ、白梅は小、中学校と生徒会長を務めているんだとか。特に中学は一年の頃からやっていたというのだから、何かがおかしい。そりゃ朝っぱらから男の制服を剝ぎ取るような奴だからまともではないのだろうが……。

なお、昨日、白梅の家で何があったのかを訊いてみるも、特に何もなかったと言った彼女だが、いつもは味気ない髪留めでまとめている後ろ髪が今日は白梅の白いリボンなのが少し気になる。……白梅がマーキングのつもりで付けさせたのかもしれない。

「どうした、佐藤《さとう》、早く脱げ」

針に糸を通した先輩が手を差し出す。ズボンを渡せと言っているのだろうが……その、ね。

「いや、あの、その、いくらクラスメイトたちの前で限界にまで辱められたとはいえ、その時いなかった白粉や先輩の前でズボンを脱ぐというのは……」

「じゃやめるか」

「すみません、ただ今脱がさせていただきます」

「ついでに上の外《はず》れかかってるボタンもやってやる。全部脱げ」

放課後の学校、人気《ひとけ》のない部室棟最上階、年上の女性に面と向かって、脱げ、と言われるという状況は……その、もっと、こう、エロチックとまではいかなくてもロマンチックとか、嬉し恥ずかし、みたいなそういう雰囲気があっても良さそうな気がする。

今の状況は——僕の状況がウザイからではなく優しさから言ってきてくれていると信じているものの——まるで追い剝《は》ぎのようだ。

やむなく服を脱いでいくが……。

「白粉、チラチラこっちを見ないでくれ……」

「で、でも、珍しいですし」

何がだよ、と言いつつも僕は服を全て脱ぎきって、それらを先輩に渡す。セクシャルハラスメントの基本を調えた僕は、そのまま椅子に座る。トランクスに靴下そして外靴と、今朝よりもマニアック度が向上していた。

……普通、こういうサービスシーン的な状況は男女逆だと思う……。

では、と先輩が針を動かしながら真剣な眼差しで語り始める。

「お前たちに早めに伝えておかなければならないことの一つとして、半額の寿司がある。これがまたかなり扱いが難しい。

知っての通り寿司はスーパーのパック物としてもやはり高い。当然半額になった上で考えても同様だ。他の弁当に比べ、時間経過による質の劣化の度合いが大きく、半値印証時刻《ハーフプライスラベリングタイム》まで残っていれば言わずもがな、というところであり——」

さっきから白粉の視線が痛い。何が楽しくて男の体なんて見てきやがるんだ、コイツ。

「おい、佐藤、聞いているのか」

「はい、そのあの……できればズボンだけでも直ってからお話を……。それまで落ち着かないんで、その……」

真っ正面からギロっと先輩が僕を睨《にら》んでくる。わりと怖い。

「白粉、空気が悪い。少し窓を開けてくれないか」

先輩は僕の目を、その強烈な視線で射《い》続けながら白粉に命じ、窓の一つを開けさせた。白粉が再び席に戻るのを待ってからふぅ、と一息吐く。

「で、だ。問題は品質劣化によるコストパフォーマンスの低下の度合いなんだ。さらにこれはネタだけでなく米にも言える。α《アルファ》化とβ《ベータ》化というのを知っているだろうか？　これは米のでんぷん質の——」

先輩は上着のボタンの一つを縫《ぬ》い終わると、糸をその歯でピッと、切った。

そして彼女は上着等とズボンを一緒に持つと、窓の外へ……外へ……え？

「捨てたぁあ——————————!?」

いや捨てたとかいうレベルじゃなく、ぶん投げた！　思いっきり振りかぶって僕の制服一式をぶん投げやがった！

「私は、私の邪魔《じゃま》をする者が嫌いだ。……ズボンはもうなくなった。これで落ち着いて話ができるな、佐藤？」

「何しているんですか!?」

ギロっとさっきよりも殺気を込めた目で僕を射竦《いすく》める。細身のナイフで胸元を突かれたような衝撃を感じ、僕は固まってしまう。

「席を立つな佐藤、もし今席を立ったら生徒会に連絡するぞ。必要なら猥褻《わいせつ》物陳列罪等の疑いアリとして公的機関への通報も辞さない。白粉、顔を緩ませすぎだ」

いやいやいやいやいや、おかしいではありませんか会長様。部室に来た時よりもさらに状況が悪化しておりますでございます。

ふぅ、と先輩は一息つくと、先ほどのことなどなかったのかのように声から殺気を消す。

「――さて話を戻そう。α化とβ化、これは米の甘み、うまみに関係してくる。簡単に言えば冷えて固くなった状態がβ化であってこれは当然、味が落ちる。温め直すことによって炊き上がり時同様α化させ、もっちりとさせるとともにうまみを上げることができる。わかるな？ では寿司の特性について含めて考えてみよう。

……そうだ、ネタがあるんだ。生もののネタが！　一部のタマゴや穴子《あなご》、ウナギ等のネタならともかく、寿司を電子レンジに投入するのは極めて危険な行為といえる。シャリは人肌程度が適切とされているため短時間の温めで十分だが……それが何の慰《なぐさ》めにもならないのはお前たちにでもわかるはずだ。

寿司というのはその七割以上を米が占めている料理であり、かつ、ネタの鮮度を保つために低温棚に置かれている以上米のβ化は防げない。さらに言うならば長時間の作り置きのために水分の揮発《きはつ》という問題さえ起こるというのに、だ。……これを我々及びスーパー関係者は『パック寿司のジレンマ』と呼び、長年研究に明け暮れてきた……。購入者側はネタとシャリの分離によるシャリのみの電子レンジ投入という手法を考え出し、スーパー側はシャリにトレハロースという糖類を投入することで米の保湿レベルを向上させ長時間の――」

……何故《なぜ》、何故先輩はこうもマジメにものを語ることができるのだろう……。目の前に当人の意志とは関係なしにセクシャルなハラスメントを行い続けている男がいるというのに。

いや、というより彼女の言っていることにも突っ込むべき箇所はあるような気はするが、全然気にならない。気になるのはむしろ横の白粉だ。先輩からは見えないのだろうが、机の下から彼女の手が僕の足に伸びてきて、すね毛を一、二本、時折毟《むし》っていき、そのたびに小声でごめんね、ごめんねと呟《つぶや》き続けているのだが……。

「――そういったことから最終結論には未《いま》だ至っていない。買いか否《いな》か、頼れるのは己の眼力だけだ。以上」

お願いだ内本君、早く帰ってきてくれ。そしてこういった役回りを全部受け持ってくれ……それがお互いの幸せのため――。

トントンとノック。ちょうど話が終わったタイミングで鳴ったそれに先輩はクイっと顎《あご》で、開けてやれと僕に命じる。……正気でありましょうか、僕、パっと見、パンツ一枚でございますが……。まぁよく見てもプラス靴下と靴だけなんですが……。

先輩が睨んでくるので、仕方なく覚悟を決めて扉を開ける。

生徒会の腕章をつけた白梅だった。彼女は僕の顔から下を一瞥《いちべつ》すると眉間《みけん》に皺《しわ》を寄せた。

「変態ですか？」

「……誰のせいでこうなったと思ってる……」

「わたしが何かしましたか？」

本当にわからないというふうにスラリと言ってのけ、彼女は部室に入る。すると迎え撃とうとするかのように先輩が立ち上がる。

「面倒なのはあまり好きではない。用件を言え。狙《ねら》いは私の命か、それとも携帯か？」

ほんの数秒前まで弁当について語っていたとは思えない展開である。

「いえ、そのどちらも今は必要ありません。お昼に白粉さんから説明されました。わたしの早とちり故《ゆえ》、昨夜は失礼いたしました」

そう言って白梅は深々と頭を下げる。先輩はふむ、と一言。余計な言葉はなく、白梅をしばらく眺めた後、素直にその謝罪を受け入れたように再び席に着いた。

僕はといえば……え〜、という気分である。白粉を見やると、ごめんなさいと小声で謝ってくる。そりゃそうだ。昼じゃなく朝に説明しておけば僕の制服は……。

「それからもう一つ、よろしいでしょうか？　お弁当のことです」

先輩は円卓に肘《ひじ》をつく。曲げた手首で口元を隠すようにして白梅を見る。

「なんだ、白粉に辞めさせろ、とでも言うつもりか？」

「白粉さんが半額のお弁当を漁《あさ》り……いえ、買いに行くのは小説を書くために必要だと教えていただきました。ですから、わたしはもう何も言いません。ただ約束していただきたいのです。白粉さんを無理に誘ってお弁当を買いに行かせない、と」

フン、と先輩は鼻で笑った。

「こちらが無理強《じ》いする理由はない。自己の意志なく集まる者など邪魔なだけだ」

彼女たちはしばし視線を交差させる。白粉が少しばかり居心地が悪そうだ。……僕は三人の女性を前にとても居心地が悪い。そして少し寒い。

白梅が目を閉じ、小さく頷《うなず》く。

「わかりました、信じましょう」

その言葉に一番ほっとしたのは白粉のようだ。先輩はフン、と相変わらずのご様子。僕はやはり少し寒い。裸ゆえ。

「それから最後ですが、生徒会からです。無事三人以上の会員となったことで今年も引き続き同好会の存続を正式に認めます。本来は許されないことですが、部室棟五階には空き部屋が並んでおりますので特別という形で部室の使用許可も付与もいたします。こちらの書類に会長のサイン及び学生番号を。……はい、確かに。ありがとうございました。あと顧問《こもん》の先生の判子《はんこ》のことなのですが」

顧問の判子ならここにある、そう槍水先輩は言って棚から妙に高級そうな判子を取り出し、書類に押印《おういん》した。

そういえばこの同好会の顧問って誰だろう？　部活じゃないからとはいえ、顧問の先生はいるはずだった。疑問に思った僕は白梅が手にした書類に目を凝《こ》らす。

……目の錯覚だろうか。書類には烏田《からすだ》とこの学校の理事長らしき名が……。

「はい、確かに。……ではわたしはこれで失礼します」

「あ、先輩、あたしも今日はちょっと梅ちゃんと……」

さっさと行け、というふうに先輩は払うように手を振った。

白梅が扉の前で、彼女を睨《にら》みつけていた僕を見てくる。

「何でしょうか？」

「誤解ってのがわかったのなら、僕に謝罪とかがあってもいいんじゃ？」

「確かにここは五階ですね。謝罪と何の関係が？　……それでは失礼します」

さも用意されていたセリフのように白梅はさらりと言ってのけると、白粉とともに部室を後にした。思わず溜息が漏れる。

「梅ちゃん今日は何で生徒会時間かかってたの？　選挙関係？」

「ええ、それもあります。今根回しのほうが少し忙しくて。何とか春のうちに生徒会の実権を手にしたいので、こう見えても頑張っているんですよ」

……本当にここ、高校だっけ？　彼女らの会話を聞いていると何故かそんな疑問が出てくる。僕は溜息とともに扉を閉めようとするのだが……その時だった。

「しかし今日は校内のゴミ拾いがありまして、そちらのほうで時間がかかってしまったんです。何でも終わり際にはボロぞうきんみたいな制服一式が落ちていたそうですよ。捨てた人のモラルを疑いますよね」

「えっ？」

ピタリ、と僕は手を止めた。同時に白粉の足も止まった。

「……梅ちゃん、集めたゴミってどうなるの？」

「分別して処理します。ただ、燃えるゴミは校舎裏の焼却炉を使うそうです。環境に良くないのであまり褒《ほ》められたことではありませんが。そろそろ火にくべられている頃合いかと」

僕は部室を飛び出す。階段を飛ぶように下りる。そして走る。

僕は、駆ける。太宰治《だざいおさむ》作『走れメロス』、その主人公メロスのように持てる力の全てを出し切り、走る、走る。友ではなく、ボロボロになった制服のためというのが哀しくてならない。

風を切る肩が寒い。裸だからだ。心が寒い。裸だからだ。懐《ふところ》が寒い。仕送りが少ないせいだ。僕の股間《こかん》のモノが左右に揺れている。トランクスだからだ。ブリーフは嫌いだからだ。間違っても純白ブリーフ砂漠仕様への再染色技術継承者にはなりたくなかったからだ。

僕は、駆ける。走ることしか知らない、走ることだけが人生の全てであると妄信《もうしん》するマラソンランナーのように走る、走る。

走り出してすぐに感じた足の重さや呼吸の苦しさがなくなっていく。ランナーズハイだ。顔がにやけてくる、テンションが天井知らずに上がっていく。エンドルフィンの過剰分泌《かじようぶんぴつ》による陶酔《とうすい》状態だ。ドラッグ大好きな連中はどうかしている。ただ走ればこんなにいい気分になれるのに、お金と人生を無駄にしてなんと愚かなことか。自分はおろか家族まで不幸になる。僕は比較的不幸、ということは親父は中毒者なのか？　あながち否定できないが……何だか意識が遠のいていく気がする。もうすぐ神の領域に踏み込むからだ。体が軽い、ふわふわとしてくる。僕は神に等しき存在となるからだ。

何故駆けるのか。そこに道があるからだ、走るのをやめる時、即《すなわ》ち僕が死ぬ時だ、何故なら僕は神に等しき存在であるとともに史上最高のアス……いや、違う。制服だ、制服を救うために走っているのだ。

目的を見失うな。足を止めるな。ここはどこだ。校舎の外だ。周りの視線が僕に釘付《くぎづ》けだ。どうでもいい。制服だ、制服さえ救えれば世界がどうなろうと知ったことではない。むしろ滅べ。裏だ、校舎裏へ向かうのだヨー・サトウ、真のジャズマンよ。

僕は駆ける、駆ける。校舎裏まで駆けきった。目の前で灰色のツナギを着た校務員さんが生徒会の人間と思《おぼ》しき生徒に囲まれながら、捻りつぶした新聞紙に火をつける。

寸前で間に合った。焼却炉の中に僕の制服と思しきものが見えた。助かっ――

……が、その時、校務員さんは最高ににこやかな顔のまま、オリンピックの聖火台に点火するかのように火だねを焼却炉に放り込む。

「ぅおおおおおおおおおおおおおおおおおおおおおおおおおおおお!!」

僕は駆ける。ノンストップ・オン・ザ・僕。オンの使い方が間違っているとか気にしない。女子生徒が僕を見つけて悲鳴を上げた。あまりの僕の勇ましさに失禁でもしたのかもしれなかったが気にしない。

男子生徒、校務員さんが手を出してきた。あまりに逞《たくま》しい僕の裸体に触れたかったのかもしれないが、今はそれどころじゃない。だが、必死の校務員さんが僕のトランクスを摑む。僕は止まらず駆ける。ビリリと音がしたが今はそれどころじゃない。どうでもいい。知ったことではない。むしろ滅べ。

——今ゆくぞ、我が制服よ。

靴下と靴だけという最高クラスのセクシャルハラスメント装備へと昇華した僕は、躊躇《ためら》いなく火のつき始めた焼却炉へと頭から飛び込むのだった。

●

ありがとうございました、のかけ声とともに三〇名余りの男たちが床に手をつき頭を下げた。

彼らを指導している短く頭を刈り上げた顧問が言う。

「そろそろ春の新人戦が始まる。来週中は遅くまでやることになるから実家住まいの者は家族にその旨《むね》伝えておくように」

男たちが頭を上げると、全員が片づけに入る。竹刀《しない》と身につけていた防具を片づけると、紺色の胴着を脱ぐ。彼らの全身から湯気が立ち上っていた。

タオルで体を拭《ふ》いていると誰かが呟《つぶや》く。……聞いたか？　と。それに応じるように次々に声が上がった。

——三日だか四日前だかに焼却炉に飛び込んだストリーキングの話か？——なんだそれは。俺は裸族の王子が文明社会に警鐘《けいしょう》を鳴らすために焼身自殺したと聞いたぞ。——いや宇宙人だったらしい。——違うね、焼き殺された日本兵の怨念《おんねん》だよ、心霊現象調査研究部の連中が校舎裏にいるのを見たんだ。——そんなわけあるか、焼却炉から出てきて逃走したらしいじゃないか。——あぁそうらしい、県警本部の機動隊が出動したって聞いた。——SWATじゃなかったっけ？——日本にいねぇよ、きっと陸自の中央即応集団だよ。——そういえば今日やたら上空を自衛隊の戦闘機が飛び回っていたなぁ。——ほら、やっぱ宇宙人だ。——宇宙人だったらNASAだろ？——やっぱり裸族の王子で、国際問題にさせないために——いやだから——

そんな時、新入部員の一人がポツリと口にした。

「先輩に制服を窓から捨てられて、それがたまたまゴミ拾いしていた生徒会役員に焼却炉に入れられたんで、それを取り戻そうと持ち主が飛び込んだって聞いたけど？」

「「「　ねぇよ！　」」」と、数人が一斉《いっせい》に声を上げた。

——馬鹿じゃねぇの!?——そんな奇跡の状況にどうやったらなるんだよ!?——そもそもなったとして火のついた焼却炉に飛び込む馬鹿がいるかってんだ！——フリチンだったたって話だ、それで学校敷地内お前走れんのかよ!?——本当にいたらそいつの頭どうかしてんぞ!!——全盛期のダチョウ倶楽部《くらぶ》だって無理だっつぅの！——てめぇダチョウ倶楽部は今も右肩上がりだぞ！——いや待てよ、独身時代の出川哲朗《でがわてつろう》なら——

す、すみません、と新入部員はおずおずと頭を下げる。男が彼の肩を叩《たた》く。

「いや、誰もそんなアホな話を聞いたかと訊《き》いたわけじゃない」

剣道部主将の三年、山原《やまはら》だった。彼は防具を脱ぎさり、道着姿で皆の前に立った。

山原はタオルで顔を拭く。

「《氷結の魔女》の縄張《なわば》りに《魔導士《ウィザード》》が現れたそうだ」

それまで喋りながらも手を止めなかった剣道部員たちが一斉に動きを止めた。

「しかも奴が先頭に立って《狼《おおかみ》》どもを統率し、あの《アラシ》を完璧《かんぺき》にねじ伏せたんだと」

「まさか、そこに氷結の魔女も……？」

「いや、やはりいなかったらしい。……それで、だ。今までのパターンからして、当面魔導士《ウィザード》の出た後の店には彼女は出てこないはずだ」

「……まさか主がいない間にあいつの縄張りで好き勝手やろうって？　確かにいいな。久々にジジ様んトコのサバが食える。来週なら、時間もちょうどいい」

剣道部の練習時間はジジ様の店の半値印証時刻《ハーフプライスラベリングタイム》前に終了していたものの、各自がシャワーを浴びていれば間に合わず、浴びずに直行すればやや時間があって春の夜風と生鮮食品の冷気は汗だくの体には少々キツい。そのため頃合いがちょうど良い学校から離れたスーパーへ行くか、半額弁当ではなく自炊《じすい》や普通の食事処へ行くのが通例だった。

「……いや、だが、待て。そうすると今度は魔導士《ウィザード》が出てくるんじゃないのか？」

山原は歯を見せて笑った。

「出たら出たで……まぁ、たまに相手してやるのも悪くないかなと思ってる」

「今時期やるってことは、壇堂《だんどう》先生は抜きか？」

彼らは一斉に防具を片づけていた顧問を見る。坊主頭に無精髭《ぶしょうひげ》を生やした男、壇堂である。

彼は視線に気がつき、弁当か？　と口にする。山原たちは頷いた。

「おれはやらんぞ。まだ給料をもらったばっかかだからな。『ヒロちゃん』でら〜めん・炒飯《チャーハン》セット喰うって昼から決めてんだからよ。今日は味噌《みそ》だ」

『ヒロちゃん』は学校を出てすぐの所にある、古いラーメン店だ。ら〜めんは各種六五〇円、炒飯は五五〇円だがこれら二つ合わせて一〇〇〇円ポッキリとなる魔法のようなセットメニューが存在するのだった。

なお、山原たちにとっては常識であるが、このラーメン屋『ヒロちゃん』で壇堂が何を注文するかで彼の財布の中を推《お》し量《はか》ることができる。裕福な時はこのセットメニュー、正月などの祝い事のある時だと奮発してこれに餃子《ぎょうざ》が付くこともあった。逆に財布が軽くなってくるとこのメニューがら〜めん・ライス（七五〇円）及び半ら〜めん・半炒飯セット（七五〇円）のどちらかへと切り替わり、財布の底が見え始めると山原たちとともに半額弁当の奪取へと行き着くのである。

山原は肩をすかしてみせて溜息を吐いた。壇堂には頼らない、という意味である。

「しかしえらい急だな。そんなにあそこのサバが恋しくなったのか？　いや気持ちはわかるぜ。あそこのはノルウェー産のサバだが、千葉産のサバにはない脂《あぶら》を——」

部員の一人が舌なめずりしながら言うのを山原は遮《さえぎ》る。

「単に魔導士《ウィザード》が一目置《いちもく》く《犬》をこっちに引き込めないか、って思ってさ」

部員たちは一斉に「おぉ」と声を上げた。

「氷結の魔女が目を付け、魔導士《ウィザード》が一目置いた、今はまだ頭角《とうかく》を現していないが、今のうちに押さえておければ……な？」

部員たちが確かに、と頷いた。かつて魔導士《ウィザード》が目を付けた小娘が今では氷結の魔女の二つ名を持ち、学校最寄りの二店を掌握《しょうあく》している。さらにいえば当時のＨＰ《ハーフプライサー》部の部員たちが目を付けて引き込んだ金城に至ってはこの地区では最強とさえ言われる存在になっていた。

もしそのクラスに至る逸材であるというのなら、その《犬》、佐藤洋という男を身内として加えれば強力な仲間となる。さらに山原は、可能なら佐藤とともにＨＰ《ハーフプライサー》同好会に入った白粉《おしろい》という女にも手を伸ばしておきたいと皆に告げた。

「しかし、引き込めるのか？」

やってみるさ、と山原は言う。そして歯茎《はぐき》を見せて人なつっこい顔で笑う。ィシシシッと嚙み合わせた歯の隙間から空気を漏らすように笑うのが、彼のクセだった。

「金城《かねしろ》の時は入学してから時間を置きすぎた。だが今回なら、今の時期なら、いけるさ。まだあの犬は、犬でしかない」

二年前、山原は自分が猟犬群の一匹となった際に金城を引き込もうとしたのだが、彼はそれを断った。あの時、彼は何と言っていたっけ？　部員たちには笑顔を見せつつも、山原は一人、考えていた。

剣道部員数、二七名。そのうち、実家暮らしである一八名を除いた九名……彼らには剣道部員としてだけでなく、もう一つの顔がある。

闇夜を駆ける漆黒《しっこく》。獲物を狙えば他者を押しのけ、喰らいつく狩猟犬《ガン・ドッグ》。

彼らを人は——《ダンドーと猟犬群》と呼んだ。

1

人には言われて嬉《うれ》しい言葉と、嬉しくない言葉ってのがある。

言われて嬉しい言葉の代表としては『今夜はビフテキよ』とか『佐藤《さとう》君抱いて！』だとか『どんな願いも三つだけ叶《かな》えてやろう』なんかは最高だ。人生の勝ち組といっていい。

逆に嬉しくない言葉の代表としては『これが……最後のお米よ』とか『ごめんなさい、私、このあと予定が。今夜はごちそうさまでした！』だとか『ワシの波動球は一〇八式まであるぞ！』なんかは最悪だ。人生が終わったと見て間違いない。

数日前、親父からもらった言葉もそういった嬉しくない言葉の代表に入るだろう。

あれは僕が焼却炉に飛び込み、半焼した制服を手に脱出・逃走した時……生徒会をはじめ、心霊現象調査研究部や、学校警備員だとかが追いかけてきたのでやむなく近くのドブ川に飛び込み、彼らをやり過ごしたのだが……白黒のツートンカラーという最高にファッショナブルな車に乗って現れた屈強な男たちにとっ捕まり、留置所に放り込まれたものの、火傷《やけど》部分から雑《ざっ》菌《きん》が入って感染症を引き起こし、急遽《きゅうきょ》病院に担ぎ込まれた時のことだ。

入院中の僕に親父から電話がかかってきたのだ。

『お前、やっぱり俺の息子だな。俺も学生時代に同じようなことをしたよ』

即行で電話を切った。そして頭から布団《ふとん》を被《かぶ》ってガクガクブルブルと震えていた。そりゃそうだ。あの親父の遺伝子を正統に受け継いでいると聞かされたのだ。いってみれば純白ブリーフ砂漠仕様再染色技術の正統なる後継者の資格があると言われたようなものだ。

実は心のどこかで「母さんね、実はお父さん以外の人と関係を持ってしまっていて……洋《よう》、あなた、実はお父さんの子じゃないのよ」と、わりとシリアス全開なカミングアウトをいつかしてくれるであろうと期待していたのに……。理想を言えば橋の下辺りで拾ってきてくれていればもっと良かった。

それなのに今回の〝いずれお前も親父のようになっていくのだ〟と死の宣告に等しき言葉だ……アレか、いずれ僕もブリーフ一丁でセガサターンをいじったりし始めるというのか。

いや、それ以前にそもそも一体親父の学生時代に何があったというのか……。

そんな楽しくもない入院生活を僕は数日続けた。入院中クラス代表として白梅《しらうめ》と、おまけで白粉《おしろい》が見舞いに来て果物の詰め合わせを持ってきてくれたのだが、そのあと示し合わせたように槍水《やりずい》先輩が来て……全部喰って帰っていった。

いや一応トランプとかオセロとかを持ってきて面会時間いっぱいまで延々と遊んでくれたりしたんだけれど……目的は僕より果物と時間潰《つぶ》しにあった気がしてならない。

あと、どうやって生還を果たしたのかよくわからない内本《うちもと》君も来てくれたが、相変わらず僕を同類だと見ているのか、彼の嗜好《しこう》を反映した本を何冊か置いていった。インリン様の写真集とか正直どうしていいのかわからない……。

そんなこんなで病院生活が四日目に突入し、病院食にも飽きたし、ちょうど月曜というキリの良さもあって医者に止められたものの、退院することにした。

……しっかし「これ以上長引いたら入院費が払えなくなるかも」というセリフは強力だ。これればかりは仕送りとは別に親が払ってくれるのでそういったことは本来ならないのだが、ウザかったので試しに言ってみたものの……それまで散々止めていた医者や看護師が一斉に掌を返してみせた。ここまで資本主義が浸透しているとは予想だにしなかっただけに少し驚きだ。今後の日本が心配にすらなる。

学校では教えてくれない社会の勉強をこなした僕は、一旦、寮で着替え、ジジ様のスーパーへと向かった。夕餉《ゆうげ》である。

アブラ神のほうに行き、それでダメならジジ様の店へ……という二段構えを取るのが頭のいい手法なのだろうがそうはしなかった。

六日前、先輩と部室で食べたサバの味が忘れられなかったせいだ。あれは本当にうまかった……度肝《どぎも》を抜かれるくらいだ。

……それに比べてあそこの病院食の酷《ひど》さといったらない。ホント、あれは終わっている。一度焼きサバが出たこともあったが、身はパサパサで生木を齧《かじ》っているような食感……加えて皮には焼き色が付いているくせに香ばしさなんてほとんど感じられなかった。あれは本当に不味《まず》かった……度肝を抜かれるくらいだ。

恐らく大量のサバの身をまとめて徹底的に蒸し上げ、脂やら旨味やらサバとしての価値を全て流し落とした後、最後の仕上げに高温で皮の側だけに焼き色を付けたのだろう。確かにその調理法を行えばあそこの傷みやすいサバといえども安全に処理できるのだろう。代価はあまりにも大きいが……。

これがもし夕食に出なかったら僕はおとなしくあと二日は入院生活をしていたはずである。

僕はうまいサバと不味いサバとを同時に思い出しつつ、自動ドアをくぐり抜ける。

……気のせいか、スーパーに入った瞬間に僕の鼻が何かを感じ取った。

初めての来店ならそうとも思わなかったのだろうが何度も訪れているジジ様の店だ。店内へ入った瞬間に空気の違いはすぐにわかった。

男の汗の匂《にお》いである。何故こんな匂いが店内に？　……まさか、アラシか？

とりあえず下見のために弁当コーナーへと向かったのだが、途中で白粉を目撃する。

彼女はいつものように制服姿で、夢遊病かのようにフラフラと通路を彷徨《さまよ》っていた。ちょっと赤い顔をしているところを見ると熱でもあるのだろうか……。

とりあえず弁当を一瞥《いちべつ》して、大体の内容を把握《はあく》。名前にサバと入っている弁当が三つほど、名前には出てないが焼きサバの半身だけ入っている弁当がさらに三つ。一二個残っているうちの半数がサバとは幸先がいい。

とりあえず、フラフラとしている白粉を追跡し、缶詰コーナーの所で彼女の肩を叩《たた》く。

「え？　え？　……あ、佐藤さん？　あ、今日は私服……初めて見た」

「いや、たぶん、お前のその第一声はおかしいと思う」

「え？　あたし、何か失礼なことを……？」

そこで不安そうな顔をするな……。

何してたの？　と尋ねると彼女は当然のように、半額のお弁当を買いに……と口にした。

「風邪《かぜ》でも引いた？　熱っぽいみたいだけど」

「いえ？　別にそんなことはありませんけど」

何故そんなことを訊かれたのかわからないというふうに彼女は首を傾《かし》げるのだが……ちょうどその時、僕らの脇《わき》をにこやかな顔をした男が汗の匂いを振りまきながら通り過ぎた。そして、白粉の頬が照れたように赤くなり、男が立ち去ったほうに鼻をクンクンさせながらついていきそうになる。

……なるほど、なかなかマニアックな奴だ……。

とりあえず彼女の後ろに束ねてある髪を掴んで制止させる。あぅ、と妙な声が上がった。

「もうすぐだぞ。どこに行く気だよ」

「な、なんかね、今ね、凄く甘い香りが——」

「……いや、そんな匂いはしていない」

「で、でもね、佐藤さん今確かに――」

「佐藤……佐藤か。君が。ふぅん」

その声のほうを見やれば、先ほど通り過ぎた男が戻ってきたのか、僕らのすぐ近くにある『大盛りスイートコーン』とかいう丼一杯分くらいはありそうな缶詰を見つめていた。

僕は一度開きかけた口を閉ざし、視線を缶詰コーナーの反対側にある乾物コーナーに並ぶ粉末寒天（スティックタイプ）に目をやる。

「どこかでお会いしましたっけ？」

僕たちが立っているのはスーパーの店内中央付近にある、いわゆる〝島棚〟と呼ばれる壁に接していない陳列棚の列間である。基本的にどこのスーパーもそうであるように並列する島棚と島棚の間は基本的に狭いため、顔を向け合わなくても会話はできた。

「まだデビューしてから日が浅いと聞いていたけれど、意外と馴染《なじ》んでいるようだね。いやはや立派立派。さすがは魔導士《ウィザード》が一目《いちもく》置いただけあるよ、うん」

男は笑う。どこか見下したような言葉だったが特に嫌みな感じはない。むしろ漂う雰囲気は爽《さわ》やかな感じすらした。……匂い以外。

何となく、今までの経験というか、雰囲気から学んだことなのだが狼は基本的に、この何とも言えない焦燥感《しょうそうかん》を募《つの》らせる時間をまるで、半額弁当など興味がない、と言わんばかりに他の商品を見る。

恐らく美意識の問題なのだ。弁当が欲しいからといって弁当コーナー前でシールを貼られるのを待つのは豚であり、それが遠巻きになったとしても変わらないのだろう。

可能な限り直前まで下心を見せない。あの魔導士《ウィザード》の言葉が示すようにここに集《つど》う者たちはこの場に誇りを持ってきている。ゆえに、微塵《みじん》の見窄《みすぼ》らしさも現すことはない……のだと思う。

そして狼同士の会話でもこのスタイルは維持《いじ》されるわけだが、これは単に店側への気遣《きづか》いだろう。セレブ向け高級スーパーでもない限りは店内スペースを可能な限り有効に使おうとするあまり通路は狭くなっている。そんな所で何人か集まって話をしていたら他の客に迷惑になる。

「……いい匂い……」

また白粉がフラフラと動きだし、その男のほうへ歩み出す。見ず知らずの人に迷惑をかけるわけにもいかないので、やむなくまた彼女の後ろ髪を摑んで制止させる。

……駄犬の散歩か……。

「オレは山原《やまはら》だ。一部からはダンドーと猟犬群と呼ばれる連中の一人……あ〜、いっそリーダーと言ってもいいかな。うん。まぁそこまでたいしたもんじゃないけどね」

ィシシシッと彼は発した。まるで歯の間に挟まった物を爪楊枝《つまようじ》で弄《いじ》っている人が発するような音だったので、思わず彼を見る。どうやら笑っているらしかった。

ダンドーと猟犬群といえば、かつてアラシと遭遇した際、茶髪の女から奴らと対抗できる連中としてあげられた数少ない存在の一つだ。

彼、山原と名乗った男はカッコイイといえばそうかもしれないが、かわいい、と言われるタイプだろうな、とその人なつっこい笑顔を見て思う。スポーツもやれそうだし、男女ともに好かれそうな奴だと直感的に思う。

「佐藤がどんな人間なのか見てみたくて普段は来ない店に来てみたんだ。来ているかどうか不安だったんだけど、会えて良かった」

「僕に何か？」

「とりあえず今は言葉通りの意味だよ。まずは見ておこうってね」

ジジ様が店内に現れたのが、バタン、という音からわかった。あと少しで狩りが始まる。

「オレはね、この学校に入った時から優《ゆう》君……あ〜わかんないかな？　金城《かねしろ》優、つまり魔導士《ウィザード》とは仲がいいんだ。最近彼、あんまり学校に来てないから会ってないけどね。そんな親友って言っていい人がさ、月桂冠《げっけいかん》をくれてやったっていうじゃない。気になってさぁ」

ジジ様がパンコーナーへと差しかかり、乱れた陳列を鮮やかに正していく。

「だから今日、君の腕前を見せてもらうよ」

「大変な誤解だと思うんですが……どちらかというと魔導士《ウィザード》からおこぼれに与《あずか》ったような感じで……」

「十分だよ、それで。彼が人に弁当を獲《と》らせることはあっても、月桂冠まで譲った人物なんてほとんどいない。氷結の魔女とか、同じ部活の連中だけ。そして大抵の奴はそのまま二つ名を持ち、どこぞのスーパーに君臨することになる。つまり、将来有望な存在ってことさ」

そうだろうか？　どう考えてもあの時は偶然出くわして、たまたま恵んでもらったような気がする。実際、それまで僕は半額弁当を手に入れていないわけだし、あの時だって数ある弁当の中から偶然に月桂冠を手に入れたにすぎないような……アレ？　今コイツ〝同じ部活の連中〟って言ったぞ？

「魔導士《ウィザード》が、HP《ハーフプライサー》同好会の人間だった？」

おや？　という顔をして山原は缶詰から目を離して僕を見てくる。

「知らなかったのか？　まぁアイツがいたのはまだHP《ハーフプライサー》同好会になる前の、部だった時だけどな。当時は部長だった。……でも、今そんなことはどうでもいいんだよ。うん。今重要なのは弁当を手に入れることだ。ゆっくり話すのはその後でいい。そうだろう？」

そう言って彼は笑顔のまま、僕たちを見るが……突如、笑顔が途切れた。

「……その娘、熱でもあるんじゃないのか？　大丈夫かい？」

相変わらず白粉は顔を赤らめて山原を見つめていた。見ようによっては恋する乙女《おとめ》である。

「ええ、まぁ、たぶん大丈夫ですよ。頭以外は」

「ひょっとしてその娘が、君と一緒に入会したっていう、白粉？」

白粉がキョドりながら自己紹介を始めたと同時に、ジジ様が総菜コーナーに手を伸ばす。

槍水は学校から少し離れたスーパーで月桂冠を手に入れていた。ジジ様の店とは違い、大きめの半額シールに筆ペンで大きな黒丸を力強いタッチで書き加えられたものがその店での月桂冠である。

彼女は未だ弁当コーナーで続く混戦を背にし、一人レジへと向かう。この店の半額神がすでにレジで待っていた。

「相変わらず良い読みですな。今夜はかなり微妙な残数でしたから、あなたがどう判断するか見物《みもの》でありました」

彼は身長と腰が低い半額神だった。

「三人、脱落したな。まぁあえて月桂冠候補の弁当を残したあたりに彼らのプライドは感じるが……可哀想《かわいそう》に。今回は長すぎたぞ」

レジを打ちつつ、半額神はククっと口元だけで笑った。

槍水は店内に掛けられている時計を見やる。そろそろジジ様の店で始まる時刻だろうか。普段ならばこの店の半値印証時刻《ハーフプライスラベリングタイム》がここまで遅くなることはないのだが、今回はどうも弁当の売れ行きが良かったらしく、店側がかなり渋ったのだった。

需要と供給のわずかな狭間《はざま》、それが今回はかなり極まっていたといっても過言ではないだろう。弁当の在庫数が少なければ店側、特に値引きの権限を持つ半額神は半額にしないでも売り切ろうとする。半額でなくてもいいからとにかく弁当が欲しい、という奴は少なからずいるものだし、何よりもいつもの時間を過ぎても半額にならないというのは凄《すさ》まじいプレッシャーとなる。

終わりの見えないマラソンをしているようなものだ。ヘタをすれば三割引きという中途半端な値引きのままで閉店時間に至ってしまうのではないか、こうして今自分が迷っている間に他の誰かが割り切って三割引き弁当を買っていってしまうのではないか……何よりこうしていつ半額になるともしれない弁当のために三〇分以上ブラブラと店内を歩き回るというのは店にとって迷惑なのではないか、といったような不安が最も大きなプレッシャーとなって襲ってくる。

客数、曜日、弁当の残数と質、半額神の心理……そういった数々の要素から果たしてその日その店で半額シールが舞う瞬間があるのか、もしあるとすればそれはいつ頃になるのか……そういった激烈を極める店との心理戦、いや、己自身の弱さとの対決である。

今回はこの厳しい戦いに勝たなくては半額弁当に辿《たど》り着けなかった。

槍水はなかなか良い戦いだったな、と満足感を弁当より先に味わっていた。

時計を見つつ、白粉は今日も弁当を手にすることができるだろうか、とふと思う。

白粉は先週、佐藤が入院している間に一度弁当を手に入れてきたことがあった。何でも無理に戦おうとせずに隙間《すきま》を縫《ぬ》うようにして動けばなんとかなった、とのことだった。

なるほど、と槍水は思った。

同じ場で戦ったことは数えるほどしかないが、ある程度白粉を槍水は把握している。確かあれは佐藤ともども豚として処理した時のこと。

彼女は、愚《おろ》かしくも半額になる前の弁当に触れた。もちろん買う気があれば別だが、半額になるまで買う気のない者が決してやってはいけない愚行《ぐこう》の極みである。

つまり、豚に墜《お》ちた。その瞬間彼女は敏感にそのことを察していた。勘がいい、というのとは違うが、何か視線もしくは自分に向けられた人の意志を感じる能力に秀《ひい》でている。

そういった能力と彼女の小柄な体格は確かに考えてみれば相性がいい。あとは俊敏《しゅんびん》ささえあれば敵の攻撃を喰らうことなく弁当まで達することができるのだろう。

佐藤はともかく、白粉は二つ名まで成長するかどうかは当初疑問に思っているところもあったが、心配はなさそうだった。うまくすれば佐藤よりも早く名が付けられるかもしれない。

あとは経験と鍛錬《たんれん》、そして半額弁当に対する意志さえしっかり持てればいい。

特に最後のが重要だった。白粉はすでに理解していた。……あとは佐藤だ。

「ありがとうございました」

半額神はそう言って袋に入れた弁当を槍水に手渡す。

槍水はそれを受け取り、レジから離れようと一瞬踵《きびす》を返すものの、歩き出さずにまた半額神を見やった。

「駅前のあの店はこの時間にも開いていたかな？」

「あぁ、春ですものね。そういう季節ですな。えぇ、あそこの店はまだやっていたはずです。新入生にもウチをよろしく、とお伝えください」

「あぁ、そのうちに連れてくるよ」

そう言って彼女は弁当を手に、店を後にした。

○

「……君ら、大丈夫かい？」

「えぇ、まぁ、たぶん大丈夫ですよ。頭以外は」

そういえばこんな会話を戦いが始まる前もしていたような気がする。

僕たちはスーパーを出て、猟犬群ともども夕飯を手にぶらぶらと学校へと歩いていた。

白粉は黙って歩いてはいるが、顔は相変わらず赤い。別に例の匂いというのではなく、物理的にぶつけたせいで赤いのだ。額には大きな絆創膏が貼られている。

「いや、さっきはビックリしたよ。彼女、躊躇《ちゅうちょ》なく棚にぶつかっていくからさ」

そう言って山原は後ろを歩く弁当を手にした八人に「なぁ？」と同意を求める。振り返ってみれば彼の仲間……いや、彼と同じダンドーと猟犬群は皆一様に頷《うなず》いた。

僕とてビックリした。前《さき》の戦闘は、いくつも驚くことがあった。

まずは彼らだ。その二つ名からして組織だろうなと予想できたのだがアラシとはだいぶ戦法が違っていた。

戦闘開始と同時に僕と白粉、そして山原は弁当コーナーに駆け寄った。出発ポイントは弁当コーナーに近いというわけではなかったため、幾分出遅れ、乱戦状態の弁当コーナーへと突っ込む形になった。

山原が突っ込んだその瞬間、周囲から八人が飛んできたのだ。

そして、彼らはまるで一つの渦《うず》のように人込みをかき分けていった。四人がまず人込みに当たり、道を作り、残りの四人と山原が混戦の中により深く突っ込み、そこでまた道を作り、後方の四人をさらに深く混戦の中に送り込んでいったのだ。

つまりアラシのように、本当に数と力だけを頼りに固まって動くのではなくコンビネーションという意味合いが強い、チームとしての動きだった。それもアラシのようにはねとばす、というのではなく、押しのけて道を作る、といった感じである。

それだけでも驚嘆したが、あっという間に最前線まで辿り着いた彼らはまず四人が弁当を奪取、すると次の五人のために弁当を持った状態で壁のようになって歩いた。

知っての通り弁当を手にした者を攻撃してはならないので、弁当を手にした存在は自然と道を遮《さえぎ》る壁となる。当然、それで全ての攻撃を防げるわけではないが確実に他の狼たちの勢いはいなされた。その隙に残りの猟犬群は壁となった者たちと息を合わせ、悠々と弁当を奪取していた。

無理のない、非常に滑らかな動きだった。

そんな彼らに負けじと僕と白粉も奮闘するのだが……ここでまた驚く。白粉は人と人との恐ろしく狭い隙間に身を滑り込ませて、一切戦うことなく、敵からの攻撃も素早くかわし、そして真っ直ぐではないものの、ほぼ止まることなく最前線へと駆け抜けていくのである。

そういえば今まで一緒にいた時は、大抵彼女は初撃でぶちのめされており、こうしてまじめに彼女が戦う姿は今回初めて見た。

僕としては驚きのあまり、呆然《ぼうぜん》としてそれを遠くから見ているほかなかった。

だが、それが起こった。最前線に白粉が達した瞬間……そこにはダンドーと猟犬群が弁当を奪取している最中であり……走っている最中だというのにクンクンと鼻を震わせたかと思えば、彼女の顔はスッと横にいる猟犬群のほうへ……。

勢いはそのままだったゆえ、最前線で戦っていた他の者たちにぶつかり、つまずき、前屈み状態で弁当コーナーの棚に思いっきり顔面から突っ込んだのだ。

結果、弁当が一通り奪われ尽くすまで意識不明で昏倒《こんとう》していたのである。

そして僕だ。目の前でそんなことが起こり、呆然としているうちに半数近くの弁当は奪われるわ、気力が失われるわ……。

出鼻が完全に挫《くじ》かれた僕は一か八か、あのアラシ戦の際、魔導士《ウィザード》が見せた天井を使って一気に最前線に向かう技をマネしようとしたのだが……病み上がりのせいにはしたくないが……そもそも足が天井にすら届かず、そのまま頭から床に落ちてしまい……こちらも終わるまで昏倒である。小さいたんこぶが一つできた。

よって今夜の収穫は慣れないことはやるもんじゃないという教訓だけである。つまり、その……僕と白粉の夕餉《ゆうげ》はどん兵衛《べえ》と総菜一品なのである。

僕たちはスーパーから学校まで一緒に帰ってきた。

「まぁ、次は無理せず、本当の実力を見せてくれよ。オレたち今週いっぱい……あ～、金曜は大会前日だから、アレか、早く終わるからダメか」

山原は仲間たちの顔を見る。

「木曜は壇堂《だんどう》先生が飯奢《おご》ってくれる約束あったよな？　あぁうん。そうだったそうだった」

彼はすぐに僕のほうへ向き直る。

「んじゃ、あと三回だな。うん。……で、ちょっと本題なんだけどさ」

「はい？」

「ウチへ来ないか？」

「家に遊びに来いってことですか？」

「いや、そうじゃなくて猟犬群に入らないか、って言っているんだよ」

一瞬、山原が何を言っているのかがわからなかった。そもそも僕は彼らと違って剣道部員ですらないのだ。

それを訊いてみると、別に剣道部員である必要はないとのこと。弁当を奪取する際に一緒に頑張ろう、ということらしかった。彼らがよく行くスーパーなどでは同様の提携を結んでいる人も多く、僕たちの場合はジジ様の店でだ。

「なんでまた、僕なんかを？　あ、今アレですか？　新入生募集期間とか？」

「んー、そういうのとはちょっと違うんだけどね。君の将来性を見込んでさ。あぁいや、今すぐに返答は期待しないよ。ただ明日にでも一度組んで動いてみようよ」

将来性……なんだ、将来性って……。アレか、年収が二千万以上になるとか、親の遺産が凄いとかそんな感じの——いや絶対違う。

「そこはすぐに、はいそうですね、とか言ってくれよ〜。ちゃんと弁当が取れるのを保証するからさぁ〜」

そう言って彼は僕の肩に腕を回し、顔を近づけて笑う。ちょっと勢いがついていれば唇《くちびる》が触れたんじゃないか、という距離である。思わずたじろいだ。

「んじゃ、明日にでも……」

「よし、決まりだ！　んじゃ明日ジジ様の店で！」

その約束を取り付けると、彼らは剣道場で食べるというので部室棟の前で別れた。

「……素敵でしたね」

白粉がボソリと呟《つぶや》く。

そうか？　僕は何気なく応え、肩をすかしてみせる。少なくとも素敵な連中ではないように思えたけれど、素敵な提案ではあった。確かに半額弁当が確実に手に入るというのは魅力的である。時間を彼らに合わせる必要があるのかもしれないが、それくらいなら——

「その袋を見る限りだと弁当は手に入らなかったか」

その声に振り向くと、そこには弁当と思しき物が納められた袋を下げた槍水先輩だ。いつからそこにいたのか、全く気がつかなかった。

彼女は去っていく猟犬群を一度眺め、眉間《みけん》に皺《しわ》を寄せた。

「何だ、お前ら。猟犬群なんかと今まで一緒にいたのか」

「えぇ、まぁ……」

ふーん、とどこか興味なさげに先輩は僕と白粉を交互に見やった。

「……まぁいい。とりあえず部室へ行こう」

僕たちはアホみたいに連なる階段をゼェゼェ言いながら上り切り、部室にて早速お湯を沸かす。先輩は円卓の前に自分の弁当を置いた。どうやら、僕たちを待っていてくれるらしい。

以前と同じく槍水先輩は部室の照明をつけない。実際月明かりだけで室内は見渡せる。

「佐藤、白粉、どん兵衛の他には何を買ってきたんだ？　白粉はおにぎりか。佐藤は……コロッケか。よし、コロッケならいけるな。先に温めよう」

先輩は溶けるから、と言って紙皿を一枚用意し、そこにキッチンペーパーを一枚二つ折りにすると、プラスチック容器から取り出したコロッケの下に敷いた。……この部室にはホント、こういう買い喰いの際の補助アイテムはどこからともなく、あらゆる種類が出てくるから不思議でならない。

そのコロッケはラップをかけずに電子レンジに入れられ、揚げ物用の特殊コースで温め開始。五分前後かかるものの、これでやると衣《ころも》がグチャリとならず、サクサクした状態で温まる。

先輩は自分の弁当から半額シールを剥《は》がすと、月桂冠用のフォルダへと貼り移す。

「お前たち、猟犬と当たったんだろう？　どうだった？」

素敵でした、とどこか白粉が嬉しそうに即答する。

「僕の感想としては、アラシと違って荒々しさがなくって、嫌な感じはしませんでしたね。まぁ、個人で立ち向かうにはちょっと頑張らないと勝てないような気はしましたが……」

「そうだな。まぁしかし山原が指揮しているうちはいい。……恐れるべきはダンドーだ」

「そのダンドーって、ひょっとして国語の壇堂先生ですか？」

「他に誰がいる？」

あぁ、やっぱり。

「山原が指揮した猟犬群は比較的スマートな動きをしていただろう？　怪我人が出ないように、素早く、効果的に動く。

しかしダンドーが出てくると奴らの毛色はまったく別物になる。何せあの猟犬群の発端はダンドーが自らの飯を確実に手に入れるために組織したものだ。アイツが入って本物になる。奴が出てくるのは給料日前のみだ。一度戦ってみるといい。いい経験になる」

「そんなに凄いんですか？」

「あぁ、鬼のようになる。まるで弁当を奪取するためなら地獄へでも攻め込まんとするかのようだ。……ダンドーと猟犬群とはまた、うまい名を持っている」

僕と白粉がきょとんとしていると、先輩は簡単に説明してくれる。

彼らの二つ名というのは、イングランドに伝えられる民話のようなものから来ているらしい。オリジナルは《Dando and his Dogs》というのだそうだ。

二つ名とは、てっきり見た目からそのまま付けられているものとばかり思っていたからちょっと意外だ。ということは槍水先輩の氷結の魔女というのにもちゃんとしたモチーフのようなものが存在するのだろう。

「それじゃ槍水先輩の……えっと、氷結の魔女っていうのはどこから？」

僕の質問に何故か、槍水先輩は気まずそうな顔をして口ごもる。訊いてはいけない何かに触れたような気がした。

槍水先輩は円卓から離れ、星空で満たされた窓へと体を向けた。いつものように、片肘に手を当て、僕らには背を向けて。

「その……何だ。私のその名は……」

お湯が沸いた。先輩は一度言葉を切って僕たちのどん兵衛にお湯を注いでくれる。それが終わると、電子レンジがピーッと電子音を鳴らして止まる。僕は少し気まずさを感じながらコロッケを取り出し、円卓の上にどん兵衛と並べて置いた。

食欲を刺激する揚げ物の香ばしさと、どん兵衛の唾を分泌させる香りが折り重なって部室を漂い始める。

「名前の由来、聞きたいか？」

先輩は電子レンジに自分の弁当を入れて、温める。

「訊いては、マズイことでしたか……？」

いや、と先輩は先ほど同様僕らに背を向けたまま言った。

やはり何かマズイことなのだ。直感した。さしてまだ一緒にいた時間が長いわけではないけれど、先輩がこんなに口ごもることは一度とてなかった。

「……あれは私が、お前たち同様、一年の時だ」

白粉はこの緊迫した状況を少しも見逃すまいと僕と槍水先輩を交互に見やる。

僕はゴクリを唾を飲む。

「〝氷結〟という名の酒を清涼飲料水と勘違いしてレジに持っていったことに起因している」

……おや？

「べ、別に酒が飲みたかったわけじゃないぞ！　単に缶のデザインが綺麗で、安売りしていたから勘違いしただけだ！」

振り返り、らしくもなく慌てて弁明する先輩だが……僕と白粉はポカーンとしていた。予想が思いっきり外れた。

「あと飲んでもいない、そこは間違えるな。制服だったこともあってレジでちゃんと止められている。……何だ、お前たち、その顔は」

「……もっとこう……カッコイイ由来とか……その、海外の古い伝説の中の魔女とか……そういうのは……？」

「お前は一体何を期待していたんだ？」

デキの悪い生徒に注意をするように、先輩は眉根を寄せて僕を見た。

「いや、えっと……その、すみませんでした」

……何故、今、僕は謝ったのだろう。

「おかしなヤツだな」

電子レンジが再び鳴り、弁当が温まったことを告げた。まるで測ったかのようにどん兵衛も頃合いである。

僕たちは三人で「いただきます」と手を合わせた後、食事を始める。白粉を真ん中にし、窓際の席に三人並び、月光の中でどん兵衛の蓋を剝がした。

白粉は温めていないおにぎりの包装を解く。彼女も僕と同様、こういうおにぎりは温めないタイプなのだろう。いつぞやの先輩のα《アルファ》化とβ《ベータ》化の話ではないが、温めたほうが確かにおいしいけれど、周りの海苔《のり》のことを考えると直播きでもない限りはこのほうが僕は好きだ。海苔のパリパリ感と香ばしさを失うのはあまりに惜しい。

僕もまたどん兵衛を軽く掻き混ぜた後、コロッケを載せて食べ始める。衣のザクっという食感がたまらない。

つゆが染みこむ前と染みこんだ後の二度の食感が楽しめるので、こういう揚げ物と汁物系の組み合わせは好きだった。理想は下半分の衣につゆが染みこみ、上半分はサクというかザクっというぐらいの状態でかぶりつくことだ。歯は衣の心地良い食感を楽しめると同時に、舌の上ではジュワリとくるつゆと衣のハーモニーというのがたまらない。

はっきり言って至福である。そりゃ弁当のようにおかずやご飯がきちんと揃っているほうがいいに決まってはいるが、今までの病院食に比べたら本当に天国の味である。

それに僕が入院していたのは六人部屋で、室内でエロ本を回し読みしている五〇歳以上のオッサンと爺《じい》さんばかり。

今はどうだ。加齢臭《かれいしゅう》のカの字すらない。僕の横には月光に照らされる二人の女性。手の中にあるのがどん兵衛だからといって、みじめさはこれっぽっちもな――

「……うっ！」

先輩が弁当の蓋を開けた、その瞬間だった。弁当容器の中で圧縮されていた香りが一斉に吹き出てきた。何だ、この香りは。凄く濃厚で、唾があふれ出てくる。

「先輩、それは……」

「豚の角煮弁当。それも月桂冠のだ」

その弁当は梅干しが載ったたっぷりのご飯、柴漬《しばづ》け、多少電子レンジの影響でクタってしまったレタスに包まれたポテトサラダ、そして鮮やかに色づいた豚の角煮、そのブロック肉が三つというシンプルな代物《しろもの》だった。

この中で豚の角煮が洒落《しゃれ》にならない匂いを発している。何とも言えない濃厚そうな醤油《しょうゆ》ベースの煮汁は豚の旨味《うまみ》と融合《ゆうごう》を果たし、香ばしさもまろやかさもその身に含んでいるのが一嗅《ひとか》ぎでわかる。微かに感じる複雑な香りからさらに何かしらの香料が加えられているのが窺《うかが》えた。

タレの効能は香りだけではない。その照りは月光に煌《きら》めき、豚肉の脂身と赤身の重厚な階層を高級感たっぷりに演出して見せている。

これが豚の角煮だというのか！　かつて母がウチで作ってくれたものとはまるで別物だ。あれは身がパサパサしているわ、脂身は崩れ落ちて煮汁の上をクズになって漂っているわ……何より固いわまずいわで……ひどかった。

今、僕の目の前にある、プルプルと揺れるこれこそが、本物の豚の角煮だとすれば、母が作ってくれたのはただの豚肉の醤油煮込みである。

先輩が割り箸でその豚の身に箸を入れる。まさか、と思った。僕は我が目を疑うほかに一体どのようなことができただろう。

先輩の箸が、何の変哲もない大量生産された中国産割り箸が、まるでゼリーを相手にするかのようにズブズブと豚肉に差し込まれていったのである。

無論、彼女は箸を突き刺したのではない。箸の角度を四五度程度で維持したまま、真下へと下ろしていったのだ。まるでケーキ入刀のようにスムーズに差し込まれ、先輩が手を引くと、肉のブロックはさもそうなるのが当然だと言わんばかりに二つに割れたのだった。

「先輩、それは一体……」

「弁当の名には豚の角煮とあるが、味付けなどからいって皮なしの東坡肉《トンポーロー》と言ったほうが実際には近い。日本で角煮といえば沖縄《おきなわ》か長崎《ながさき》だが、その原点だな。

あそこの店では総菜の半分を中国の料理人が作っているおかげで、中華圏の料理はそこいらの店を軽く上回る。特にこの東坡肉は尋常ではないぞ」

「……柔らかそうですね」

「あぁ。一度レシピを訊いたことがある。圧力鍋でも使っているのかと思ったがそうではなく、煮る、焼く、蒸すという本来の手間暇かかる手順をキチンと踏んで、丸一日かけて仕上げているのだそうだ。なんでも、作り手にとって故郷の味だとかでこれだけは仕事とは関係なしに作っているとか」

見た目にも香りにも現れない真心までがこの弁当に付加されているというのか……。

……何だろう、さっきまであれほど満足していた自分の食事が急に物足りないものに感じてきた。せめてお揚げの上にあるのがコロッケではなく、メンチカツだったらまだ良かったのかもしれない。肉、ということで。

先輩は切った豚肉を口に運び、そしてご飯へと……日本人、というか人類にとって基本的な『タンパク質→炭水化物』のコンボ技を決める。

正直、限界だった。

「先輩、恥を承知でお願いします。一口くだ――」

「断固拒否する」

即答である。迷う素振りすらない。しかも「嫌だ」とか「断る」ではなく「断固拒否」と滅茶苦茶力強く言われてしまった。

先輩は無慈悲《むじひ》に豚肉とご飯を食べ進めていく。僕も半ば諦めつつうどんを食べていくが……しかし視線は先輩の箸を追っていた。見れば、白粉も同様だ。

ピタリ、と箸が止まる。

「……そんなに……食べたいか？」

僕と白粉は頷く。さすがの先輩も大きく溜息を吐くと、豚肉を小さく切り分け……それを手前にいた白粉の口元に持っていく。

「そんな目で見られていては気になってしょうがない。ほれ、くれてやる。口を開けろ」

「え、あ、でも、あの……あたし、が食べるとその箸が……」

最近聞いていなかったが、また例の菌《きん》とかいうヤツだろうか。

「私は気にしない。それとも私の箸ではダメか？」

そう言われると白粉も何も言わずに、頬を赤らめつつ豚肉を口に含んだ。途端に残っていたおにぎりに齧《かじ》りつき、リスのようにほっぺたを膨《ふく》らませる。

先輩は再び豚肉を切り分け、箸で摘《つま》むと僕の口の前に。

何となく、女性からこうやって食べさせてもらうというのは……さすがに照れる。顔が少し赤くなったのが自分でわかった。

「どうした？　いらないなら私が全部食べてしまうぞ」

慌てて僕は口を開き、先輩に食べさせてもらう。

……白粉がやたら凝視《ぎょうし》してきたが、僕が嫌がるんじゃないか、と不安に思っていたようだ。

しかしそんなことより豚肉である。東坡肉である。母が作ったのは確実に豚の醤油煮込み、それも失敗作である。

先輩が恵んでくれたのは小さな肉片だが、それだけでもこの弁当の素晴らしさが解る。

まず、肉がやわらかい。口に入れた途端ほどけるという表現がピッタリなほど、肉の繊維《せんい》が滑らかに崩れていく。そして脂だ。熱した鉄板の上に置かれた氷のように、舌の上でジュワリと溶けてコクと脂身の甘さが口いっぱいに広がり、ここでとどめとばかりに煮汁とのコラボレーションが生まれる。先に鼻先が感じたように何かしらの香料と思しきもの、そしてはっきりとわかる生姜《しょうが》の風味が、脂がしつこくなりすぎないように全体の味を引き締めつつも、より一層の深みを持たせ、飲み込んだ後にはまたすぐに食べたくなるたまらない後味を残すのだ。

これはヤバイ。何と言ってもご飯が食べたくなる。白粉が残っていたおにぎりに食らいついた理由がよくわかる。少し強めの味付けで、これはご飯とともに食べることを想定してあるに違いない。東坡肉だけ、酒と一緒に、というよりもこの味付けバランスにはご飯こそが相応《ふさわ》しい。

しかし……しかし僕の手元にあるのはどん兵衛とコロッケ（半分つゆにつかり中）である。これはこれでうまい。しかし今、僕が欲しているのは白い米である……。

米、米が食いたい。戦後まもないころの一般家庭の少年のように胸中で繰り返す。

先輩に視線でそのメッセージを送り続けると、諦めたようにご飯を一口だけすくって僕の口に入れてくれる。

「……ありがとうございます」

「次からは自分で取ってこい。いいな」

はい、と僕が返事をすると、先輩は僕の手からどん兵衛を取る。

「少し、返してもらうぞ」

先輩は半分だけつゆにつかったコロッケに齧りつき、麺《めん》をすすり、つゆを飲む。一通り味わったところで、先輩は不思議そうな顔をして僕に返した。

返してもらったどん兵衛を見て、ふと、思う。

……槍水先輩、なにげに今の一啜《ひとすす》りで相当喰ったな……。

「一つ訊きたいんだが……」

僕は聞きながら、残っていたどん兵衛とコロッケを一気に腹に流し込んでいく。

「何故そばじゃないんだ？」

「へ？」

「いや、どん兵衛といったらそばだろう？　いや、待て。早とちりはするな。コロッケをのせるというのなら、きつねそばだ。天ぷらそばじゃないぞ？」

僕も思わず自分の顔が疑問に歪《ゆが》んだのがわかった。

「先輩、どん兵衛といったらうどんですよ？」

「佐藤、ここで冗談を言ってもしようがないぞ。たいして面白くもない。何だ、天ぷらそばしか売っていなかったのか？」

先輩は一体……何を言っているんだろう……？　どん兵衛といえばうどんである。誰が何と言おうとうどんである。そばを食べるのは年越しの夜食ぐらいじゃ？

「……お前……まさか、その顔は本気で言っているのか？」

僕は頷く。

先輩は馬鹿な、と一言呟いた後、信じられないというふうに頭を振った。

彼女は残っていた豚の角煮弁当を平らげると、ドンっと円卓を叩いて席を立つ。

「立て、佐藤！　直接お前の体にそばの良さを教育してやる！」

「できますか、先輩？」

僕にだって譲れることと譲れないことがあるのだ。さっき豚肉を分けてもらった恩があるものの、それとこれは別だ。受けて立ってやる。

……ちなみに白粉はそんな僕たちのどちらの意見にも賛同せず、一人、バトルの行く末が楽しみだというようにニコニコしながら眺めていた。

●

びゃあぁぁぁうまいぃぃ、と訳のわからない奇声を上げつつ、猟犬群は弁当を喰い続ける。彼らは剣道場の床に、あぐらをかいて車座になっていた。いつもと同じ食事の風景である。

強《し》いて普段と違うことといえば今日は半数近いメンバーがジジ様の店のサバ系の弁当を手にしている、ということである。先ほどの奇声を上げているのは主にそれを手にしている者たちだった。

「いやぁ、うまいな！　相変わらず！」

山原は一人先に食い終わると、割り箸の袋に入っていた爪楊枝を咥《くわ》える。

彼は気分が良かった。弁当がうまかったこともあるが、佐藤についてもそうだ。

本人が気づいたかどうかはわからないが、弁当を保証する、と言った瞬間、佐藤の表情がかすかに反応していた。あの様子からして、ダンドーと猟犬群の弁当獲得率の高さを理解すればきっと彼はこちらへとやってくるだろう。

山原を笑顔にさせる理由はまだある。佐藤の戦闘能力だ。山原は動きつつも目は佐藤に向け続け、一部始終を見ていたわけだが、佐藤はいきなりジャンプしたかと思ったらそのまま頭から落ちていった。

一見ただの馬鹿に見えるが山原はそうは思わない。恐らく魔導士《ウィザード》が天井を使うのを目撃しており、それを真似《まね》たのだ。昔の魔導士《ウィザード》、いや、かつて一匹の狼であった頃の金城《かねしろ》でさえ最初は踏み台として誰かの背や、肩を踏んづけて天井に足をつけていた。しかし佐藤は何の踏み台もなしに、天井ギリギリまで足を伸ばしていたのだ。

少なくとも跳躍力は佐藤のほうがある。そうなれば当然他の能力にも期待がわくというものである。

「……楽しみだな」

明日だ。明日で佐藤を引き入れてやる。山原はそう一人胸で呟きつつ、爪楊枝で歯の間に挟まっていたサバの身をシーハーシーハとやって取り除く。

食べ終わっていない部員が一斉に嫌な顔をした。

2

世の中には摩訶不思議《まかふしぎ》な出来事ってのは多い。

事実は小説よりも奇なり、という言葉があるように現実ってのは、しばしば人の想像を超えるような出来事が起こりえる。哀しいのは小説の場合は少なからずいい意味で『奇』であるのだが、現実はそんなにユーザーフレンドリーではないということだ。途中、エキサイトもしなければ笑えもしない、ハッピーエンドに行き着くようなことは限りなく少ない……というか、大抵は意味がわからない話で終始したりするのがほとんどである。

昨夜の槍水《やりずい》先輩とのどん兵衛《べえ》のそば・うどん論争もそうだ。何が哀しくて深夜までカップ麺《めん》の素晴らしさについて言い合ったのか、自分でもよくわからない。まさに『奇』である。普通十代後半のうら若き男女が深夜まで学校に残っているというのなら、もっと色気のある状況ではないかと思うのだが……。しかも結論に達せず、両方うまいことには違いないが、自分はやはり――ということころで解散となった。近いうちに決着をつけねばなるまい。

他にも僕が小学五年生の時のこと。その年の春に他校から転勤してきた初老の校長先生がいた。いつも優しい笑顔を絶やさず、休み時間には生徒と一緒に校舎裏にある菜園の手入れをしたりするような親しみやすい人で、月曜朝の全校集会の時などは壇上でいきなりオカリナを演奏してしまうぐらい愉快な人だった。またそのオカリナが上手《うま》いんだけれど、長いのね、これが。いくつかの曲をメドレー式に校長先生が独自に繋《つな》げた曲らしかったんだけれど、気合いを入れすぎたのか一〇分過ぎても終わらない。せめて座らせてくれればいいのに、僕たちは直立不動でオカリナの綺麗《きれい》だがそのどこか不気味な音色に耳を傾けることを強要されていた。

しかも朝っぱらの全校集会ということで貧血気味の生徒が次々に倒れ、まるでそれはオカリナの音色で意識を飛ばされているように見えて最高に怖かった。

その一件以降、あの校長は実はハーメルンだの、悪魔だの、死神だの、妙な噂《うわさ》が後を絶たなくなり、最終的にそのオカリナを聞き続けると死ぬとまで言われる状況になっていた。

その話は六年生が面白半分に下級生を怖がらせるために作った話だったけれど、中には信じる生徒もいて月曜の朝には耳栓《みみせん》を持参する生徒が急増していた。もちろん、そんなものを僕や友人たちは信じなかった。僕のクラスで信じていたのは石岡《いしおか》君くらいなものだ。

それ以外の生徒は暇があれば校長先生と遊ぶようになっていた。本当にいい人で、普通、生徒が入りたがらない校長室を開放し、生徒の出入りを自由にしたことで校長室にはいつも生徒の笑顔が溢《あふ》れていた。

石岡君はそんな校長室に頑として行こうとしなかったが、僕は毎日のように行っていた。最高にいい校長先生だ、ハーメルンだの、悪魔だの、死神だのと本気で信じているのはきっと幼稚な奴か馬鹿に違いない。石岡君はその両方に違いない。そう思っていた。

そんなある日の、夏の放課後。僕と石岡君は当番で校舎一階の廊下《ろうか》を掃除していた。ここの掃除は机や椅子があるわけでもないし、長い廊下ではあったがモップで床を拭《ふ》くだけなので非常に楽だった。さっさと終えて家に帰ろう、などとその時僕は考えていたっけ。

僕と石岡君が肩を並べ、モップを滑らせていると目の前を蝶々《ちょうちょう》が舞っていた。防犯などという言葉が必要ないような町の学校なので、夏は廊下の先にある勝手口や玄関や、窓なんかが常に開け放たれているのでよくあることだった。優しく捕まえて外へ逃がしてあげようと僕と石岡君はモップを置いて、蝶々を追った。……その時である。

僕たちの間をするりと抜ける蝶々。僕たちはそれを追って振り返ったのだ。

僕と石岡君は固まった。蝶々が飛んでいく。その行く先には勝手口があるのだが……そこには人がいた。夏の昼三時頃なので室内より外のほうが明るいため、僕たちからはシルエットだけが見えていた。

そのシルエットはマラソンランナーがゴールする瞬間のように両手を上げて、走って僕たちのほうへやってくるのである。最初わけがわからなかったが、近づいてくるに従いそれが誰だかがわかった。小さな鎌を持って、両手、口元、ワイシャツを真っ赤に染めた血まみれの校長先生《ブラッディ・プリンシパル》である。

僕は真実を知った。間違いない、奴の正体はハーメルン、悪魔、いや、死神だったのだ！　手には小さな鎌がある。数カ月かけて生徒を油断させ続け、ついに今日、本性を現したのだ！　狩りの季節がやってきたのだ！

僕たちは逃げた。絶叫を上げて、全力で走った。白昼夢《はくちゆうむ》でも見たのではないかと思って一度振り返った。後悔した。間違いようもなくその血を滴《したた》らせた化け物は鎌を掲《かか》げて僕たちを追ってきていた。しかも距離が縮まっていた。恐怖で足がすくみそうだった。横を見れば石岡君も同じようだった。

ここは覚悟を決める他なかった。やむを得ない決断である。

僕は、躊躇《ためら》うことなく石岡君に足払いを仕掛けた。

二人死ぬより、一人でも生き残ったほうがいい。だから——さらば、友よ。

僕は石岡君が転倒したのをはっきり確認してから安心して逃げ続けたのだった。

——まさに、『奇』である。

……ちなみに、あらゆる物事においてそうであるように、事の顚末《てんまつ》はあっけないもので、あの一件もまた、簡単な出来事だった。

何でも、あの日校長先生は校舎裏にある菜園で雑草を鎌で刈っており、そのさい、勢い余って自分の手首を切ってしまったんだとか。慌てて吹き出した血を口で舐《な》めたものの、指先の逆《さか》むけのように斜めに切り込んでしまったため、出血の量が半端ではない。命の危機を感じたブラッディ・プリンシパルは傷口を心臓の位置より高くするという基本的な止血《しけつ》を試みながら、鎌を手放すのも忘れるほど、慌てて保健室を目指して走り出した……というわけである。

なお、その後、校長先生は、転倒して頭を打った石岡君とともに救急車で運ばれていき、二人とも数日帰ってこなかった。

たとえ小説より『奇』であったとしても現実は、エキサイティングでもなければ笑えもしない、そしてハッピーエンドに行き着くようなことは限りなく少ない。だからこそ僕はフィクションの世界が好きだし、フィクションの力を信じている。

故に、その日、寮の僕の部屋に迷い込んできた謎《なぞ》の書類を見た時もどこか期待していた。

それに気づいたのは早朝のことだった。僕の部屋のドアと床との狭い隙間《すきま》に差し込まれていた。男子寮なので間違ってもラブレターの類《たぐい》でないことは自明の理。ということは……。

とりあえず先に朝六時から七時の間に提供される寮の朝食を腹に収めてから、腰を据《す》えてその書類に目を通した。

中学の時、朝、学校に行くとこういう感じで机の中に本のようなものが入っていることがあった。クラスの漫画好きの連中だけで、週に一度作った四頁《ページ》の漫画……いってみれば同人誌のようなものだ。僕はあれが好きだった。正味絵も下手《へた》で、ネタも内輪ネタばかりで知らぬ人が読んでも何一つ面白くない……けれど、クラスメイトを笑わせてやろうと書き手自身が楽しみつつ一生懸命書いたそれが大好きだった。漫画雑誌で連載作が急遽《きゅうきょ》落ちてしまい、埋め合わせで仕方なく載せられた『編集部……本当に今回切羽詰まっていたんだな』とか読者が感じるぐらいの新人作品のような尖《とが》った若々しさと痛々しさがたまらないのだ。

この扉に差し込まれた書類も、きっと寮内で誰かが書いた作品なのだろう。文字ばかりなところを見ると小説だろうか。僕は楽しみにしつつ文面に目を通した。

……そして、ドン引いた。

それは小説ではなく、ただの会報であり、『Mの兄弟　会報・緊急特報版――白梅梅《しらうめうめ》後援会との一部業務提携について――』とかわけのわからないタイトルが銘打たれていた。

以前内本君が言っていた『俺たちのような変態のための非公式組織』というヤツだろうか。

読んでみると、タイトルの通り、白梅の後援会という何だかよくわからないところとアホ組織が互いに協力関係に身を置くとするものであり……まぁそれだけで僕を引かせるには十分だったのだが……問題はこの業務提携の立役者となった一人の男のコラム『黒髪ロングとバイオレンス』が掲載されており、ともに載っていた作者の顔写真がどう見ても内本君なわけで。

……そもそも業務って何だよ。

とどめになったのが後援会のメンバー一覧の中に普通に僕の名前があったことだ。だからこそ会報が届いたわけである。まさにドン引きである。

慌てた僕は身支度もそこそこに寮を出る。白梅に一刻も早くこの怪しげな組織から除名してもらわねば僕の人間としての沽券《こけん》に関《かか》わる。

通常、八時一〇分を過ぎてから寮を出ても余裕で間に合う距離なのだが、今日は七時半。さすがに部活動の朝練には遅く、通常登校するには早いため通学路に人気《ひとけ》はない。

白梅は生徒会だの予習だので朝早くから学校に行っているはずなのだが……生徒会室を覗《のぞ》いても白梅の姿はなかった。仕方なく教室に行ってみたものの、彼女の姿も、内本君もいないときた。

携帯にかけてみるものの、示し合わせたかのように二人とも留守電という状況。なんだ、僕は何か壮大な陰謀に巻き込まれていたりするのだろうか。

とりあえず隣のクラスを覗いてみると、白粉がいた。昨日同様額《ひたい》に絆創膏《ばんそうこう》を貼り、珍しく眼鏡《めがね》をかけていた彼女に僕は「おはよう」と声をかける。

教室の隅で本を読んでいた彼女はビクリと怯《おび》えるように反応したものの、僕とわかるとどこかほっとしたような顔をする。

「あ、お、おはようございます。佐藤さん、早いんですね」

「今日は特別。……これ」

僕が例の会報を手渡すと、白粉は「これは……」と言葉が失った。

「とりあえず朝一番に白梅に言って、この会から脱退する。というか入った覚えがないんだから誤りを直してもらわないと」

「あ、これは……。えっと……多分だけど梅ちゃんに言っても無理……かな。うん。あのね、この後援なんとかって梅ちゃん自身はノータッチで、勝手に動いているはずだから」

「……え？」

「ま、間違ってるかもだけど、中学校の時からそれとなく梅ちゃんを勝手に応援してくれている人たちで……その、梅ちゃんに特別害はないし、むしろ便利だから何も言わないでそのままにしているって言っていたから。

梅ちゃん使えるものは何でも使うような人だから……えっと、だから、その……梅ちゃんに言っても多分、無理なんじゃないのかな」

「……ホントに？」

「うん……あ、でも、違うのかな、えっと、でも……その、間違ってたらごめんなさい」

白粉が自信なさげなのはいつものことなので、たぶん、言っていることは本当なのだろう。僕の胸にさっきまであった切羽詰まった感じはなくなったが、代わりに落胆の溜息《ためいき》が漏れた。

何故《なぜ》僕はあんな怪しげな組織の構成員の一人になってしまったのか……。まぁ、たぶん、内本君あたりが関与しているとは思うが……。

何だか全てのやる気がなくなり、僕は彼女の机に突っ伏した。

「大丈夫……ですか？」

「そういや、白粉はいつもこんな時間に登校してんの？」

「えっと、そう……ですね。はい。このくらいの時間に」

「何でまた」

顔を上げた僕は何気なく言ったものの、白粉は「えっと、その……」と何だか答えづらそうに口ごもる。少し俯《うつむ》き加減になってからようやく口を開いた。

「あの……遅く行くと、クラスの人が多いから、その挨拶《あいさつ》とか大変かなって」

「あぁ、なるほど。昔さ、広部《ひろべ》って子がいて、彼女も似たようなこと言ってたかなぁ。挨拶する人が多すぎて面倒だって。まぁアイツの場合は逆に遅刻ギリギリに登校していたけれど」

「あっ、それとは逆で……その、誰も挨拶してくれないと辛《つら》いから」

……爽《さわ》やかな朝、短い会話で、心曇《くも》る……。

鬱々《うつうつ》とした彼女の話を聞いてみれば、何でも、朝早く登校して教室の隅っこで本を読んでいれば挨拶されない、しなくてもよい、されないのが普通だから……だとか。

「だから、先生と梅ちゃん以外で『おはよう』って言ったの、結構久しぶりで。さっき、佐藤《さとう》さんが言ってくれたの実はちょっと嬉《うれ》しかったり」

「そんなところで幸せ感じんでも……」

照れるように笑う白粉だが、そこは苦笑するところだと思う……。

しかし何故そこまで人に嫌われる……と白粉が思う原因があるのだろう。僕と彼女はここしばらく——入院期間を除いて——一緒にいるわけだが、特に人から嫌われる要素というようなものを持っているような気がしないのだが。最初の頃は菌《きん》だの何だのと多少ウザかったものの、それさえ慣れればあとは特に何もない。

姿なりだって、年齢のそれより幾分幼く見えるものの、素材はいいのだ。誰かしらが気にかけてもおかしくないはずなのだが……。

……あぁ、そうか。アレか、あの趣味のせいか。

「あのさ、何で白粉ってさ、あ〜いうのが好きなの？」

何かさっきから質疑応答みたいな会話になっているな、と思ったもののそれでもまぁ良い機会なので訊《き》いてみた。

「あたしのおじいちゃんが合気道教えている人なんですけど、そこに入門してきた人の中によく遊んでくれる人がいて……その人がその……それで……たぶんそれからかな」

幼い頃に何かしらに慣れ親しむと大きくなっても継続される、と聞いたことはあるが、それだろうか。幼い頃に犬との良い想い出を作ればその人は生涯《しょうがい》犬を好ましく思うし、逆に噛まれたりして嫌な思い出しかなかったりすると大きくなってもずっと苦手のままだという。

……しかし、白粉の場合、その人というよりは筋肉とか体格とかそういうのだけピックアップして好きとか……。

「わかってはいるんです……少し変っていうか」

何だかまた暗い方向に話がいきそうだったので僕は少し無理やりに話を変えることにした。

「爺《じい》さんが合気道教えているってことは、白粉もそういうの出来たりするの？」

「え？　あ、はい。足運びだけは遊び半分に教えてもらっていますけど、全然です。人なんか投げられませんし。周りは大人しかいなかったので練習なんてできませんでしたから」

足運び……そういえば昨夜は人込みの中でもかなり早く彼女は移動していたっけ？　でも、合気道ってあんな素早く移動するようなもんじゃなかったような……単に小柄なのと彼女の基礎体力によるものなのだろうか。

「……ところで、あの、今晩はまた行くんですか？」

「ジジ様んとこ？」

彼女は頷《うなず》く。

「うん、まぁ一応考えてはいる。……何か昨夜行かないといけないような空気になってたし」

「そうですか、良かった」

彼女は嬉しそうに微笑《ほほえ》む。

「一気に書き上げようと思ったんですけど、八名の方の特徴が曖昧《あいまい》にしか頭になくって。それそれに個性を持たせないと代わる代わるに佐藤さんをヤる意味が……あっ」

僕はじっと白粉の顔を見るも、彼女は首を曲げて目と目が合わないように逃げる。

「……え、え〜っと、その、な、何ですか？　あたしの顔に何か……」

彼女は白々しく言いつつも、やっぱり視線を合わせまいとするので少しムカついた。僕は彼女のほっぺたを片手でガッと摑《つか》んで無理やり自分のほうに向ける。

う〜、とタコみたいな口から漏らし、観念したのか渋々と僕に目を向けてくる。

「とりあえず言いたいことは——」

と、その時、おはようございます、と白梅が現れる。生徒会の腕章をつけているところを見ると一仕事終えてきたのだろうか。

彼女は僕を見とめると、すまし顔だった彼女がどこかしら急に不機嫌《ふきげん》そうになる。

「なんで佐藤君がいるんですか？　……そして何をしているんです？　強制猥褻《わいせつ》なら法で処分しますすよ？　……あら？」

僕の腕を払いのけると白梅は白粉にグイっと顔を近づけ、額の絆創膏に軽く触れた。

「一体どうしたんですか、この傷。どこかにぶつけたようですけれど？」

「えっと昨日、スーパーで……」

はぁ〜、とまるで体の奥底から絞り出すような溜息を白梅は吐き、ドンっと白粉の机に手を置く。ビクッと白粉は身を震わせた。

「白粉さん、わたしは無理をしてはいけない、と言いましたよね？　それなら行くのを咎《とが》めない、と」

「……はい」

「何があったんですか？」

「えっと、その……ちょっと転んじゃって」

「嘘《うそ》です。転んで後頭部を打つことはあっても、額を打つなんてそうそうあることではありません。仮にそうだったとして、どうして額を打ったのか説明してください」

まるで小さな子供とお母さんである。

「えっと、その……あの……」

さすがの白粉も山原《やまはら》たちの体臭に心惹《ひ》かれて転んだとは言えないだろう。口ごもった。

「白粉さん答えてください。……はぁ〜……黙ったままですか？　少し、怒りますよ？」

あ〜あ、白梅を怒らせちゃったぞ。ありゃ平手だ、間違いない。あれは痛いぞ〜。白粉なんかが喰らったら意識失うんじゃないだろうか？

……などと不安になっていると、白梅はそっとその手を持ち上げ、一気に白粉の頬《ほお》に！

……いかず、彼女の頭を軽く撫《な》でた。

「大事には至っていないようなので今回は許してあげます。でも次もこんなふうになるんだったらわたしにも考えがあります。いいですね？　もう怪我するようなことはしてはいけませんよ」

仕方がない、というふうに白梅は言い、白粉も小さくはいと返事をしただけだった。

「贔屓《ひいき》だ、贔屓だ」

「何がです？」

「僕の時は思いっきりぶったくせに」

白梅はまた大きく溜息を吐いた後、何故か僕の頭の上に手を置いて……撫でた。

「これでいいですか？」

「……違う、僕はこんなリアクションを望んだわけじゃない……」

馬鹿にするのも、されるのにも慣れているが、こういう扱いを受けるのは初めてだった。

「梅ちゃん、今朝《けさ》は何してたの？」

「現生徒会メンバーの方々に簡単に根回しを。三週間後にわたしが会長になった際、いきなり敵対視されてはたまりませんからコツコツやっている感じですね」

そういえば来月には生徒会会長選挙があったような……いや、それよりも気になるのは――

「三週間後には生徒会長になっているのは確定なのか……？　まだ一年だろ……」

白梅は僕を真《ま》っ直《す》ぐ見つめてくると、目元だけで笑った。

「学年なんて関係ありませんよ。……現在選挙管理委員の七割はこちらが掌握《しょうあく》しています。二〇日後の選挙当日までには九割をこちらに引き込む予定です。

あとはわたしが会長となった際に不自然に見えないよう、実際の生徒の投票数を可能な限り増やすだけといったところです」

「気のせいか、票をいじくろうとしているように聞こえたんだけど」

「万が一に備えての保険ですよ。実投票数だけで会長の座を得るつもりでいます。中学校時代から応援してくれる方々もいらっしゃいますし、いけます」

……学生の選挙でそこまでやるものなのか……？

「……おっかな」

「あら、佐藤君。まさか選挙の当落が純粋な有権者個々人の意思で決定されるものとでも本気で思っていたんですか？　お茶目なんですね。少しかわいいですよ」

「そこまでして何で会長なんぞに。面倒臭い上、せいぜい内申点が少し上がるくらいじゃ？」

「権限を得ることで出来ることも増え、いざという時に意味を持つこともあります。何より中途半端な人が上に付くくらいなら、わたしがその位置についたほうがイライラしなくてすみますから。……人にはそれぞれに相応《ふさわ》しい場所があると思います。現在のわたしの場合、単に会長の座が一番相応しいというだけですよ」

なら、今の時代が戦国時代のような乱世だったら、彼女は武将……あぁいや、女帝にでもなっていたのだろうか……？

「この話はまた後でしましょう。……佐藤君、ちょっとこちらへ」

白梅に言われるがままに、僕は彼女と廊下へと出る。

「それで、一体何があったんです？」

「白粉が僕をネタにして九人の男たちと公《おおやけ》には言えないようなことを……以下略」

白梅が不愉快そうに顔を歪《ゆが》める。

「ふざけていますよね？　怒っていいですか？」

「あ、いや、そんなつもりはなかったんだけど……ぅん、まぁ、いいか」

僕は少し照れながらも俯《うつむ》き加減にし、彼女に頭を向ける。――平手が飛んできた。

「ぐぁ！」

僕は吹っ飛び廊下の壁に背をぶつけた。

「さ、さ、さっきと違う！」

白梅は躊躇《ためら》いなく僕の胸ぐらを摑むと、もう一発平手。そして壁に叩きつけた。

「それで昨夜白粉さんに一体何があったんですか？　教えてください」

黙っているともう一発平手が来そうだったので、慌てて僕は説明する。ちゃんと事細かに、山原たちの匂いから白粉が顔を赤らめていたところまで。

……すると白梅は表情こそ変えないが……何故かまた僕の胸ぐらを摑み、もう片方の手を拳《こぶし》に固める。

「え、あの、ちゃ、ちゃんと説明したはず……？」

「すみません。少しイラっときたので殴《なぐ》っていいですか？」

「殴られる理由がわから――」

腹部に来た、顔面に来た、拳が。そして倒れた僕にとどめとばかりに蹴《け》りが叩き込まれる。

「な、なんで殴られたの、僕……」

「佐藤君、ここは廊下です。寝ていると往来《おうらい》の邪魔《じゃま》になります。立ってください」

僕は仕方なく壁に手をついて、よろよろと立ち上がる。

「あのさ……前も訊いたけど、何でそんなに白粉にこだわるわけ……？」

その瞬間、うっ、と白梅はらしくもなく戸惑いの顔を見せた。ほんの一瞬、まばたきで消えるほどのそれではあったが……好機と見た僕は普段の恨《うら》みを込めて一気に言い募《つの》る。

「おやおや？　生徒会長になろうとしている割にこんなことも答えられない？　別にわからないってことではないだろう？　自分のことだろう？　自分のことがうまく説明できないのかい？　困ったねぇ？　一体な……ぐぁ！」

何故か腹部に膝蹴《ひざげ》りを入れられた。僕は思わず四つんばいになる。

「白粉さんは、その……ずっとわたしの膝元にいてもらいたいのです」

白梅は少し言葉に詰まりながらも、言い、平静を保つように僕を殴ったせいでできた制服の皺《しわ》を伸ばす。

「今までずっと彼女を見守ってきたという責任もありますし、何より彼女にとってそれが一番相応しい場所だとも思っています」

彼女の言う〝膝元〟というのは〝手元〟とか〝身近〟とかいう意味なんだろうけど、さっきの女帝のイメージを持ったままの状態で聞くと……どうも権力者と子飼いの猫というか……ご主人様とペットというか……そんな印象を持ってしまう。

ふと、玉座《ぎょくざ》に座る女帝と化した白梅と、その膝の上で甘える白粉の姿が僕の脳裏《のうり》を過《よぎ》った。

……案外それぞれ適役のような気がしないでもない。

ひょっとして小さい頃から可愛《かわい》がっている猫が主人以外の人に懐いたり、主人を無視して遊びに行ってしまう、そんな感じで白梅も嫉妬《しっと》を感じているのでは……？　白粉がつけ始めたあの白いリボンもマーキングかと最初思ったが、逆で、首輪の意味合いだろうか。

「まぁいいです。今のは忘れてください。剣道部のほうは何か手を打っておくことにします」

人を殴っといて忘れてくださいとはどういう了見か……。

だが、本当に僕などお構いなしに白梅は教室へ戻ろうとしていた。

「あ、ちょっと待って。重要なの忘れていた。これ、これどうにかしてよ」

僕はポケットにクシャクシャになって入れられていた今朝の会報を白梅に渡すのだが……彼女は一瞥《いちべつ》しただけで破り、廊下のゴミ箱へと放り込んだ。そして何もなかったかのように教室へと戻っていく。

呆然《ぼうぜん》と立ちすくむ僕に残されたのは殴られた痛みだけだった。

授業の合間に内本君を問い詰めようとするも、「手続きする手間を省《はぶ》いてあげたんだよ」みたいなことをもの凄く爽やかに言われた。どのくらい爽やかかといえば、何も文句が言えないくらいに爽やかだった。思わず歯磨き粉のＣＭかと思った。

しかも「今日の朝だって……まったくこの好き者め！」と半笑いで言われてしまえば、もう何も言えない。好きであんなふうにやられていると本当に彼は思っているのだろうか……。

その後も放課後になるまで内本君を追い詰めたのだが、結局退会するには至らなかった——

二〇時五七分。ジジ様が現れたのを僕たちは菓子コーナーから確認した。

「流れは大体さっき説明した通り。あとは周りに合わせてみてくれ」

そう山原は言うと、赤くなった己《おのれ》の手をもう片方の手でさすった。先ほど、何げなく僕の横にいる白粉の肩に手を置いたせいである。

「で、できますかね、あたしにも」

そう言う白粉はハンカチを手に不安げである。今日は顔を赤らめてはいない。

山原にそれとなく訊いてみたところ、何でもシャワールームは体育館裏にしかなく、剣道場からはかなり遠いため使わずにここに来たりすることが多いそうな。ただ今日は少し練習が早めに終わったらしく、彼らから漂ってくるのは安物のボディソープの香りだった。

「大丈夫さ。今夜の夕食は温かな弁当、これで間違いない」

山原は自信たっぷりに言って、ジジ様がパンコーナーに至ったのを確認する。そろそろだ、と彼は呟いた。

僕は白粉と視線を交差させた後、お互いに頷く。そこで何故か白粉が少し赤くなる。

「な、なんか、今、相棒みたいだった」

そういえば、以前、豚として僕たちが処理された次の日、「何て言うのかな、そういう無言で瞬時に分かり合える関係って素敵だなって」とかいうようなことを言っていたっけ。

「こ、こういうのって、素敵ですよね」

ボソリ、と白粉は言うのだが……彼女の言う〝こういうの〟というのは一体何を指すのかがよくわからなかった。

ジジ様が総菜コーナー、そして弁当コーナーへ。そして半額シールが舞い踊る。

全てにシールを貼り終えたジジ様がスタッフルームへと向かっていくその姿に、僕たちの緊張は否応《いやおう》なく高まっていく。

「行ってみるか」

「お、おぅ」

無理して白粉が低い声で応じた。

ジジ様がスタッフルームへ消え、そしてその扉が……今、閉まった。

山原がまず弁当コーナーへと突っ走る。僕たちは彼の後ろに可能な限りくっついていく。

すると店の各コーナーより猟犬たちが姿を現し、僕たちが弁当コーナーへ差しかかる頃には全員が揃い、自然と二チームに分かれる。前回同様の波状攻撃。山原曰《いわ》く、先に突っ込むのを〝甲《こう》〟と呼び、次に続くのを〝乙《おつ》〟と呼ぶのだそうだ。僕と白粉は事前の打ち合わせ通り、乙についた。

先に一チームが弁当コーナー前の乱戦にぶつかる。前回よりも出だしが早かったのか、弁当コーナーの戦いは少なく、ヘタをすれば波状攻撃することもなく甲が弁当に手をつけられるんじゃないか、という様子だ。

しかし山原がかすかに口笛を吹く。ヒュっという程度の風切り音のようなそれで、甲が弁当の棚へと向かうのをやめて、その場で他の狼《おおかみ》たちと戦い始める。乙のための道が出来ていた。

僕たちは彼らが用意してくれた道を突き進み、ほとんど何の抵抗もなく弁当の棚の前に辿《たど》り着いてしまう。

なんだ、コレ。それが僕の正直な感想だった。初動が早かった。確かにそうだが、明らかにそれだけではない。今まで僕たちがやってきたこととはまるで別物だった。まるで網の目を水がすり抜けるがごとく、するりと最前線にまで来てしまったのだ。

そしてもう一つ驚くべきものがあった。

残されていた十数の弁当。その上に貼られた半額シールの何と鮮やかなことか！　まるで弁当という大地に植えられた花々のようだ。

下見である程度の目星はつけていたが、その美しさに見とれてなかなか手が出なかった。

「佐藤、早く！」

猟犬の一人がそう叫び、僕は反射的に一つの弁当を手に取る。『チーズカツカレー（大盛り）』だ。チーズに、カツに、カレー、だめ押しに大盛りである。手に取った瞬間、そのずっしりとした重量感がこの弁当にどれほどのカロリーがあるのかを僕に予感させる。

間違いなく一〇〇〇キロカロリーを余裕で上回っているであろうそれを手にし、僕は打ち合わせ通りその場で回れ右。ゆっくりと弁当コーナーを離れる。

すると他の面々も同時に同じように動く。そしてその乙のメンバーの間に甲のメンバーが入り込み、弁当に手を伸ばし、これを奪取。他の狼たちはこれを邪魔することすら叶わない。

弁当のほとんどが棚から消えるとともに、僕たちは弁当コーナーから離れるのだった。レジへ行き、お金を払っている最中、僕は何だかおかしな気分に苛《さいな》まれた。何がおかしいのかはわからない。

違和感、とでもいうのだろうか。よくわからない。

たとえるなら、家に帰ってきたら実は一つ家具がなくなっているのだけれど、それになかなか気づかず、でも何か変だなと感じている……その感じだ。

あるべきものがない、その感覚はあるのに、そのないものがわからない。脳トレか。

山原が、剣道場で一緒に喰おうぜ、と言うので僕たちはレジ近くの電子レンジで弁当を温めてから店を出る。テクテクと学校へと向かって歩いていく。そして剣道場に入る……その間中、ずっと違和感の正体について考え続けたが、結局答えはわからないままだった。

僕たちは剣道場の床に、車座になって弁当を食べ始める。

「いやぁ、新入りが二人いるとは思えないくらいスムーズだったねぇ」

僕の隣――それもやたら間近――に座った山原が割り箸《ばし》を手に、そんなことを言う。しかし話しかけられた僕は構わず考え続けていたし、白粉に至っては、「……秘密基地にサト……サイトウさんを拉致《らち》して……」などとブツブツ言っていたため、山原は微妙な顔をして仕方なく弁当を食べ始めた。

猟犬たちは本物の犬のように凄い勢いで弁当をかっ喰らい、時折「うめぇ！」と声を上げる。その声に、僕はまだ一口も食べていないことに気づき慌てて付属のプラスチック先割れスプーンをチーズカツに突き刺した。

間にチーズが挟んであるためなのか、肉は軟らかく、先割れスプーンで難なく一口サイズに切り分けられる。それをご飯の上に乗せ、カレーをかけてスプーンですくい上げた。肉の間からトロリとチーズが溶け出す。

この種の弁当の揚げ物の衣《ころも》は、サックリ感はゼロに等しいが、その分同時に口に放り込んだ際により高レベルなご飯、カレー、カツの三位一体《さんみいったい》を味わえる利点がある。硬い衣だと、同時に食べた際に衣だけが口の中で暴れてしまう恐れもある。もちろん、それはそれでうまいが一体感は失せてしまう。

そう考えればこの弁当カツカレーというのはある意味完成された一品といえるだろう。

僕は期待で胸を膨《ふく》らませつつ、「いただきます」と手を合わせ、それを口に放り込んだ。

…………………。

……アレ？

「喰いながらでいいから訊きたいんだけど、どうだった？　オレらとやりたくなったろ？」

「え、あ、いえ、その……」

僕はカレーを咀嚼《そしやく》しながらそんな曖昧《あいまい》な言葉を発した。

「もちろん毎回一緒でなければならないというわけじゃない。オレたちと時間が合わない時は一人で好きにやってくれていい。だから難しく考えないでほしいんだけど、前に言ったように単にオレたちと一緒になった時だけ協力しようっていう話さ」

はぁ、とはっきりしない返事を僕は繰り返す。ちゃんとした回答ができないことを誤魔化《ごまか》すように僕はカツカレーを一気に掻《か》き込んだ。

「組織を組んだほうがより高い確率で弁当を奪取できるし、協力者が多いほうが情報も多くなる。特に個人で二つ名を持つ者たちと出くわしたとしてもオレたちなら対等以上にやり合える。アラシにだって好きにはさせない。どうだい？」

「うーん、そう言われると確かに……」

「……サト――サイトウさんは押しに弱く、渋々同意の上として……」

白粉は未《いま》だ俯《うつむ》き加減にブツブツ言い続けていた。後ろに束ねていた髪を摑み、引っ張る。あぅ、と声が出た。

白粉がまったく会話に参加してこないので何だか僕一人で猟犬群と飯を食べているような気がする。

僕はあっという間に空になったチーズカツカレーの容器を見ながら、うーんと唸《うな》る。たかだか弁当を手に入れるためだけの口約束である。どちらにせよ、どうとでもなるもの……強《し》いて言えばイエスと応じておけば間違いはないだろう。

だが……何故かこれはとても重要な選択のような気がする。人生を変えてしまうんじゃないか、とさえ感じるくらいに。

「別に断る理由なんてないんじゃないかい？」

「そう、ですね。そう、なんですが……その、そうなんですよねぇ……」

我ながらなかなかはっきりとしない応答である。周りの猟犬群が食い終わったのか、みんなじっと僕のほうを見てくるので余計に答え辛《づら》い。

僕はチラリと横目で白粉を見やると、彼女はさっきまでさんざん一人ブツブツ言っていたくせにもうそろそろ食べ終わりそうだ。僕は曖昧な言葉を発し続け、白粉が食べ終わるとほぼ同時に立ち上がった。

「すみません、もう少し考えてみます」

食べ終わった容器をビニール袋に入れ、白粉を連れて逃げるように剣道場を後にする。

学校の敷地内を無言で歩いていたら、あの、と白粉が申し訳なさそうな声を出す。

「さっきの誘いを受けてしまっても良かったんじゃ？」

僕は首を捻りつつ、部室棟前にある大きなゴミ箱に弁当の袋を放り込む。

「うーん、そうなんだろうけど、何かこう……違うかな、って思ってさ」

「何がです？」

「わかんない」

夜風を浴びつつ、僕はそう答えた。正直なところ、本当によくわからなかったのだ。何かが違う、そんな気がした、それだけである。

ただそれは猟犬群の中にいる、ということではなく、違うところで何かが違う、そう感じている気もした。

たぶん、あのチーズカツカレーのせいだ。

……実はアレ、あんまりおいしくなかったのだ。いや確かにたっぷりチーズに、肉も軟らかく、カレーもそれなりだった。ご飯の量だって申し分ない。うまかったと言っていい。……けれど、期待していたほどにはおいしくなかった。

あれだろうか。僕が以前食べた月桂冠《げっけいかん》のサバ味噌《みそ》と比較しているせいだろうか。あれは本当に、口に入れた途端サバの身がふわりと溶けるようで、それにつられて自分の身まで溶けるような心地良さがあった。

本当にうまい、嘘偽《うそいつわ》りなく、腹の底からそう口にできる食事だった。

そして槍水先輩から昨夜恵んでもらった東坡肉《トンポーロー》もまた、同じだ。あれも本当にうまかった。

いや待てよ、僕がうまいと思った弁当は二つとも月桂冠じゃないか。ということはアレか。単に通常の弁当と月桂冠のクオリティの差ということなのだろうか。

外国の古い民話の締めくくりに〝真に不幸な人は一時だけ幸せを味わった者だ。幸福の味を知らなければ毎日が不幸だと気づくこともなく一生を終えられたのに〟という一文があった。

要は贅沢《ぜいたく》をしなければ貧乏でも気にならない、という意味だと幼い僕が読んだ本には解説がなされていたが、今頃になってあの言葉の意味が理解できたような気がする。もし月桂冠の弁当の味を知らなければ、きっと僕はあのチーズカツカレーで満足できていたことだろう。

でも僕は期待してしまっていた。だから食べた瞬間のショックで山原の質問にちゃんと答えられなかったのだろう。たぶん、そうだ。

こうだろうと期待して口にしたら思いっきり予想外の結果だった、そういうのは人間に大きなショックを与える。温めた冷凍食品を口にして、外側は熱々なのに中心部分はまだ凍ったままだったり、オムレツに卵の殻《から》が入っていてガリっと噛《か》んでしまったり、修学旅行の荷物に親父のブリーフが紛《まぎ》れていたり……大体そういうのは傍目《はため》からはたいしたことでなかったとしても、当の本人のテンションは地の底まで一気に落ちる。

きっとそうだ。そのせいだ。うん、そうに違いない。

いや、でも待てよ。食べる前に、すでに何か違和感があったような……？

「青春中か？」

顎《あご》に手をやり、一人黙々と考えていた僕に唐突《とうとつ》にかけられた声。誰だ、と思うより先にその声色で、それが槍水先輩だとわかった。しかし辺りを見渡してみるものの彼女の姿はない。

「上だ」

言われて初めて、部室棟の五階からの声だと知れた。見上げた先では、先輩は開けた窓から顔だけ出して僕を見下ろしていた。

寮に帰って執筆するという白粉と別れ、僕は部室棟に入り、五階の部室へ昇る。

そこにはいつものように窓際《まどぎわ》に立ち、月明かりに照らされる槍水先輩と、円卓の上に袋に入ったまま置かれた半額弁当が一つ。

「今日は誰かの家で食べてきたのか？」

「あの、ダンドーと猟犬群の人と剣道場で」

かすかにピクリと先輩の眉《まゆ》が動いた。

「それはまた、どうしてだ？　あんなウザい連中と」

「……その、猟犬群に入らないか、と誘いを受けまして」

先輩は何も言わず、ただじっと僕を見つめてくる。以前と違って、まるで値踏みをされているような印象を僕は受けた。

そうか、と先輩はポツリと呟《つぶや》き窓際から離れ、半額弁当を袋から出し、電子レンジに入れる。ブーンと鈍《にぶ》い音を立ててターンテーブルが回った。

僕は部室の壁時計を見る。九時半をとうに過ぎていた。

ひょっとして先輩は僕らを待っていてくれたのだろうか？

思えば、僕が月桂冠を手に入れた夜も、昨夜のうどんしか手に入らなかった時も、先輩は部室にいてくれた。

恐らく、今日も、そうだったのだ。

そう気がついた途端、僕は酷《ひど》いことをしてしまったんじゃないか、という恐怖に襲われる。

「……すみません」

「ん？　何がだ？」

先輩はきょとんとしつつ、僕を見る。

この時間まで一人で待っていてくれた先輩に……僕は、それ以上何も言えなかった。

電子レンジが温め終わったことを告げる。先輩が取り出した半額弁当は月桂冠ではないが……昨日と同じ、豚《ぶた》の角煮《かくに》弁当だった。蓋《ふた》を開けると濃厚な香りが部室を満たす。

「そんな所に立ってないで、こっちへ来いよ」

言われるがまま、僕は窓際に座る先輩の横の席に座った。特に僕の手元には弁当があるわけでもないので、手持ちぶさたで何となく居心地が悪い。

「そういえば、お前、今晩は何を食べたんだ？」

先輩は湯気の上がる、うまそうな豚肉を食べながら、そう訊いてくる。

「今日はチーズカツカレー弁当を」

おっ、と先輩は少し喜びの混じった声を出す。そして、僕を見てそっと微笑んだ。

「やったな」

その優しげな笑顔に、僕は胸が締めつけられた。まるで肉に喰いこむほどの細いワイヤーでギュッとやられたように。

急に喉《のど》が渇《かわ》いて、僕は唾《つば》を飲む。

「でも、あの、あんまりおいしくはなかったんですけどね。いや、まずいってわけじゃなかったんですけど」

「そんなはずはないだろう？　あそこのチーズカツカレーは昔から人気のある一品だぞ。獲《と》るときだって他の連中が邪魔してこなかったか？」

「あの、今日は試しってことで猟犬群と一緒にやったんですよ。それで特にそういうことはなく、すんなりと」

ふーん、と先輩は鼻を鳴らし、つまらなさそうにまた弁当のご飯の山に箸を差し込んだ。

「それで、お前は何て答えたんだ？」

何がです？　と僕が尋ねると、先輩は白米を口に放り込みながら猟犬群と短く応《こた》えた。

「考えておきます、とだけ」

「ふむ？」

「今回猟犬群と一緒に動いてみたら、何の問題もなく弁当が食えましたし、そう考えたら誘いに乗ってもいいのかな、と」

「じゃあ何故《なぜ》すぐに応じなかった？」

「それはその……。ちょうどその時チーズカツカレーを食べていまして、期待していたほどにはおいしくなくってそれで混乱していた……のかな。えっとその……うまく説明できないんですけど、なんか違和感があったんですよ」

「違和感？」

先輩が弁当に箸を置き、その細い顎《あご》に手をやって何やら考え始め、数秒して、何か思いついたのか「あぁ、そうか」と声を上げる。

「あれだな。お前がチーズカツカレーがうまくないと思ったのは……あ〜、何でもない」

「え？　なんですか、なんなんです？」

「気にするな」

そう言って彼女は箸をまた手にして弁当を食べ始める。

「気になりますよ。もったいぶるのはなしでお願いします」

「別にもったいぶっているわけじゃない。言う気がないだけだ」

「そりゃもっと悪いですよ……」

先輩は小さく笑う。ただ、その目元は笑っていなかったように、僕には見えた。

「じゃあヒントだ。まだこの同好会が部だった頃、その時の部長が言った言葉がある。〝俺はその販売方式を含めて半額弁当は最高の料理の一つだと思っている〟この言葉の意味がわかれば、おのずと答えは出るはずだ」

僕は腕を組み、頭を捻《ひね》る。

どういうことだろう？　半額弁当は最高の料理？　おかしくないか？　半額弁当は別に料理じゃない。料理を弁当に納め、それが売れ残ってやむなく半額として在庫処分扱いになったもののはずだ。

しかしその部長が言った言葉では、まるで半額弁当というのは料理名であるかのように扱われている。それはどういう意味だろう。

「あまり難しく考えるな。自然体で、ラフに物事を考えろ。それで見えてくるはずだ」

その言葉を聞いて僕は閃《ひらめ》いた。パンと手を叩《たた》き、嬉々《きき》として先輩に笑顔を向ける。

「あぁそうか！　そういうことか！」

先輩が「おっ」という言葉とともに教師が優秀な生徒を前にしたように頷きつつ微笑む。僕は自信たっぷりに言った。

「その部長はバカだったんですね！」

その瞬間、僕の額に二本の割り箸が突き立てられた。

「バカはお前だ」

「……痛いです」

「痛くしたんだ」

先輩はまた弁当を食べ始め、僕は額をさすった。血こそ出ていないが、割り箸の跡がくっきりと残っていた。

「とにもかくにも、自分が正しいと思ったことをやれ。私からはこれ以上何も言う気はない」

僕は粗相《そそう》をした犬が主人の顔色を窺《うかが》うように、俯《うつむ》きつつも横目で先輩を見る。しばし僕なんて無視したまま食べ続けていたが、さすがに気になるのか先輩の目玉がキョロリと僕のほうを向く。目が合う。

「何だか、そうやって見られながらだと喰いづらいな」

「今まで普通に食べてたじゃないですか」

先輩は苦笑し、相変わらず軟らかそうな豚肉を箸で裂く。それを一つつまみ上げると、僕の顔の前に持ってきた。

「喰うか？」

「いいんですか？　昨日は渋ったのに」

「私はそこまでせこくない。まぁ今度お前が弁当を手に入れた時にでも返してくれればいい」

ほれ、とさらに豚肉を近づけられ、自然と僕は口を開ける。濃厚なタレを纏《まと》う赤身と脂身《あぶらみ》の階層が舌の上で鮮やかにその身をほどいていく。

「うまいか？」

微笑みながら訊く先輩に、僕は素直に頷く。

うまい。紛《まぎ》れもなく、うまい。あの時の東坡肉《トンポーロー》と同じくらいにうまかった。

あのチーズカツカレーの比ではない。この味の差は一体なんだろう？　単に店も、作り手も、料理も違う。だから差が出るのは当然だ。けれど……。

先輩は白米を箸ですくい上げ僕に差し出してくれる。僕はあーんと口を開けた。

「うまいか？」

さっきと同じように訊く先輩に、僕はまた咀嚼《そしやく》しながら頷いた。

こってりとしつつもしつこさのない軟らかな豚肉に、白米の淡泊な味わいと甘みが口の中で一体となり、得も言われぬ味となって喉を通り抜けていく。

口の中に何もなくなっても、かすかに口内に残るタレの残味が僕に生唾《なまつば》を飲ませた。

僕は今、どんな顔をしているのだろう。

先輩は僕の顔を眺め、どこか得意げにフフンと鼻で笑う。笑える顔をしていたのだろうか？

「今日はここまでだ。もうやらんぞ」

そう言って先輩は残った弁当にとどめを刺し始める。僕はそんな彼女を見ながら、今し方飲み込んだ豚肉に心逗わせるしかなかった。

先輩に食べさせてもらった東坡肉は、昨日より少し大きかった。

「なぁ、山原。話が違うぜ。佐藤の奴、渋りやがったぞ」

猟犬の一匹が剣道場にモップをかけつつ、訊いた。

「そうですよ主将、ありゃダメなんじゃないんですか？」

二年の猟犬もまた、弁当の空容器を片づけながら山原に訊く。

それ以外の猟犬たちもあえて口には出さないが、山原に向けられている視線は同じ問いかけをしていた。本当に佐藤を引き込めるのか、と。

それらを受け止める山原は窓を拭きつつ、フンと鼻を鳴らした。

「まだ、大丈夫だ。アイツはまだ……。あぁ、思い出したぞ」

山原は指をパチンと鳴らす。彼はようやく思い出した。二年前、金城《かねしろ》を猟犬群に引き込もうとした際、言われた言葉を。

如何《いか》にも金城らしい言葉だった。それを聞いた山原はまったくその言葉の意味を理解できずにいた。何故、弁当を買うという行為のために、そんな言葉を吐いたのか、わからなかった。

しかしメキメキと実力と名を上げていく金城や、それに続いた他のＨＰ《ハーフプライサー》部の部員たち、そして氷結の魔女……彼らと拳を交えていくうちに何とはなしにわかったような気もした。

しかし、だからといって山原は彼らと同じようになろうとは思わない。何せ食事のことである。彼は、いや、多くの者はきっと同じ判断をするだろう。

「佐藤は自分がどうして渋ったのかを理解していない。少なくともオレにはそう見えた。今ならまだ大丈夫だ。まだ、金城のようにはなっていない」

佐藤は金城のようにタガがまだ外れてはいない。まだ、こちら側だ。真っ当な計算ができる頭であるはずだ。

山原は仲間に背を向け、窓を拭く作業に戻る。雑巾《ぞうきん》で拭いたそこには歪《ゆが》んだ己の顔があった。不愉快に歪んだ顔だった。

金城の言葉を、金城の目を、あの時の気分を、思い出したからだった。

普段から明るく振る舞っている山原ではあったが、中身もそうかと問われれば、彼自身は違うと即答するだろう。しかし見た目ほどには明るくないというだけであって、特別陰気というわけではない。たまに人が嫌がるほどに目つきが鋭くなる時があるというだけだ。

それは決まって〝負け〟を予感した時である。

猟犬群自体は壇堂《だんどう》が自らの利便性を求めて組織されたものである。しかし壇堂がいない時の猟犬群の組織体系を作ったのは他ならぬ山原だ。二年かけて自分の色に染めた。だからこそ、壇堂がいない時の猟犬群には自分の思考が反映されている。

負けにくい、その一点を求めた。弁当を求める者たちを狼と呼ぶくせに彼らはあまり群れたがらない。せいぜい一人、二人が瞬間的に協力する程度である。そこにある程度の練度を備えた群体が突っ込めば自然と結果は出、そこからさらに連携が取れれば確率は飛躍的に増す。

たとえ全員に行き渡らなくても半数以上の人間の手には半額弁当が行き渡る。それは客観的に言って勝ちに等しい。結果として、組織として、負けにくくなっている。

山原は負けることをひどく嫌った。負けん気が強いのではなく、負けるということが嫌いだった。特に弁当を手に出来なかった時の空腹感と混ざり合った敗北感は彼には耐えられない屈《くっ》辱《じょく》だった。

誰もがそうだと、少なくとも高校で金城と出会うまでは信じていた。

今思えば佐藤と白粉を身内に出来ないか、と考え始めたのも金城に対する嫌がらせのような気がした。去年は猟犬群の実権を有していなかったが故に槍水に強く働きかけられなかった。だが、今年こそは佐藤を引き込むことであの時の金城に復讐しようとしているかのよう……。

そう感じている時点で、金城に負けている、彼自身そんな気がして窓に映った己の目つきが鋭さを増した。

山原は窓から空を見上げる。星空などそこにはなく、黒色の窓に反射する己の顔だけしか見えなかった。

3

その日もまた、僕はアッサリとジジ様の店で弁当を手に入れていた。今回は前回のような失態を繰り返さぬために、あえて定評のあるサバ系を選択。サバの塩焼き弁当である。

　通常、サバの塩焼きが入っている場合、それは半身をさらに二つに切り分けたものである場合が多いのだと山原《やまはら》は言っていた。しかしここのサバは半身がまるまるご飯というベッドの上に寝かされているのである。これを贅沢《ぜいたく》と言わずとして何と言おうか。

　……心配するなかれ。ご飯の上にサバが鎮座《ちんざ》している、それではサバの臭《くさ》みがご飯に移ってしまうのではないか？　その疑問と不安はもっともである。

　通常、サバに限らず焼き魚をご飯の上に乗せる場合はバランと呼ばれるビニール製の笹を間に仕込む。ギザギザの切り込みが入っているせいもあって魚の身とご飯が接している割合も多いが、この店は違う。驚くべきことにサバとご飯の間に仕込まれているのは大葉《おおば》である。それが二枚半。あえて二枚でも三枚でもなく、切り分ける手間をかけてまで二枚半としているところに企業努力が感じられるだろう。良い物を作ろうとする職人の気質と、しかしきちんとした売り上げを出さなければならないとするアンビバレンツな条件から導き出された折衷案《せっちゅうあん》がこの二枚半の大葉である。これは見事なまでにサバの身を支え、ご飯とのクッションの役割を果たすとともにサバ、ご飯、双方に大葉の爽《さわ》やかな風味を添加する役割を担っている。

　当然他の具材にも隙《すき》はない。小さく刻まれたタクアン、均一な色合いを見せる卵焼きと紅白のカマボコ、あえてメインではないもののそれでもその存在をキッチリと主張しつつも決して出しゃばらない爪楊枝《つまようじ》に刺された二個のミートボールと一口サイズの唐揚《からあ》げ、そして小振りなエビフライ、さらにその下にはキャベツの千切り……そしてやや見づらいものの、ここには色合いとして黄色と赤のパプリカを棒状に切ったものが一本ずつ入っているのだ。

誰も気にしない、あってもなくても客は何も言わない、むしろないほうがコスト的には良しとされるにもかかわらずあえてこの二種のパプリカを入れているところに僕は作り手のこだわりを意識せずにはいられない。

うむ。見れば見るほど完璧《かんぺき》な弁当である。月桂冠《げっけいかん》でないのが不思議でならない。

「そんな眺めてないで、さっさとレジ通っておいでよ」

思わず手にした弁当に見とれていた僕は山原にそう言われて我《われ》に返った。あまりの弁当の美しさに意識が違うところへいっていたらしい。

正気を取り戻した僕は山原たち、猟犬群とともにレジに並ぶ。弁当コーナー前から聞こえてくる未《いま》だバトルが繰り広げられているらしき騒音が……怒声や、呻《うめ》き声や、悲鳴……不思議と何もかもが遠くに感じた。

何だろう。まるで興味のないスポーツ中継ラジオを聞いているような、そんな感じだ。

レジを抜けると白粉《おしろい》とともに、僕たちは猟犬群から離れて先輩のいる部室へと向かう。

猟犬群からの誘いは、また、待ってもらうことにした。

弁当を買う際に協力しよう、たったそれだけの誘いなのに何故《なぜ》僕は二日も待ってもらっているのか。自分自身、わけがわからなかった。

「なぁ。白粉は、僕と一緒に……猟犬群とやりたいか?」

夜道を歩きながら僕はそんなことを訊《き》く。何だかんだと山原と接触してから、ずっと彼女も僕についてきているから同じように猟犬群からの誘いを受けているようなものだ。そんな彼女はどう思っているのだろう？

しかし尋《たず》ねてみたはいいものの、なかなか返答がない。

そこで、僕ははっとした。今まで彼女は何も言ってこなかったが、ひょっとして僕と同じ疑問を抱いていて、同じように悩んでいたというのだろうか。

そもそも思い出してみれば、初めて半値印証時刻《ハーフプライスラベリングタイム》に弁当コーナーを訪れた夜から、僕はずっとこうして彼女とともにいた。何度となく、こうして二人で夜道を歩いた。互いに傷を負い、敗北感と温かなどん兵衛《べえ》を手に一緒に公園のベンチで幾度となく食事を重ねていた。

猟犬に誘われた時、何故すぐに彼女がどう思っているのかを訊かなかったのだろう。彼女は僕の相棒《バディ》も同然じゃないか。

〝な、なんか、今、相棒みたいだった〟

昨日、彼女はそう言った。ただ「やるか」という意味合いで視線を交差させ、頷《うなず》き合った、ただそれだけなのに、嬉《うれ》しそうに、照れるように、そう言った。

それなのに僕は一人猟犬群に入るか入らないか悩んでいた。なんて僕は愚《おろ》かなのだろう。自分が恥ずかしくて仕方がなかった。

「白粉、ごめん、今になってこんなこと言って」

負けた時、豚と言われて潰《つぶ》された時、弁当が手に入らなくて辛《つら》い思いをした時……僕の側《そば》にはいつも彼女の姿があった。

最初は偶然、しかしいつしか二人で待ち合わせをしてスーパーへと向かうようになり、二人でHP《ハーフプライサー》同好会に入会し……入会させられた。病院にだってお見舞いにわざわざ来てくれた。

ずっと一緒にいた。ずっと、一緒にいてくれた。

どうして僕は彼女の存在をこうも無視していたのだろう。いつしか側にいるのが当たり前に思っていたような気すらする。身近すぎて見えなくなっていたのだろうか。

朝の学校でだって、彼女は僕の何気ない「おはよう」の言葉に「嬉しい」と言ってくれた。ただの挨拶《あいさつ》なのに、それにすら彼女は……。それなのに僕は……。

「あ、いえ、その……えっと……」

横を歩く白粉は俯《うつむ》き、その表情を窺《うかが》わせてくれない。

白粉の性格を想《おも》えば、ここで僕を非難なんてしないだろう。たとえどう思っていても相手に気をつかうはずだった。それが、もどかしい。

「思いっきり、非難していいよ。馬鹿にすんなって殴《なぐ》ってくれてもいい」

白粉は、あはは、と少し乾いた笑い声を上げた。

「佐藤《さとう》さん、やっぱり、そのエ、Mなんですね」

「……いや、そういうわけじゃないんだけど」

「あの、いつから、そう思っていてくれたんですか？」

うっ、と僕は言葉に詰まる。しかしここで嘘《うそ》をつくわけにはいかなかった。正直に、「ごめん、今さっき」と答えた。彼女は俯いたままでそうですか、と短く呟《つぶや》く。

「全然、気がつかなかったです。あ、で、でも、こういうのはそういうものなのかな。うん、えっと……どう答えていいのか、わからないです」

また僕はごめん、と口にする。普段の二人とは逆だ。

「えっと、その……きょ、興味がないわけじゃ……ないんですよ？」

彼女の声は少し裏返っていた。

「でも、その、全然どういうふうになるのかもわからないですし、経験が……ないんでいきなりは……ちょっと」

「たぶん、この二回と同じようなものだと僕は思う。アラシにでも会わない限りはこんな感じなんじゃないかな」

「アラシってあのラグビー部の方々ですよね？　えっと、まだ見たことがないのでどんなふうなのかわからないですけど……ちょっと、怖いです。……返事は今したほうがいいですよね？」

猟犬群はこの時間帯に出てくるのは明日が最後だ。当面、違う時間帯で、違う店に行くから、できれば明日までに返答が欲しい、とのことだった。

断るにしても、誘いに乗るにしても、普段は行かない店に行かなくてはならないから面倒だろう、ということらしかったが……どうも、そんな理由とは関係なしにとにかく早めに返答が欲しい、という印象が強い気がする。

「まぁ、できれば」

「そうなんですか。あ、あの、できれば、あたしはその、経験を積んでから、といいますか

「……その、ステップをちゃんと追ってからのほうが……」

「ステップ？」

「まずは、その……一人の人から……できればその、初心者なので手を繋《つな》ぐところからでも」

そう言って彼女は僕の手を取る。そして真っ赤な顔を上げ、照れた笑みを見せた。

なんだ、このボタンをかけ間違えたような感覚は……。僕は慌《あわ》てて彼女との会話を思い出し……簡単に納得に達した。

握られた手を振りほどき、彼女の後ろ髪を引っ張った。はぅっと声が上がる。

「……僕は猟犬群に入りたいかって訊いたわけなんだが」

「え？　で、でも、僕と一緒に猟犬群とヤりたいか、って……」

もう一度髪を引っ張る。

「どこの世界に半額弁当片手に乱交の誘いをする奴がいる!?」

「……い、痛いです……」

「お前がイタいわ。しかもうっすら興味があるとか言ってんじゃねぇよ。これからどう付き合っていっていいかわからなくなる」

「あ、で、できれば普通な感じでお付き合いしていただけたほうが……その初心者なので」

「うるせぇバカ！」

いや、まじめに訊いた僕がバカだったのだろう。よくよく思い出してみればアイツが半額弁当を漁《あさ》りに行っていたのは小説だかのネタ探しのためだったたし、僕と一緒にいたのは僕をモデルに使っていたからでしかないのだ。

それなのに僕は……くそ、一瞬とはいえまじめに考えてしまった自分が情けない。

僕は未だ「いきなり言葉責めはレベルが高いと……」とかわけのわからないことを言い始めた白粉を無視し、部室へと一人向かう。

先輩は今日もまた、他の店で獲《と》ってきた弁当を食べずに待っていてくれた。何故だかわからないが、そんな先輩を見て、少しほっとした。

「おっ、今日も弁当を手に入れたか。連勝だな。白粉はどうした？」

「そのうち来るんじゃないですか」

なんだ、喧嘩《けんか》か？　と心配そうに言ってくれる先輩に適当に応じつつ、僕は弁当を電子レンジに放り込む。サバの塩焼きがグルグルとターンテーブルを回る。

「今日はどうだった？」

「今日も、山原たちと一緒に」

「……そうか。なぁ、佐藤。昨日の言葉の意味を少しは考えてみたか？」

「一応考えはしましたけど、答えはわかりませんでした」

ふむ、と先輩は顎《あご》に手をやり、しばらく何かを考えていた。僕は温め終わった弁当を円卓へ置く。先輩のぶんも温めようと彼女の弁当に手をかける。

佐藤、と言って先輩は近寄ってきて、僕の手を取った。一瞬ドキリとしたものの、彼女と僕の手の間には何やら紙が一枚挟まっていた。まるで魚の切り身とご飯の間に仕込まれたバランのように。

「追加のヒントだ。これをやる」

手渡された紙を見れば……それは一万円札である。

「これを持っていけ。ただし、夕飯以外には使うなよ」

「コレは？」

「別に無理やりに貸し付けて金利を取ろうと考えているわけじゃない。夕飯専用の小遣《こづか》いだと思ってくれていい」

「どうして……？」

「ヒントだ。これを持って、少し考えてみろ。……答えがわからなければ、お前の弁当はずっとうまくはならないぞ」

そう言って、先輩は間近で真《ま》っ直《す》ぐに見つめてくる。息をも出来ぬ数秒を経て、先輩はクスリと笑い、ペチっと僕の額《ひたい》を叩《たた》く。

「そんな神妙な顔をするな。大丈夫だ。考えるまでもないはずだぞ？

……まぁいい。一人のほうが考えられるだろう。私は今日、これで帰る。鍵《かぎ》を閉める時は内側からかけて扉を閉めれば勝手にかかるが、一応ロックされたかどうかは確認しろ、いいな」

先輩は冷たいままの弁当を手にし、部室を出ていこうと扉を開ける。去り際《ぎわ》に、一度、窓際に立つ僕を振り返った。月の光は彼女の口元までしか照らさず、彼女の目元は見えない。

「なぁ、佐藤。お前にとって、半額弁当はただ売れ残って古くなった弁当でしかないのか？」

先輩はそれだけを言い残し、部室を後にした。

窓を見下ろしていれば本当に先輩は帰っていく。途中、部室棟の前でうろうろしていた白粉と一言二言話し、彼女をも連れていってしまった。

そして他に誰もいない部室で、僕は一人、弁当を食べ始める。

サバには脂がたっぷりと乗っていて、うまかった。間違ってもまずくはない。うまいと思う。けれど、それだけだった。

あの時のような感動は、どこを探しても、見つからなかった。

4

先輩と別れてから零時まで、僕は一人月を見上げながら考えていた。
警備員さんが来て追い出されてしまったものの、寮に帰ってからもずっと考えていた。
――Question　弁当がうまくない理由、それは何？
Hint①
〝俺はその販売方式を含めて半額弁当は最高の料理の一つだと思っている〟この言葉を理解できればわかるという。
Hint②
槍水《やりずい》先輩が手渡してくれた夕食にのみ使っていい一万円札。

……そのアンサーは？

いくら考えても答えが出なかった。ただ、考えていたらのいつの間にかゲームをやって現実逃避を始めてしまうくらい必死に考えていた。気がついたら朝だった、というくらいに真剣にゲームをしていた。これだから往年のセガのゲームは侮《あなど》れない。

……うん、ダメだ、僕。

徹夜で学校に向かった僕は、昼食時、三年生のクラスがある二階に向かった。

午前中、ずっと考えていたのだが、ひょっとしてあのＨ　Ｐ《ハーフプライサー》同好会がまだ部だった頃の部長が言ったという言葉、あれはひょっとして魔導士《ウィザード》こと金城《かねしろ》の言葉だったんじゃないか、と思い至ったからだ。確か山原《やまはら》は槍水先輩の前の部長だと言っていたし、可能性はあった。

しかし問題があるとすれば三年生のどのクラスなのかもわからないということだろう。槍水先輩に電話して聞いてもいいが、そうするとまるでズルをしようとしていると思われそうなのも何か嫌だった。

……まぁズルしようとしているようなものではあるが……。

槍水先輩に見つからないように階段から廊下《ろうか》を窺《うかが》い、彼女の姿がないのを確認してそろそろと歩き始める。あとは運勝負だ。

「あれ？　ワンコじゃない」

いきなりそう声をかけられ、ビクリとして振り返ってみればそこにいたのは茶髪の女子高生。幾度か弁当コーナー前で接触したことがある大変いい乳をした狼《おおかみ》だった。

「何してんの？」

　こうして間近で落ち着いて見やれば……ふぅむ、あの大猪《おおじし》と遭遇した際にやはりどさくさに紛《まぎ》れてしこたま揉《も》みしごいてやるべきだったかもしれない、と後悔が少しわいた。三年ってことは約一七歳……で、コレか。ふむ、実に人体の二次性徴というのは興味深い。

「こら、胸ばかり見ない。で、何してるの？」

　さすがにあの時に乳を揉みしごくのをやり損ねたのを後悔しているとは言えず、本来の目的である金城優《ゆう》に会いに来たとだけ告げる。

「今日も来ていないわ、あいつ」

　そこで僕は少し驚く話を聞かされた。

　魔導士《ウィザード》こと、金城優はこの学校の特待生なのだという。何でも彼は幼少期から天才と呼ばれた少年で、高校にいるのは単なる精神的経験を積むためとして親が入れたにすぎない……しかしながらそれは建前らしく、今現在はほとんど登校しておらず、塾と呼ばれる海外大学の日本支部のような所に通っているのだという。

「でもそれじゃ出席数の関係で卒業できないんじゃ？」

「アイツが学校を決める際、欠席数に関係なく進級、卒業させる、っていう条件を出してきて、それを理事長が呑んだ、っていう噂《うわさ》。まぁ実際はどうであれ、学校から世界に名を轟《とどろ》かせられるような天才学者でも出ればいい宣伝になるから、無理したんじゃない？」

「……そんな逸材《いつざい》が半額弁当を……」

茶髪は苦笑する。
「そんな奴《やつ》でもあそこには行く価値がある、そういうことでしょ？　あんただってそうだから
あそこに行っている。違う？　まさか本当にお金がなくて行っているわけじゃないでしょ？」
僕たちは「まさかねぇ！」と二人して笑った。……実は本当にお金がなくて行っていますと
はさすがにこの会話の流れでは言えない……。
しかしお金を持っていても行く価値がある、というのはどういうことだろう。そういえば僕
と白粉がＨ Ｐ《ハーフプライサー》同好会に入会し……入会させられた時、槍水先輩も〝ただ半額弁当を求める
だけの場ではない〟とか言っていたような気がする。
そして昨夜先輩から渡された一万円札……これはつまり、そういう意味か？　金を持った上
で、あえて半額弁当を取りに行く理由……それは？
「でもさ、最近あんた、ダンドーと猟犬群と一緒にいるじゃない？　どうしたの？」
ん？　今の日本語おかしいぞ？　〝でもさ〟ってなんだ？
僕が首を傾《かし》げていると、彼女は何かを思いついたのか手をポンと叩《たた》いた。
「あ、そうか。今はまだそういう時期なんだぁ。ふーん。
それじゃあいいことを一つ教えてあげる。猟犬群は確かに強い。そして中心をなしているの
は剣道部員だけど、実際には予備軍としてたまに参加するメンバーも多い。彼らの弁当獲得率
には実際目を見張るものがあるわ。でも……誘いに乗らない人も多い。それは何故？」
「それは……」

「あいつらと一緒に取ってきたお弁当は、おいしかった？」

僕は首を振る。

「確かあんた、アラシと戦った時に月桂冠《げっけいかん》を獲《と》っていったじゃない？　あれはどうだった？」

「凄《すご》く、おいしかったです」

「その違いは？」

「それがわからなくて……」

「アイツらは強い。勝率も高い。二つ名だってある。でもあくまで犬でしかないの」

僕がまた悩んでいると、「それじゃまたスーパーで。チャオ」と彼女はどこか含みを持たせた笑顔で言い、去っていってしまうのだった。

午後の授業の間も、僕の頭の中では同じ疑問が駆け巡っていたせいで内容がほとんど頭に入ってこなかった。

英語の小テストで、『高校生になって新しいクラスメイトたちにジョンが挨拶《あいさつ》します。次の資料を見て彼の自己紹介文を代わりに考えてあげましょう』という何でそんなものを僕たちが代筆しなきゃならないのかよくわからない問題を解いている時が一番ヤバかったと思う。

問題用紙にはアメフトのユニフォームを着て爽《さわ》やかに微笑《ほほえ》む白人男性の写真、そして詳細なプロフィールが載っていた。そこには一六歳とあったが、どう見てもその顔とやたら筋肉質な体つきから三十路《みそじ》前の海兵隊員にしか見えない。写真ではボールを小脇《こわき》に抱えているのだが、いっそのことミサイルの弾頭でも抱えていたほうが似合っているレベルだ。こいつを一六歳だと言い張らないといけない時点で難易度が高すぎる。思わずデスクリムゾンを思い出した。

とりあえず見た感じのイメージを書いていこうとしたのだが、即行でタフガイと書こうとして、GUY なのか GAY なのかがわからなくなるという致命的な問題が発生してしまう。もう、ね。これで間違おうものなら、『やぁみんな。僕の名前はジョン・グッド。一六歳。フットボールが大好きなたくましい同性愛者さ』、となる。

第一声からこれではさすがのミスター・ジョンも爽やかな笑顔ではいられない。いくらアメリカがオープンな国とはいえこれはさすがに引かれる。

別に誰が何を好もうとその人の自由だと僕は思うが、人の趣味をここまで完全に偽造するのはさすがにどうかと思い、疲れている頭でプランBをひねり出す。

タフガイを別の言葉にすればいいのだ。簡単だ。よし、タフガイをナイスガイへ。やったぜ！　何一つ解決していない！　……結局、僕は中途半端な解答で提出せざるをえなかった。

徹夜明けのせいだろうか。それとも昼に茶髪と話していたせいで飯を喰い損ねて血糖値《けっとうち》が下がってしまっているからだろうか……いろいろ考えてみるがやはり昨日からの疑問が原因であると結論づけるほかにない。

放課後になって僕は部室へと向かう。相変わらず部室棟の階段がキツイ……。

階段を昇りきった時、ちょうど槍水《やりずい》先輩が部室の鍵を開けているところにでくわした。

「佐藤、どうしたその顔。目に隈《くま》ができているぞ？　……とりあえず中に入れ」

僕は言われるがままに部室へ入ると、円卓に腰掛ける。

「実は昨日から言われたことをずっと考えていて……でも、結局何もわからなくて」

対面に座った先輩は円卓の上に頬杖《ほおづえ》をついて、僕を見る。困惑の顔である。きっともっと僕がすんなり答えを導き出せると思っていたのかもしれない。

どうやら彼女にとって、僕は優秀な生徒ではなさそうだ。

なぁ佐藤、と彼女は困惑をそのままに口元だけで笑う。

「きっとお前は馬鹿か天才のどちらかなんだな」

僕は何も言えない。一五年間自分の親父を見てきた身としては明らかに前者だから……。

そうだな、と口にしながら先輩は立ち上がり、部屋の隅にある棚からフォルダを手にして僕の横に座った。

「これは、月桂冠のフォルダー、ですね」

「私の……いや、私たちにとってちょっとした宝物みたいなものだ」

通常、HP《ハーフプライサー》同好会の人間が手に入れた半額弁当の半額シールは壁に貼られる。すでに何層にも堆積《たいせき》した、歴史を感じさせる壁である。

しかし月桂冠だけは別途フォルダーに貼られ、ファイリングされる。それだけ貴重で、価値のあるものだという意味なのだろう。実際、半額のシールに限らずあの種のものは直射日光に当たり続けていると色合いが薄くなってしまう。

先輩が月桂冠のフォルダーを開く。初めて見たのは僕がアラシ戦を終えた時。あの時は月明かりだったせいもあってあまりはっきりと見えなかったが、今、こうして見てみれば、そのフォルダーはまるで蝶《ちょう》の図鑑のようだった。

鮮やかな、幾種もの月桂冠の半額シール……基本の色は赤と黄、しかし多種多様なデザインのそれは何と美しいことか。

一瞬見とれていたものの、正気を取り戻した僕はあることに気がつく。全てに日付と獲得者の名がシールの下に記されているのだが、そこにはあの魔導士《ウィザード》の本名である金城優《かねしろゆう》の名前が半数近くを占めていた。

先輩がパラパラと捲《めく》っていき、日付が新しいものになるにつれて彼女の名が多くなっていく。

「例えば、これだ」

そう言って先輩が指差した月桂冠の半額シールは円状の黄色いシールに赤い筆文字で〝半〟とだけ書かれている個性的なものだ。獲得者は槍水仙《やりずいせん》。

「冬休みに部員の先輩方と雪山のスーパーへ遠征に行った時のものだ。途中、猛吹雪にあって、私たちが乗っていたバスが事故にあってしまってな。しかしせっかくここまで来て何もしないわけにはいかない、と言って私を含めた動ける者六人で雪山を五キロぐらい走り、スーパーを目指したんだ」

「す、凄いですね」

「あぁ、凄かった。視界はわずか数メートル。雪が深くて膝《ひざ》近くまで埋まってしまう上、黒かった私のコートが外に出て一分と経《た》たずに真っ白になるぐらいの猛吹雪だ。……大変だった。何せスーパーに辿《たど》り着いた時にはメンバーが半分いなくなっていたからな」

先輩はそんな思い出話をしつつ、笑った。

……しかしそこは笑うところなのだろうか。途中、明らかに三人が遭難している上、先輩は〝動ける者六人で〟と言ったところをみると、事故で動けない状態の仲間が何人かいたということである。弁当どころの話ではないはずなのだが……。

「その隣のコレも凄かったんだぞ。これも遠征中だったんだが、弁当が一個しか残っていないのに、集まった狼が一〇人を越えてしまっていてだな、壮絶な戦いが繰り広げられた。

しかし、まぁ、本当に厳しかったのは三割引きのシールが貼られている間だ。弁当を欲する者たちが皆そわそわとこの三割引き弁当でもやむを得ないんじゃないか、と考えているのがお互い手に取るようにわかって、凄まじい心理戦が繰り広げられた。誰か一人でも弁当コーナーに近づくと他の全員が一斉に落ち着きをなくしたりして……そんな時間が三〇分ぐらい続いたのかな。半額神が現れた時のみんなの称《たた》えようといったらなかった。お互いよく頑張ったな、と視線で告げ合った。その後は誰が獲っても恨《うら》みっこなしの、爽快な気分での戦いだった。私が獲れたのは運が良かったというだけにすぎず、あの日、最後まで諦《あきら》めなかったあの者たち全員が勝利者だった……」

そう言って先輩はどこか遠い目をする。

次はだな、と先輩はまた違う月桂冠のシールの想い出を語る。その彼女の横顔は本当に嬉しそうで、楽しそうだった。

話を聞いているだけの僕でさえ何だか胸がわくわくしてくる。熱中してしまう。

たかだか半額弁当を買うための、半額弁当を喰うための、ただそれだけの話だというのに、何故こうも胸が高鳴るのだろう。

先輩は、次はだな、と言ってフォルダのページを幾枚か、まとめて捲った。開かれたページの右半分は何も貼られていない真っさらな状態。左側にだけ数枚のシール。

その中の一枚に、僕の名前があった。——佐藤洋《さとうよう》と、はっきりと。

先輩はそれを指差した。

「これの話とか、どうだ？」

僕は何も言えなかった。ただ、目にしたその月桂冠の半額シールを見た瞬間、頭の中であの時の記憶が蘇《よみがえ》ってくる。

恐るべき敵、逃げ出しそうになった弱い心、現れた魔導士《ウィザード》、彼の背を追いかけた時の興奮、アラシにやられた痛み、助けてくれたライバルたち、彼らと共闘した瞬間の感動、勝利の高鳴り……初めての弁当の重み、そして槍水先輩と一緒に食べたその味……あの時の月光の美しさすら、はっきりと胸に蘇る。

あぁ、そうか。

そうなんだ。

いや、それだけの話なんだ。

何だ、これ。

たったそれだけの話じゃないか。

答えはいっぱいある。けれど、そのどれもが簡単なことばかりだ。難しく考える必要なんて、何もなかった。

ははっ、と短く笑い、僕は自分の額に手を当てて天を仰《あお》いだ。うっすら目元が濡れていた。

「なぁ、佐藤」

先輩が言う。僕は彼女の顔を見る。

「お前にとって半額弁当はただ売れ残って古くなった弁当でしかないのか？」

先輩はその目元をわずかに綻《ほころ》ばせながら、昨夜と同じ質問をした。

僕は首を振る。そして、はっきりと言った。

——いいえ、と。

先輩はゆっくり頷《うなず》くと、大きな溜息とともにフォルダを閉じる。

「手間のかかる奴だな、お前は。普通、こんなものは誰も言わなくても自然と理解できるものなんだぞ」

「すみません、アホな親父からの遺伝なんです」

「白粉《おしろい》の奴でさえわかっていたのに、まったく」

「そんな」

「お前が入院している間に弁当を手に入れてきた時があった。その時に訊いたんだ」

……白粉に負けたとわかると……不思議とへこむ。

納得して、脱力したせいか急に眠気が襲ってきた。昨夜寝ていないことに加え、血糖値が下がっているせいだろう。疲れている感じがした。

僕は円卓に突っ伏した。

「すみません、半値印証時刻《ハーフプライスラベリングタイム》まで、ちょっと仮眠を取ります」

「それがいい。寝不足は体に悪い。膝でも貸してやりたいところだが、床で寝るわけにもいかないか」

ぶっちゃけ先輩が膝枕してくれるのなら、喜んで床の上で寝るところだ。

●

山原たちはジジ様の店へと足を踏み入れた。

少し熱めのシャワーを浴びた後、スーパーに来て生鮮食品コーナーからあふれ出る冷気に肌が触れると何とも言えない心地良さがある。

できることなら毎回シャワーを浴びてからスーパーへ行きたい。山原たちは常々思っていたが、わざわざ校舎と体育館に挟まれた先にあるシャワールームに行くのはあまりに面倒だったし、時間的な都合も悪かった。

しかし今は違う。今日からは違うのだ。驚くべきことに今日、いきなり剣道場の裏に小型ながら簡易シャワールームが整備されたのである。本来災害時に使われるために作られた簡易式のものらしかったが、剣道場の給湯室とホースで繋《つな》げば通常のそれと何ら変わりなく使えた。

なんでも生徒会に入ったばかりの生徒会員が以前より山原たちが要望していたシャワールームの件を会議で取り上げてくれ、予算を承認してくれたというのだ。しかも生徒会承認の数時間後には直接彼女から業者へ発注がいっていたというのだから相当なやり手である。

その女生徒は次の生徒会長選挙に立候補しているらしく、そのための賄賂《わいろ》的な意味合いじゃないか、と部員の中には憶測する者もいたが、山原たちにとってはどうでもいいことだった。票が欲しいならくれてやる、それくらいの礼なら喜んでする。選挙などたいして興味のない山原たちにとってはタダも同然なのだ。

良い気分で山原はスーパー内を歩き回る。それまで群れていた猟犬は静かに、自然に、ゆっくりと散り散りになっていく。

歩き行くと、乾物コーナーで彼らを見つけた。佐藤と、白粉である。

山原は乾物コーナーの反対側にある缶詰コーナーの前に立つと「よぉ」と軽く声をかけた。

「佐藤君、どうだい調子は？」

「まぁまぁですよ」

チラリと横目で見やると、佐藤は目の前の糸寒天《いとかんてん》の袋を見つめていた。白粉が佐藤と山原を交互に見やっている。

「そうかぁ。とりあえずさ、今日こそ返答を貰《もら》いたいんだけど、どうだい？」

佐藤からの返答はない。

「絶対悪い話じゃないと思うんだよ。オレたちは特にああしろ、こうしろと強制はしない。出くわした時だけ一緒にやろうって言っているんだ。オレたちとしても君のように素質がある新人と提携《ていけい》していると普段から有利に事を運べるし……あぁ、自分はまだ未熟だから、とかいって遠慮しているんならそれはなしで。大丈夫、君は強くなる。もしならなくてもオレたちと一緒なら余裕で弁当を手に入れられるさ」

「……弁当の奪取率が極めて高いんですってね」

ようやく喰いついた、山原は口元に笑みがわいた。ここで落とさねば中途半端な関係のまま佐藤とは別れてしまうだろう。それはうまくなかった。

山原はたたみかける。

「勝率九割ってところかな。その一割だって負けたというより、人数が二人か三人しかいない時だったり、やめればいいのにオレや壇堂《だんどう》先生がいない時だったりっていうだけさ。

この弁当を奪取するための領域は、極狭《ごっきょう》だ。弁当を得るためには奪い合いが前提となってしまうくらいに厳しい。弱きは飢《う》え、強きのみが満たされる。まるで自然の摂理がそのまま小型化したかのようだ。

人は大自然の前では無力だと多くの冒険家たちは口にする。しかし人間が作り出した社会は、大自然の前では決して無力ではない。むしろ今では自然が脅威《きょうい》に感じるほど人の社会は地球を席巻している。そしてその社会の中ではたとえ弱者であっても勝利者として生きていける」


「つまり、群れることは勝つためのシステムだ、と？」

「そう。群体として行動すれば弱者とて強くなり、勝利に至る。しかしそれが寄せ集めであってはならない。ある程度のレベルの者たちが寄り集まってこそ完璧《かんぺき》になる。君はその一人だ。何度も言うけれど、君が断る理由はないんじゃないか？」

「ありますよ」

その声に、山原は佐藤を見る。こちらを見ていた彼と目が合う。

その瞬間、山原の脳裏《のうり》を嫌な予感が走った。この目は以前の彼と違う、と感じたのだ。何が以前と違うのか、それははっきりとはわからない。

ただ、今の彼の目は、たとえていえば、大人がダメな子供を見るような目だ。

いや……逆、か？　と山原は己《おのれ》の感想に疑問を持つ。大人がダメな子供を見るような目にも見える、だが、同時に子供が偉いだけの大人を見るような目でもあった。

間違いなく一つ言えるのは、一つ上から見ている、そんな気がした。馬鹿にして見下しているわけじゃないが、決して羨《うらや》ましげに見上げているわけではない……そんな目だ。

これまで幾人かにこんな目で見られてきた。それは全員、誘いを断った者たちだった。

「そうやって誘いをかけておいて、どのくらいの人が断りました？」

「まぁ、何人かは断ったね。ただ、そう何人にも声をかけているわけじゃないからほんの少数だけど」

「何て言って断りました？」

「いろいろ、かな」

「ホントですか？　たぶんですけど、ひょっとして断った人たちがみんな一様に似たようなこと言いませんでした？　——それじゃつまらない、って」

佐藤は得意気に笑みを作る。

「猟犬に紛《まぎ》れて弁当を手に入れた時は、誰かから獲るというより、ただ棚から取るという感覚でした。あなた方が気をつかってくれたのかもしれませんが……それで食べた弁当は単なる売れ残って古くなった弁当でしかなかった。たとえおいしくても、そこに感動はなかった。

自分で料理を作ったら基本的に何でもうまいっていう奴と一緒ですよね、きっと。苦労して、ようやく手に入れたからこそ価値があるんですよ。ゲームもそうです。ズル《チート》して無敵状態にして遊んでも楽しくないですから」

「……つまり、断ると？」

「はい。すみません、何日ももったいぶったりして」

「弁当が労せずに確実に喰えるってのにかい？」

「うまい飯が喰いたいんですよ。そのための苦労なら喜んで受け入れます。きっとそれも、楽しいはずですから。

何より魔導士《ウィザード》や他の狼たちと死に物狂いになって手に入れた弁当の味が忘れられないんですよ。あれには涙が出そうになるくらいの感動と勝利の味があった」

そう言う佐藤の笑みを見ていると、二年前の金城を山原は思い出さずにはいられない。誘った山原に対し、金城は半笑いで言ったのだ。

それで何が楽しいんだ、と。結果の決まった勝負などつまらない、と。

あの時は安定して飯が食べられる、それで十分、いや、食事にそれ以上の何を求めるんだ、勝ちたくないのか、と山原は金城の言葉を理解できないでいた。

しかし時間を経るに従い、幾人かに声をかけ、幾人かに断られて、そしてようやく山原にも何とはなしにわかってきたような気がする。

飯を喰う、空腹を埋める、ただそれだけでは飽き足りない連中なのだ。彼らは。

極狭領域を狩り場とし、負けすら受け入れ、至高を目指す。ドッグフードではなく、生の血肉を欲する者たち。それが……彼ら。

自然と、己の目が細まったのがわかった。

その時、猟犬が一匹山原のもとへとやってきた。

「まずいぞ山原。今日、弁当はあと九個しか残っていない。佐藤たちを含めれば全員には……」

その時スタッフルームからジジ様が現れ、皆が一斉にそちらのほうへと視線を向けた。ジジ様の変わらない落ち着いた足取りを見つつ、山原は言う。

「……いや、いい」

「なに？　どういう……あぁ、そうか。そういうことか」

その猟犬は吐き捨てるように呟《つぶや》いた。佐藤と山原を見やって状況を理解したようだ。

「佐藤君、後悔はしない？」

佐藤は頷いた。山原はついでに白粉にも訊いてみたが、彼女もまた、誘いを断るのだった。

あたしにはまだ早いので、と何だかよくわからないことを言っていた。

「悪いけどあえて言うよ。君たちは馬鹿だ。ここでは飯を喰うという行為は遊びじゃない」

「そうですね。マジでやるからこそ楽しいと思える。ここでの食事はただの補給じゃない」

山原と佐藤は互いの意見を言い合って、にらみ合う。

「……敵は、少ないほうがいい。意味、わかるよね？」

「潰《つぶ》しますか、僕を」

山原は何も言わずに佐藤と視線を戦わせ続ける。

かぁこいい、と白粉の間の抜けた声だけが二人の間を埋めた。

○

ジジ様が全ての総菜、そして九個の弁当に半額シールを貼り終え、スタッフルームへの帰路を行く。

山原たちから一旦距離を取ってアイスクリームコーナー前へ移った僕は、それをある想《おも》いを持って眺めていた。

——今日、僕は弁当を手に入れられないかもしれない。

しかしそれでもいい、そう思ってここへ来た。あえて強敵、猟犬群がいるこの場所へ、最終《ファイナル》半値印証時刻《ハーフプライスラベリングタイム》を有するこの店へ。

山原の誘いを断るだけなら別の方法をいくらでも採れたが、これは覚悟を決めるために必要だと僕は思ったのだ。自分がそういう存在であることを自《みずか》らに証明するために。

ダメでもいい。その時はどん兵衛《べえ》が優しく僕を温めてくれる。全力を出せた、姑息《こそく》にならなかった、そういう満足感がエッセンスとなってきっとまた得も言われぬ味を体験させてくれることだろう。……だから、いい。

しかし問題なのは僕に付いてきてしまった白粉《おしろい》である。何を考えているのか知らないが、彼女の場合、それこそアブラ神の所で弁当を獲ってくればいいものを……。

「白粉、なんで来たの？」

唐突な僕の問いかけに、白粉はえっと、と少し間を置くと俯《うつむ》き加減に低い声を出した。

「お、おれがいないと困るだろ……？」

「別に困りはしない」

「……えっと、本当のところを言うと、その……今日、部室を出る時の佐藤さん、ちょっと気合い入っていたから、その……どんなふうになるのか見てみたかったから、かな」

えへへ、と笑うのだがそれは結局、ネタの意味合いで興味があるということだろうか……。

……それならそれで罪悪感なくていいんだけど。

ジジ様がスタッフルームへと姿を消す。扉が閉まりゆく。

「白粉、さっきの打ち合わせ通りに」

うん、と彼女は頷く。打ち合わせと言っても、こんな感じで、という程度のものである。ただ、それでも何もないよりはマシである。

恐らくアラシ戦の時のように時間はかけられない。あの時は魔導士《ウィザード》が弁当前で壁となってくれた。だからこそ僕たちが中に喰い込めた。だが今回、彼はいない。さらに弁当は人数比からいえば少なめときている。必然、短期決戦になり、そうなれば初動が物を言い始める。

僕と白粉は耳を澄ます。

スタッフルームの扉が、今、閉まる。

バタン、という音とともに店内の空気が変わる。殺気と焦燥感《しょうそうかん》に溢《あふ》れた、吸い込むだけで喉《のど》が痛いほどに殺伐《さつばつ》とした空気へと一瞬にして入れ替わる。

床を蹴り上げる無数の靴。空気を掻《か》き混ぜるように振り回される無数の腕。弁当を突き刺すように向けられる無数の視線。

弁当コーナー前へ突き進む、空腹な獣《けもの》たち。

最初に到達したのは見知らぬ狼が二匹。それぞれが躊躇《ためら》うことなく別々の弁当に手を伸ばす。だが後方から続いていた数匹の狼がそれを許しはしない。相手が背中を向けていようがいまいが関係なく、タックル、足払いは当たり前、中には明らかに延髄《えんずい》を狙《ねら》って跳び蹴りを繰り出す者までいる。

一瞬にして形成された乱戦の図。そこに呼吸を合わせた猟犬群の第一陣〝甲《こう》〟が突っ込んだ。まるで砂山に拳《こぶし》を叩きつけたように飛び散る者、震えながらも受け止める者、その場で倒れ伏す者……。

そんな中で甲は力ずくで後続のための道を開く。この時点でまだ弁当コーナーには達していない。そこに第二派〝乙《おつ》〟が突っ込む。

ここだ、と僕と白粉は判断する。

「行ってきます」

白粉が僕を追い抜き、目にも止まらぬ速度で人と人の間に身を滑り込ませていく。そして猟犬群の乙の後方にピッタリとくっついた。

自然と乙に誘導されるように白粉は乱戦の中心よりさらに前方へと突き進む。

だがすぐに猟犬に気づかれ、振り払われそうになるのだが、白粉はその攻撃を後方へ下がってヒラリとかわし、人込みの中に姿を消した。

わずかだが猟犬群の行動に乱れが生まれる。

後は僕があそこにいけるかだった。僕は猟犬群ではなく、乱戦の後方でうろうろしていた奴を踏み台にして、全力でジャンプ。天井を使うまでもなく猟犬群の頭上へ。そしてそのまま重力に引かれて床へ。

白粉が囮《おとり》になって作ってくれた、かすかな猟犬群の隙間。道を作っていた甲とその作られた道を突き進もうとした乙とのわずかな隙間である。

第二陣として敵陣へ突っ込もうとしていた乙の面々が一瞬ギョッとする。

上から見下ろせばオセロの盤面で、白色の陣地のど真ん中に黒色を置いたような形だった。ただ問題は、ここから先は事前の打ち合わせでは一切決めていないということだ。時間もなかったし、考えもなかった。

ただとにかく敵の陣の中に入り込む。それだけである。連携が取れている奴らほど合間に邪魔が入った時、影響が出るはずだった。

僕はとにかく近くにいて、こちらに背を向けていた猟犬、つまり必死に乙のために道を作っていた甲の一人に後方から足払いを仕掛け、転倒させる。続けてすぐ近くのもう一人へ蹴りを喰らわせたところで乙に突っ込まれた。

一瞬意識が飛び、床を転がる。アラシのように空中にまではねとばされるほどの力は、彼らにはない。

慌てて立ち上がる。そこへ蹴り。防御が取れるわけもなく、喰らう。尻餅《しりもち》つくのだけはかろうじて堪《こら》え、体勢を立て直しつつ相手の顔を見る。

山原だ。

彼は躊躇いなく連打を浴びせてくる。かわせる余裕もカウンターを出せる手もなかった僕は受けるほかない。

「こっちに来ればこんな苦労も痛みもなく弁当が喰えたんだぞ」

氷結の魔女は言った。あの領域はただ半額弁当を求めるだけの場ではない、と。

今ならその意味がわかる。ただ喰えればいいというのならこの場には来はしない。今僕の財布の中には彼女から渡された一万円札が収まっているのだ。飯が喰いたいだけならこの金をつかって『ヒロちゃん』にでも行っているはずだ。

僕が、いや、ここに集《つど》う者たちが欲しているのは食事であって、それ以上のもの。

「これでもまだ——」

僕のガードが崩れた部分へ的確に山原の攻撃は滑り込んでくる。僕は思わず膝をつく。そこへ山原の痛烈な蹴り。僕は床を転がった。

「楽しいと言えるのか」

「……言えるさ」

手をつきつつ、僕は応《こた》える。強がりではない。確かに不利な状況。しかし魔導士《ウィザード》の言葉を借りるのならば、誰しもに負けると思われている勝負を覆《くつがえ》す。それが——楽しいのだ。

「山原！　離れ過ぎだ！」

猟犬の声に、山原が振り返る。見れば、確かに山原は猟犬群から微妙に距離が出来ていた。彼と彼らの間に他の狼が入り込んでしまっている。

「……ッチ。構うな、行け！」

山原のかけ声で最前線まで達していた猟犬群の半数が一気に弁当を手にする。そして壁になるようにしてその場で回れ右、流れを遮《さえぎ》る棒状の障壁と化し、その隙間を仲間たちが通り抜けようとするのだが……ここで山原と僕、そして猟犬群は目を見張った。

白粉である。先ほど人込みに紛《まぎ》れた彼女がここで姿を現し、弁当を持った猟犬群の間を通り抜け、一発の攻撃もすることなく、一発の攻撃も受けることなく、彼女は弁当を一つ奪い取ってみせたのだ。

その動きはまるで岩間を滑る一滴の水のよう。抵抗なく、スルリと棚へ手を届かせたのだ。僕が猟犬群を崩す、そしたら白粉もいけるはず、とか考えていた自分が馬鹿みたいだった。いや、しかし今はそんな後悔はいらない。こうなれば、後は自分のことだけを考えるべきだ。

「なんてこった！」

弁当は残り三つ。猟犬群は山原を含めて残り四。すでに一個足りない。

山原が駆ける。行く手を阻《はば》む狼をなぎ払い、弁当コーナー前へ。僕はそれに続く。

未だ弁当を手にしていない猟犬群が弁当へ手を伸ばす。だが、山原が慌てて戻ろうとしたせいで、それを見ていた仲間が微《かす》かに慌てて、迷った。リーダー格の山原を差し置いて自分たちが弁当を取っていいのか否《いな》か。普段ならまずない、息の乱れ。そこに二匹の狼が滑り込んだ。

かつて戦ったことのある坊主頭と、茶髪だった。一瞬茶髪が僕のほうを見る。僕は頷くことで、昼間の感謝に代えた。

弁当は獲らせない、自分たちが弁当を手にするのだと、彼女らが猟犬群を遮《さえぎ》る。そしてその後方からもさらに喰らいつく者たちの姿もある。

確実に弁当を手に入れられるはずのシステムは、この瞬間、崩壊を見せる。

弁当の棚の前、その最前線で再び激しい乱戦が生まれたのだ。すでに猟犬群の半数は弁当を奪取し、戦闘には参加できない。戻ることもできない。ただレジへ向かうほかにない。

残された猟犬は四。残された弁当は三。そこに喰らいつく七匹の狼たち。

もはや連携が取れるような状況ではない。さすがの猟犬群とてただの個体へと分散化せざるを得ない。

それはまさに乱戦の形相《ぎょうそう》。本来、ここにあるべき姿。

敵も味方もなく、ただ入り乱れる。弁当に手を伸ばせばその手は弾《はじ》かれ、全方位から攻撃が雨のごとく叩きつけてくる。

誰もが必死に弁当を目指している。半額になった売れ残りの弁当を。時に呻《うめ》きを漏らし、時に膝をつき、時に血を流し、それでもなお数百円安くなっただけの弁当へと手を伸ばす。

――半額弁当はただ売れ残って古くなった弁当でしかないのか？

いいや、違う。求める者はただ、安いだけの弁当を欲してはいない。

――その販売方式を含めて半額弁当は最高の料理の一つだと思っている。

その通りだ。少ない弁当を競うように奪い合い、他者を押しのけ、伸ばした手の先に摑《つか》んで初めて〝半額弁当〟は完成される。勝利という名の、最後の一味が加わるのだ。

そしてその相手が強敵であればあるほど……格別なのだ。

それは用意された食事には入っていない、金をいくら積んでも手に入ることのない、価値あるもの。

だからこそ、僕たちはこの極狭領域に集うのだ。

残された数少ない弁当にその手を伸ばす。弾かれても弾かれても、それでもなお、手を伸ばさずにはいられない。

その価値を理解しているからこそ――


毎度思うのだが、絶対この部室棟にはエレベーターが必要不可欠だと思う。

特に今の状態で、五階へ昇るっていうのはホント、キツイ。

「佐藤さん、大丈夫です？」

そう訊いてくれる弁当を袋から下げた白粉は相変わらずの様子だ。そりゃそうだ。アイツ、一発も喰らっていないのだから。

その点、僕はといえばボコボコである。最後の乱戦に至っては一体誰に殴《なぐ》られ、誰を殴り飛ばしたのかほとんど覚えていない。

とにかく弁当を。ただその一念だけで最後まで戦い抜けたと思う。

僕は階段の踊り場で一度立ち止まり、息を整え、ふと手にした袋を見る。中に入っているのはもちろん、半額弁当である。

ラスト三つの半額弁当は茶髪が一つ、猟犬群の一人が一つ、そして最後の一つを僕が山原から奪い取った。

確実に安定して飯が喰える、そう言っていた山原から奪い取った一食である。

今頃彼はカップ麺《めん》を啜《すす》っているのだろうな、と思うと何だかサディスティックな快感が湧き起こってくる。思わず口元に笑みが浮かんだ。

僕たちは階段を昇り行き、五階へ。そして502号室の扉を開ける。

そこに待っていたのは窓際に立ち、月明かりを受ける女性の姿。氷結の魔女。槍水仙《やりずいせん》。

振り返った彼女は僕たちが手から下げている物を見る。

「今日は、どうやったんだ」

「がんばりました」

曖昧《あいまい》な、けれど自信にみちた僕の言葉に、先輩は満足げに頷く。

「新人のくせに猟犬相手によく獲ってこられたものだ」

「白粉と、先輩のおかげですよ、きっと」

「私の？」

「ほら以前僕が月桂冠を獲ってきた日に、敵の陣地に入り込むのがいい、歯車の嚙み合わせに小石を置くようなものだ、って言っていたじゃないですか」

先輩はあぁ、と漏らした後、笑った。

「そうか、役に立てたのなら私も嬉しく思う」

先輩は円卓の上に置かれていたレジ袋から半額弁当を取り出し、それを電子レンジへ入れてくれる。

「今、もう一度訊きたい。お前たちにとって半額弁当は、ただの売れ残りの古い弁当か？」

先輩は回るターンテーブルを見つめつつ、僕たちに投げかける。

「いいえ。もっと、それ以上のものです」

僕は答える。白粉もまた、頷いた。

先輩はちらりと僕たちを見やり、スカートのポケットから何かを取り出し、僕たちへ向かって放り投げる。それは……鍵《かぎ》だ。

「三日前に渡そうと思ったんだがな。うどんかそばで揉《も》めたりしていて忘れていたよ。……この部室の鍵だ。持っていろ」

投げ渡されたその銀色の鍵を、僕は感慨深く握りしめる。

今、ようやくこのＨ Ｐ《ハーフプライサー》同好会に自ら入ったような、そんな気がした。

僕と白粉は互いの目を見て、少し笑う。

「……あ、今のも何か……いいですね」

白粉がまたアホなことを言っていると、チーンと先輩の弁当が温め終わったことを告げる。

「あともう一つ重要なことがある。佐藤、この前の一万円返せ」

「夕食でなら使っていいって」

「本気で言っているのならそれ相応に対処するぞ」

冗談ですよ、と僕は言って彼女にお金を返す。先輩はフム、と一言呟いた。

「よし、先輩としての優しさだ。下の自販機で何か買ってきてやろう。奢《おご》りだ。何がいい？」

白粉は炭酸系以外で、僕は何でも。先輩は、じゃあ二人とも珈琲《コーヒー》だな、と本気《マジ》っぽく呟いたので慌てて僕たちはアップルジュースとファンタのオーダーを出した。さすがにこの時間帯に、しかもご飯系の食事と一緒に珈琲はないだろうに……。

スタスタと階下へと降りていく先輩の足音を聞きながら僕は白粉の弁当を温める。彼女が今日手に入れたのは、白身魚のタルタルソース挟み揚げ弁当、という恐らく現代の科学技術と、職人技によって初めて完成するであろう奇っ怪なメイン総菜を備えた弁当である。

「なかなか興味深い弁当だ……一体どうやって中に入れてあるんだろう？」

チーズの場合は調理前は固形だからわかる。だがタルタルソースはそうじゃない。

「あとで少し食べてみます？」

「でもそれじゃあ……アレ？」

僕はおかしなことに気がついた。

半額弁当の素晴らしさについて理解した気でいたが、またわからないことが出てきた。

以前、僕は猟犬群によって取らせてもらった弁当を食べた際は、さしておいしいとは感じなかった。それはてっきり勝ったという手応えすらなく、空から降ってきたかのように苦労なく、勝負することも、勝利することもなく手に入れてしまったからだと思っていた。

でも、僕はこの部室で先輩から食べさせてもらった東坡肉《トンポーロー》はうまいと感じていた。その差は何だ？　どちらも自分が獲ってきたわけじゃないのに先輩のほうは……。その差はなんだろう？

僕が頭を捻《ひね》っていると白粉が心配してきたので、疑問をそのまま彼女に言ってみる。すると白粉は気まずそうに頬を指先で掻いた。

「えっと、それはその……マジメに考えるところなんですか？」

「重要なところじゃないかな」

「いえ、あの、そうじゃなくて、マジメに考えなきゃわからないようなことじゃないような……あっ、今の、別に佐藤さんをバカにしているわけじゃないですよ？」

「待て。え〜っと？　つまり、その……？」

だって、と彼女は微笑む。

「友だちとか、仲間とか、相棒とか……あと好きな人とか、そういう人とご飯を食べれば何でもおいしいって当たり前じゃないですか」

僕が呆気《あっけ》にとられていると、白粉は急に不安気な顔をしてしまう。

「あ、当たり前じゃ……ないですかね？」

「いや……」

確かに彼女の言う通りだ。当たり前過ぎて、逆にわけわかんなくなっていたのだろうか。僕は自分の手を見る。そこには真新しいスペアキー。僕は握る。かすかに先輩の温《ぬく》もりが残る、その銀色のキーを。

「なぁ、白粉はさっきの先輩の問いかけに以前、何て答えたんだ？」

さっきのお前たちにとって半額弁当は〜ってやつですか？　と確認する白粉に、僕は頷く。

「んっと、違います、ただの古いお弁当じゃなくて、楽しいお弁当ですって言いました。だってそうじゃないですか。普通、ただのお弁当を買うだけならあんなにいろいろありませんもん。何かと勉強にもなりましたし、先輩や佐藤さんみたいに知り合いもできて……その……えっと、だから、その、楽しいですって。高校に入っても、友だち出来なかったらどうしようってずっと心配だったのに、今は……」

白粉は少しだけ頬を赤らめて、笑った。

その顔に僕もまた、笑った。自分のバカさを理解して、笑った。

そういえば、そうだ。何で昨夜、僕は一晩中考えていたんだろう。しかも一人じゃ答えを出せず、あの茶髪や槍水《やりずい》先輩にまで頼ってしまった。

悔しいけれど、間違いなく僕はあの親父の息子だ。バカだ。

二つ名を持つ者、礼儀を持ちて誇りを懸ける狼……彼らと戦うのは興奮して、弁当を手にした時は嬉しくて、先輩や白粉と一緒に食べる夕食は楽しくて……だから、おいしかった。

槍水先輩には悪いけれど……ようやく、今になって、本当にあの問いかけの答えがわかったような気がする。

……楽しいから、うまいんだ。ただ、それだけじゃないか。

僕たちは笑い続けた。僕があんまりにも笑うので、白粉が心配してくるくらい、笑った。

嫌なことがあったり、嫌いな連中と飯を食べたって、おいしいとは感じないに違いない。

チーンと電子レンジが鳴る。僕は白粉の弁当を取り出し、代わりに僕の弁当を投入。あの時と同じ、チーズカツカレー（大盛り）弁当である。

以前食べた時はまずくはなかった。うまかった。しかし、ただそれだけだった弁当だ。

今度は、今度こそは一体どんな味を与えてくれるだろう。ターンテーブルを回る弁当に僕は問いかける。弁当からの答えはない。食べる時のお楽しみ。たとえ透明な蓋《ふた》をしていても弁当とは、本来、そういうものだった。蓋を開ける時、食べる時、その時の驚きもまた、味なのだ。

チーンという待ち遠しい音でもって、僕の弁当が温まった。早速先輩や白粉の弁当とともども、いつものように月明かりが降る窓際の席へと並べた。

ガチャリと扉を開け、先輩がジュースを手に帰ってくる。

「さぁ、夕餉《ゆうげ》といこう」

先輩の声を合図にするかのように、僕たちは弁当の蓋を開ける。中から白い湯気と、空《す》きっ腹《ぱら》にズシンとくる食欲をそそる香りが溢れ出し、広い部室を満たした。

「いただきます！」

そう言って月下の晩餐《ばんさん》が始まる。

その日の半額弁当の味は……言うまでもない。

〈了〉

あとがき

どうも、担当様にあとがきを4頁《ページ》くれと言ったらマジメに怒られたアサウラです。

唐突《とうとつ》ですが、私、今作品を書くにあたってかなりの数のプロットを切ったんですよ。「次は男主人公でやってみろ」と担当様に命令されたので時代錯誤《さくご》な銭湯を経営しているオッサンの話とか、銃好きな刑事と筋肉が全《すべ》てと信じているオッサン刑事の話とか、そんな感じのばっか送っていたらキレられた上、東京《とうきょう》に呼び出されてしまいましてね。……私は全部面白いと思ったんですが……ダメだって言うんですよ。

しかも担当様に会って早々「俺は今（担当している）、『紅《くれない》』や『初恋マジカルブリッツ』や『戦う司書』のメディアミックス関係でクソ忙しい。だから長いのとか小難しいのは読みたくない。無難にラブコメは？　何、書けない？　無理？　じゃラブ抜いてコメディだな。コメディコメディ！」とアホの一つ覚えみたいに連呼し始めたんで途中からコメディがカバディに聞こえてくる始末です。カバディカバディ！

でもコメディ系は書いたことないです、どうなるかわかりませんよって担当様にお伝えしたところ「他の作家には絶対こんな危険冒《おか》させないけど……お前は別に失敗してもいいかなって」と、何か凄《すご》いことを言われた結果、今までとは違う方向に頑張ってみました。

まぁしかし、方向性が決まったからといって案《あん》の定《じょう》すんなり出版となるわけもなく……。いえね、本編と無関係に仕込んでいた担当様や編集長とかの話を速攻で削られてしまいましてね。「ネタが危険過ぎる上に笑えねぇよ、俺が！」って怒られるわ「お前はあの人の家庭をぶち壊したいのか!?　全部実話じゃねぇか！」って怒鳴られたりしてもう散々です。

故《ゆえ》に多少無理に削った箇所もあるので、『この行間に元は一ネタあったんじゃないか』っていうのを探りつつ読んでくださるとより一層本作を楽しめるのではないか、と思います。

さて謝辞《しゃじ》をば。お忙しい中、大変素敵なイラストを描いてくださりました柴乃《しばの》さん、とてもインパクトの強いデザインをしてくださった百足屋《むかでや》さん、ネタには困らない人生を歩み続ける編集長を始めとした集英社の皆様、特に人に数十個のタイトル候補を挙げさせたくせに、公式HPの新刊予定の欄には何故か決定タイトルとはまったく違うタイトルを掲載し、その後「最近さぁ、見慣れたせいかもしれないけれど、タイトルこのままでいいんじゃないかって思えてきたんだよね」ととんでもないことを言い始め、本当にそのまま出版に至らせたフリーダムな優しい担当様、この度《たび》は本当にありがとうございました。次の機会にもまたお力を貸していただきたく思います。また今作品を書く上でいろいろと面倒をかけた友人各位、そして今現在こうして本を手に取ってくださっている皆々様には随喜《ずいき》の涙が溢《あふ》れます。感謝。

それでは紙幅《しふく》も限界なので、次があることを祈りつつこの辺で。それではまた！

アサウラ

この作品の感想をお寄せください。

あて先　〒101－8050
東京都千代田区一ツ橋２－５－10
集英社　スーパーダッシュ文庫編集部気付

アサウラ先生

柴乃櫂人先生

ベン・トー
サバの味噌煮290円
アサウラ

集英社スーパーダッシュ文庫

2008年2月27日　第1刷発行
2009年3月23日　第5刷発行
★定価はカバーに表示してあります

発行者
太田富雄

発行所
株式会社 集英社
〒101－8050　東京都千代田区一ツ橋2－5－10
03(3239)5263(編集)
03(3230)6393(販売)・03(3230)6080(読者係)

印刷所
凸版印刷株式会社

ISBN978－4－08－630405－4 C0193